S Eu Ele & Sr. G

Copyright © 2017 por Sue Hecker.
Todos os direitos desta publicação são reservados por Casa dos Livros Editora LTDA.

Publisher	Omar de Souza
Gerente editorial	Renata Sturm
Assistente editorial	Marina Castro
Estagiário	Bruno Leite
Copidesque	Giuliano Francesco Piacesi da Rocha
Revisão	Thamiris Leiroza e Cynthia Azevedo
Capa	Denis Lenzi
Diagramação	Abreu's System

CIP-Brasil. Catalogação na Publicação
Sindicato Nacional dos Editores de Livros, RJ

H353s

Hecker, Sue
    Eu, ele e sr. G / Sue Hecker. – 1. ed. – Rio de Janeiro : HarperCollins, 2017.
    il.
    Sequência de: Sr. G

    ISBN: 9788595081703

    1. Ficção brasileira. I. Título.

17-42373   CDD: 869.93
                      CDU: 821.134.3(81)-3

Harlequin é um selo da Casa dos Livros Editora LTDA.
Todos os direitos reservados à Casa dos Livros Editora LTDA.
Rua da Quitanda, 86, sala 218 – Centro
Rio de Janeiro, RJ – CEP 20091-005
Tel.: (21) 3175-1030
www.harpercollins.com.br

SUE HECKER

Seu, Eu, Ele & Sr. G

Rio de Janeiro, 2017

Agradecimentos

Querido leitor, você torna tudo especial, prestigiando e confiando no meu trabalho. Obrigada por fazer deste momento uma coisa mágica.

Em especial quero dedicar essa segunda parte da histórias as minhas Suezetes e as meninas do grupo do livro no Facebook, incentivadoras incansáveis, que viveram comigo as aventuras e desventuras dos personagens a cada capítulo postado. Elas são bárbaras! Obrigada por participarem ativamente durante meses, Daniela Brandão, Fernanda Ramalho, Judy Amorin, Sabrina Lucas, Nina Reis, Dee Ross, Nildes Medeiros, Elizangela Nobasco, Sylvia Fortes, Andrezza Mota, Anne Karolyne, Claudia Santos, Elaine Mendes, Taiana, Renata Barbosa, Daysi Marques, Patrícia Favero, Jackeline Lima, Miriam Batista Ferreira, Sheyla Mesquita, Sheila Pereira Ribeiro, Cassia Fernandes, Ana Carolina, Livia Marina Salmazo, Marcia Fragga, Gisele Persico, Sylvia Fortes, Andréia Ribeiro, Tarja, Karen Alessandra, Luciana Cavalcante, Simone Martins, Isabel Pinheiro, Lucileuda, Kuka Abranhes, Carla Souza, Catieli Reis, Karen Alessandra, Quel Galdino Poletti, Patrícia Costa Aguiar, Renata Barbosa, Michele Nascimento, Simone Orth, Sra. Addams, Danubia Souza, Irene Miguel, Hariane Duarte, Patrícia R. Silva, Evelise Holthausen, Vertania Mirtes, Sara Jeronimo, Adrielli Lazaro M. S, Cassia Totoli, Cristina TanaKa, Letícia Bresolin, Maria Rosa, Mari Sales, Cleo, Cris, Soryu Monteiro e tantas outras. Quero agradecer também ao Blog Espaço K pelo apoio e carinho e à Katia Silva, que foi bárbara no apoio moral e nas montagens de imagens no decorrer do livro. Também ao Blog Livros do Coração, Blog Meus Vícios em Livros, Clube dos livros, Grupo Pegasus e Grupo Romances e Livros Hot.

Sue Hecker

Prólogo

Ao propor avançarem um nível no relacionamento de ambos, Carlos constata que Patrícia, embora não verbalize, volta a levantar uma barreira entre eles, provando-lhe que ela está blindada contra relacionamentos. Desiludido, sem condições de avaliar a situação com clareza, a deixa e, aparentemente, desiste de conquistá-la.

Não lhe resta dúvida quanto a ter dado um passo errado, não tendo sido o momento oportuno para abrir o coração apaixonado para sua menina. Carlos tem consciência de que se deixou levar pela profundidade de seus sentimentos por Patrícia, ignorando, como homem bem-sucedido e mestre de BDSM há anos, que primeiro deveria ter traçado uma estratégia forte para fazer com que ela tivesse confiança nele, a ponto de aceitar deixar cair o muro que protege hermeticamente seu coração.

Estar tão envolvido por aquela mulher voluntariosa e escorregadia o fez ignorar o que qualquer simples curioso pela prática de BDSM entende logo de início, a regra mais básica existente em toda a história da civilização, desde seus primórdios até os dias atuais, que é o fato de as pessoas só conseguirem ter sucesso em qualquer tipo de relacionamento se houver consenso entre os envolvidos.

Essa premissa básica e simples vale tanto para uma relação de dominação como para um relacionamento amoroso entre duas pessoas! Já sabendo que, desde que o mundo é mundo, há necessidade de sintonia e de total entrega para que um casal tenha uma interação bem-sucedida, com Patrícia isso é elevado à potência infinita, porque Carlos tem consciência de que qualquer coisa imposta nunca funcionaria com ela.

Ademais, não interessa a ele uma relação de uma via só, em que só possa dominar, ainda mais com o agravante de que sua pretendida não tem interesse algum em ser dominada. Embora Carlos não finja para si mesmo quanto ao fato de que um dominador nato verte por seus poros, sua fascinação e envolvimento pela mulher incontrolável que é Patrícia o torna disposto a tentar um relacionamento diferente dos que viveu nos últimos anos.

Ironicamente, suas intenções foram cruelmente frustradas na primeira tentativa, como se desejar algo mais profundo e duradouro com ela representasse uma heresia e não os germens de uma parceria quente, intensa e profundamente prazerosa!

O impacto da reação de Patrícia foi duro de absorver e, em um primeiro momento, Carlos conclui que é melhor seguir em frente, permitindo que Patrícia siga sozinha com seus termos, blindada em si mesma.

Mas... como em tudo existe um "mas", as coisas não são tão simples assim, porque, mesmo dando as costas para sua paixão como o empresário Carlos, continua se relacionando virtualmente com ela como Dom Leon, sem que ela desconfie de que são ambos a mesma pessoa. O desafio maior desse dominador será o de conseguir conter seus arroubos apaixonados e o desejo do troglodita de tomar sua mulher a qualquer custo, acalmando-se até estar equilibrado o suficiente para, então, traçar um plano típico do homem decidido e inteligente que é! Patrícia, sua menina da pinta charmosa, não terá nem tempo de perceber que suas barreiras foram totalmente devastadas e seu coração irrevogavelmente arrebatado...

Carlos Tavares Júnior...

Simplesmente não posso acreditar no que está acontecendo!!! O que foi isto? Não consigo nem concatenar as ideias para compreender o que foi que ocorreu. Como, de uma noite maravilhosa, passei a viver este circo de horrores? Sinto como se ela tivesse esmagado meu coração em mil pedacinhos!

Não é possível que a minha menina só me veja como um objeto sexual que pode ser descartado a qualquer momento, sem qualquer consideração! Afinal, o que estamos vivendo juntos é muito mais do que sexo! Obviamente duro, forte e incrivelmente maravilhoso... mas o sentimento que nos une é que possibilita isso e não apenas o sexo por si só!

Com toda a reticência em me envolver com uma menina, permiti que ela tomasse conta de mim, invadisse meus domínios e se tornasse dona do meu coração, com aquele jeito faceiro, moleque e a sensualidade gritante! Ela simplesmente me conquistou! Não deixou espaço nenhum em que não estivesse a reinar como a rainha que é. E agora, sem mais nem menos, ela diz que isso tudo não tem significado? O que é tudo isto?

Balanço a cabeça ainda atordoado e só sabendo que isso tudo dói! Como dói! É irônico: sempre sou eu a impor tantos obstáculos para me envolver com alguém, e agora me vejo vítima dessa mesma estratégia! Seria cômico se não fosse trágico! Parece um dramalhão mexicano insuportável, onde tudo é exagerado.

Durante anos vivi relacionamentos não convencionais, nos quais o compromisso acabava nos encontros sexuais, sem que houvesse envolvimento emocional; apenas satisfazia meus fetiches e da outra pessoa. Mesmo quando morei com uma menina, eu me resguardei emocionalmente. Agora, tenho sentimentos que nunca quis explorar e nunca me permiti, o que de novo prova para mim que o amor é complicado demais! Mas, desde que a conheci, foi tudo diferente, algo mais puro e verdadeiro. Claro que criei as fantasias sexuais mais audaciosas e mirabolantes nos envolvendo, porém, tudo estava acontecendo sem imposições. A emoção, o carinho e a conquista eram os sentimentos mais importantes. Tudo de sexualmente não convencional que exploramos aconteceu em uma aura de magia, aflorando intensamente, e, por isso, não consigo acreditar que ela vê nossa relação apenas como algo carnal e não como uma entrega de duas pessoas!

De minha parte, tudo foi verdadeiro, estimulante e revigorante. Ela penetrou em meus sentidos e me levou ao êxtase.

Sempre soube quais poderiam ser as consequências de minhas tentativas para conquistá-la, que eu poderia ter sucesso ou não. Mas, independentemente disso, ficar com ela passou a ser necessário, então, investi tudo o que podia de mim nesse relacionamento, sem considerar outra alternativa que não fosse fazê-la minha ao final. Pensei que, conquistando cada pedacinho do seu ser, até ser minha por inteiro, de corpo e alma, poderíamos ter um futuro juntos. Abri totalmente meu coração apenas para esse resultado.

Meu celular vibra, mas não quero saber de nada neste momento. Sei que o Nandão está empenhado em resolver o problema da cerveja bock. Eu disse para me mandar mensagens caso fosse necessário. Por mais anestesiado que esteja, forço-me a verificar. Qual não é minha estupefação ao ver que é uma mensagem dela! Não acredito que ela teve a cara de pau de terminar comigo e já procurar outro! Sei que eu sou o Dom Leon, mas ela não, portanto, ele é outro, sim, o qual vou destruir sem dó nem piedade.

Guardo o celular novamente no bolso e ralho com o aparelho, que parece ter culpa por tudo o que estou sentindo.

— Procure outro idiota para conversar, chega de joguinho de conquista! Seu tempo acabou, menina quimera!

Saio perdido do prédio, insensível a qualquer imagem à minha frente. Gotas d'água começam a cair, como se os deuses sentissem minha dor e mandassem a chuva para lavar a minha alma. Ando sem pressa debaixo da chuva, deixando a água fria penetrar em meu ser, que ferve machucado. Os sons que começam a ribombar do céu trazem-me à realidade.

— Patrícia Alencar Rochetty, você não foi capaz de voar ao meu lado... e sabe por quê? Quando voamos de asa-delta, precisamos de autorização e equipamentos adequados, além de sentir segurança em nosso parceiro de voo. Porém, nada disso adianta se não houver o principal... o vento! Eu consegui perceber que assim é o amor, minha menina! Ele nos faz voar e supre-nos com os equipamentos, porém, você só o sente quando você se permite deixar levar completamente por ele. Foi o que fiz com você, mas, da maneira mais dolorosa possível, estou percebendo que a recíproca não foi verdadeira...

Fecho a porta do carro e encosto o rosto no volante. O sinal de mensagem apita novamente.

Resolvo conferir para ver até onde a crueldade dela vai. Mas o que vejo me deixa preocupado.

> **Patrícia Alencar Rochetty:** *Dom Leon, socorro! Por favor, fale comigo! Fale agora! Fale qualquer coisa! Não me deixe sucumbir ao terror que quer se apoderar de mim! Dom Leon, ajude-me...*

Mas o que é isso? Por que ela está pedindo socorro? É certo que ela mal falou qualquer coisa e estava como que ensandecida, apenas respondendo com gestos ao que eu perguntava, mas daí a mostrar tal desespero não faz sentido!

> **Patrícia Alencar Rochetty:** *Por favor, Dom Leon, se não falar comigo, não conseguirei evitar lembrar de tudo que tentei sufocar durante toda a minha vida. Eu não quero me lembrar... Fale comigo...*

Seu pedido me toca e não consigo negar aquele apelo. Minha razão quer mandá-la para o inferno, mas minha emoção comanda meus gestos. Agora entendo quando dizem que o amor faz dessas coisas, leva-nos a sempre querer cuidar da pessoa por quem o sentimos, mesmo quando ela nos fere...

Dom Leon: *Estou aqui, menina. O que está havendo? Fale comigo.*

Minha vontade é arremessar o celular pela janela, mas isso me traria muito mais dor de cabeça do que simplesmente lhe responder ou manter-me em silêncio.

Patrícia Alencar Rochetty: *Eu fiz Carlos sair da minha vida com muita dor e raiva...*

Muita dor mesmo! Bato no volante, furioso não com o fato de não querer ser minha namorada, mas por não me permitir ficar com ela, expulsando-me de sua vida.

Dom Leon: *Como assim, Patrícia?*

Fui contra tudo o que sempre acreditei. Forcei a barra para ter um cantinho, de qualquer maneira que seja, na vida de alguém, mesmo ela não sabendo que sou eu. Isso parece tão patético... Não fiz isto nem pelo meu pai, nem pela mulher a quem eu chamava de mãe! Mas por essa menina...

Patrícia Alencar Rochetty: *Sabe o que significa namoro, Dom Leon? Significa assumir o compromisso de conhecer uma pessoa para amá-la. Entendeu, Dom Leon? Quando não se quer ter esse tipo de amor na vida, não se deve namorar, não é?*

Desse turbilhão de ideias desencontradas, só consigo entender que ela parece ter pânico do amor. Que ironia! Ela falando isso justamente para quem já a está amando... Mas vou aproveitar para tentar saber um pouco do que passa na cabeça dessa minha menina que, desgraçadamente, não me quer.

Dom Leon: *Por que você tem dificuldade em acreditar no amor?*

Pergunto logo porque isso já está me levando ao limite! Respiro fundo, perdido no silêncio do carro fechado, quebrado pelo barulho da chuva torrencial sobre a lataria. Levo a mão à ignição, querendo sumir da sua vida e nunca mais retornar... Preciso girar a chave, mas minha mão recusa-se e não responde aos meus comandos. Então, leio mais uma mensagem dela.

> **Patrícia Alencar Rochetty:** *Eu não tenho qualquer dúvida de que o amor exista e, de fato, acredito que é possível duas pessoas amarem uma a outra e viverem felizes juntas. Meus melhores amigos são assim!*

Confusão. Pensei que fosse uma estranha, mas agora parece uma menina perdida.

> **Dom Leon:** *Então, por que é tão resistente a esse sentimento?*
> **Patrícia Alencar Rochetty:** *Vamos separar bem as coisas! Eu amo minha família, meus amigos e, principalmente, meus dois pequeninos e não resisto nem um pouco ao amor que sinto por eles!*

Vou parar de responder. Onde é que o pedido de socorro entra nesta história sem sentido? Ela que vá procurar outro desavisado para enlouquecer! Cansei... Mando uma última mensagem, não para protelar a conversa, apenas para encerrá-la. Meus dedos digitam sem parar.

> **Dom Leon:** *Está bem, pequena escorregadia! Vamos direto ao ponto. O que você sente por esse cara com quem está saindo no momento?*

Meu coração aperta! Tenho medo da sua resposta.

> **Patrícia Alencar Rochetty:** *Estava saindo! Claro que muito tesão! Eu já deixei isso bem claro, não?*

Ela confirma o que me disse mais cedo e, como um último gesto de desespero para saber mais, insisto na pergunta.

> **Dom Leon:** *Só isso? Pelo que você vem me contando, ele tem abalado suas estruturas emocionais e por isso você*

> quer parar de sair com ele, porque tem receio que seja muito mais do que apenas tesão.
> **Patrícia Alencar Rochetty:** *Olha, não estou vendo objetividade nenhuma na sua análise...*

Chega! Desisto! Cansei de brincar de esconde-esconde... Ela não me quer mesmo, então, não tenho mais nada a perder. Resolvo apostar minhas últimas fichas, colocando-a contra a parede de forma objetiva, como parece ser de seu interesse.

> **Dom Leon:** *Não me decepcione agora, menina da pinta charmosa! Se não quer responder, tudo bem, mas não finja ignorar o que estou perguntando! Ou você quer que eu a ajude dizendo claramente o que a torna essa pessoa aterrorizada ou vou ter que deixá-la resolver isso sozinha!*
> **Patrícia Alencar Rochetty:** *Ok. Sim, sim e mil vezes sim. Sinto muito mais do que tesão por ele. Satisfeito?*

Alívio misturado a um ar de satisfação. Mas irrita-me sua petulância.

> **Dom Leon:** *Quem deveria estar ou não satisfeita é você. Mas, pelo que diz, interromper seus interlúdios sexuais com ele não está lhe trazendo nenhuma satisfação...*
> **Patrícia Alencar Rochetty:** *Oh, acredite, ele tem competência para satisfazer até uma virgem vestal! Mas ele quer mais do que apenas sexo...*
> **Dom Leon:** *Mas você não me disse que ele só queria sexo?*
> **Patrícia Alencar Rochetty:** *Queria, caro Dom Leon, no passado... Mas acabou de vir com uma conversa de eu ser namorada dele! Parece que quis ver até onde isso poderia ir... Queria arriscar um relacionamento mais sério, pois me chamou de sua namorada.*
> **Dom Leon:** *E...*
> **Patrícia Alencar Rochetty:** *E o quê, homem? Que droga! O que vc quer que eu diga? Que eu também tenho consciência de que o que sinto por ele é absolutamente muuuuuito mais do que sexo? Que ele vem conquistando*

não só meu coração, mas também minha alma? Se é isso que vc quer que eu responda, fique satisfeito, está respondido! Feliz agora?

Sua resposta faz com que meu coração até pareça parar de bater por alguns instantes! Minha emoção é tão grande que quase me sinto sufocar. Minha vontade é gritar aos quatro cantos do mundo que minha menina não me vê apenas como um boy magia... Dou murros no ar, em uma demonstração de vitória. Até ler a mensagem seguinte. A chuva que antes parecia cair para lavar a alma, agora parece derramar apenas gotas de bênçãos. Raios e trovões silenciam. O sinal do meu celular falha, os vidros do carro permanecem embaçados por causa da minha respiração, acelerada pelos batimentos cardíacos intensos.

Patrícia Alencar Rochetty: *E sabe o que isso significa, Sr. Dom? Que eu caí fora desse relacionamento. Acabou de acontecer! Entenda, apesar de estar doendo muito, muito mesmo, eu NÃO quero, NÃO vou e tenho raiva de quem quer que eu queira querer ter um relacionamento AMOROSO! Fui clara?*

Novamente sinto mais um baque no meu coração, só que agora de medo, muito medo de que ela realmente mantenha a convicção de não querer mais nada comigo, mesmo admitindo sentir algo forte por mim. Sinto uma garra apertá-lo só de pensar na possibilidade de ela não estar mais presente na minha vida. Desesperado, quase me atrapalho e me denuncio com a mensagem seguinte.

Dom Leon: *Patrícia, sua veemência é tão forte que até parece que você tem algum trauma nesse sentido! Se sente isso pelo cara e ele está disposto a se arriscar a tentar ir mais além, qual é o problema? Faça-me entender, porque é absolutamente incompreensível uma pessoa querer fugir de um relacionamento em que ambos estão envolvidos! Do que você tem medo, menina?*

Aguardo a resposta dela com muita impaciência e ansiedade; ela poderá significar a chave para a compreensão de seu comportamento arredio, seu desejo de menosprezar o que temos. O tempo passa e nada. Parece que ela simplesmente me deixou falando sozinho.

Ouço apenas o barulho da chuva socando a lataria. Meu desejo de girar a chave na ignição e partir é menor do que o de sair do carro, invadir seu apartamento e puxá-la para meus braços, para provar que ela é minha.

>**Dom Leon:** *Patrícia? Você está aí? Está bem?*
>**Patrícia Alencar Rochetty:** *Oi. Sim. Não.*
>**Dom Leon:** *O que está acontecendo, menina? Fale comigo!*

Queria voltar para o lado dela neste momento, pegá-la em meus braços, segurar seu queixo, olhar firmemente em seus olhos e dizer que, independentemente do que a esteja atormentando, eu vou resolver. Só descansarei quando vir seu sorriso malicioso e sua expressão de moleca. Vejo que ela está digitando algo e me apavoro diante do que poderei ler.

>**Patrícia Alencar Rochetty:** *Você acertou. Parabéns pela perspicácia!*
>**Dom Leon:** *Do que está falando, minha menina?*
>**Patrícia Alencar Rochetty:** *Que sim, existe um trauma...*

Meu coração se esvazia. Então é isso, houve algo tão dolorido a ponto de torná-la tão avessa a um relacionamento mais sério. Minha imaginação viaja na velocidade da luz, criando mil cenários nos quais ela poderia ter sido tão magoada e marcada!

>**Dom Leon:** *Quem sabe se você falar sobre isso, lhe faça bem. Eu ficaria muito honrado se você compartilhasse mais essa peça do quebra-cabeça que é você, minha gorilinha da fita vermelha.*
>**Patrícia Alencar Rochetty:** *Está querendo adestrar esta gorilinha aqui com palavras melosas, é? Garanto que, com relação a esse assunto, eu precisaria de muito mais do que palavras melosas... Nem sempre o mundo é bonito e o amor é belo como nos romances, Dom Leon. O lado*

obscuro do amor, este sim, é uma coisa horrível, sombria, tenebrosa e pode levar a crimes bárbaros!

Meus nervos se contorcem. Imagino que algo muito mais profundo e triste está por trás dessas palavras.

Dom Leon: *Não estou sentindo que você está apenas sendo retórica, menina! Você está dizendo que vivenciou esse lado do amor? Amou alguém que lhe fez muito mal? É isso?*

Sinto ganas de matar quem feriu a minha quimera! O homem que a deixou assim merece ter a garganta cortada e a cabeça exposta para quem quiser ver qual é o fim das pessoas que ferem e machucam os corações daqueles que amam.

Patrícia Alencar Rochetty: *Pode-se dizer que eu fui atingida, sim, por esse tipo de amor. Mas, embora eu tenha sofrido as consequências de toda a tragédia, não aconteceu diretamente comigo! Isso não significa que outras pessoas não tenham sido profundamente afetadas... O mundo tem cantos obscuros e sinistros, meu caro Dom.*

Este é um daqueles momentos importantes, mas extremamente dolorosos, em que algo muito forte e terrível está para ser revelado. Nem imagino o que foi, mas, confesso, sua dor é a minha dor, então me preparo para receber o golpe.

Dom Leon: *Menina linda, você quer contar o que houve para mim? Já falou sobre isso com alguém?*

Anseio abrir a porta do carro e correr para abraçá-la. Meu lado emocional manda o racional para o inferno e dou ação a meus pensamentos. Corro até a guarita, que o porteiro abre sem contestação.
Leio sua mensagem enquanto subo as escadas de dois em dois degraus.

Patrícia Alencar Rochetty: *Eu quero contar. Pela primeira vez na vida quero falar sobre isso. Mas... Deus...*

isso dói muito! Desculpe-me, não tenho condições de continuar falando agora... É muito para mim! Não consigo respirar...

Abro a porta apressado, mas suavemente para não assustá-la. Estou encharcado, deixando uma poça d'água a cada passo que dou. Fico desesperado quando ouço soluços e um choro tão sentido que corta meu coração. Estou na sala e, apesar de querer voltar ao quarto para consolá-la, não poderei dizer que sei o que está acontecendo! O que faço? Não suporto ouvi-la sofrer desse jeito e não fazer nada! Dom Leon, acho que chegou a hora de contarmos toda a verdade...

Durante todo esse tempo em que ficamos juntos, ela me trouxe algo valioso que eu não imaginava sentir um dia! Os minutos e horas lado a lado fortaleceram cada sentimento e admiração que lhe dedico, por mais contraditória que ela possa parecer. Ela é uma pessoa especial, no melhor sentido da palavra, uma guerreira que nunca se entrega e que, neste momento, inacreditavelmente mostra o quanto está ferida. Contudo, sua coragem a faz ainda lutar bravamente para se defender de algo que estou obstinado a descobrir o que é, para poder ajudá-la. Apesar de ela despertar sentimentos extremos em mim, fazendo com que eu vá do ódio ao amor e vice-versa em uma fração de segundos, por ter consciência do que sinto por ela sou capaz de fazer como São Jorge e matar o dragão que a quer devorar!

Caminho para seu quarto decidido a acabar com todos os fantasmas e segredos. Abro a porta e quase caio de joelhos: ela está sentada, em uma posição fetal, chorando muito e balançando seu corpo para a frente e para trás, como uma menininha desamparada...

Patrícia Alencar Rochetty...

Sabia que ia acontecer! Meus braços enlaçam minhas pernas, que se dobram ao encontro do peito. Sinto-me como se estivesse fazendo uma regressão, mas querendo evitá-la a todo custo para me proteger de algo que vai tomando conta de mim. Contraio-me com toda a força, a dor rasga meu peito, dilacera minhas entranhas. Flashes vêm à minha mente. Eu pressentia que algo ruim iria acontecer se me entregasse em uma relação com um homem! Nunca soube o porquê, apenas sentia, sem me debruçar em muitos questionamentos nesse sentido! Mais e abundantes lágrimas escorrem pela minha face.

A lembrança desse passado terrível, mais a perda do Carlos, está estraçalhando comigo! Agora entendo os meus ataques de pânico! Sei que preciso me abrir com alguém, mesmo que seja difícil, ruim e tão malditamente insano! Como pude manter no esquecimento um fato tão tenebroso? Aquele par de olhos esbugalhados não sai da minha mente, não consigo entender esse tipo de coisa nem o quanto tudo o que passei pode ter afetado a formação do meu caráter, entretanto, o fato é que apenas quando minha relação com o Carlos representou uma ameaça para meu falso equilíbrio emocional foi que a lembrança de tudo veio à tona.

Contorço-me... como isso dói! Tenho vontade de enfiar a mão dentro do meu peito e rasgá-lo para puxar de dentro dele todas as lembranças que chegam como um pesadelo. Se eu não tivesse sufocado essa experiência em meu subconsciente, poderia ter conversado ao menos com a Babby sem chegar a este ponto! Juntas, poderíamos tirar algumas conclusões e até procurarmos a ajuda de um profissional! Mas tudo ficou dormindo não sei onde dentro de mim, só acordando quando me senti ameaçada pelo amor de alguém! Dói, dói muito...

Agora entendo também porque me sentia na obrigação de avisar sempre para o Carlos que eu não queria ficar com ele em um relacionamento duradouro. Inconscientemente, sabia que me faltariam condições de lidar com o que tudo isso desencadearia, e desejava poupar esse homem maravilhoso, que merece alguém bem-resolvido e não uma pessoa que não sabe lidar com seus problemas emocionais! Mas ele não quis me ouvir, sempre achava que era apenas um capricho de minha parte... Igualmente entendo porque, muito ao contrário do meu usual jeito aberto, comunicativo e alegre de ser, só consigo falar das minhas recentes inseguranças, bem como conversar a respeito de determinados assuntos, apenas com o Dom Leon. Ele não ameaça meu equilíbrio emocional, ele não é real, digamos assim, que vá abalar minhas estruturas ou se apaixonar por mim! Além disso, nunca me dará ultimatos, porque, se o fizer, basta um único clique do mouse para que desapareça da minha vida!

Ouço um pequeno ruído e me surpreendo ao ver que a porta do quarto está aberta. Vejo o Carlos parado, olhando para mim com uma expressão de pura agonia. Em meio às lágrimas, que não consigo conter, e aos soluços, que saem aos borbotões, apenas olho para ele, que diz com a voz sentida:

— Minha menina, saí muito magoado e bravo daqui e, quando esfriei, resolvi voltar ao apartamento. Senti meu mundo desabar ao ouvir seus soluços. O que está havendo, querida? Fale! Posso me aproximar e abraçá-la? Mesmo não passando de um reles boy magia, posso lhe dar algum conforto.

Suas palavras causam mais dor pelo que o fiz sofrer e choro mais alto. Ele não espera minha resposta e carinhosamente me abraça e me embala como o mais precioso de seus tesouros. Seu carinho e atenção comovem-me e pateticamente choro ainda mais, porque não mereço tanto...

— Patrícia, qual foi o trauma que você viveu que a fez ter tanto medo de amar alguém?

Olho para ele assustada. Vejo-o encharcado, com o cabelo todo escorrido e a roupa colada no corpo. Como ele sabe a esse respeito? Como vou continuar a conversa que estava tendo com o Dom Leon? Estou tão nervosa e descontrolada que acabo confundindo as coisas.

— Você pode falar comigo a respeito de tudo, minha menina linda! Uma hora você terá que confiar em alguém para colocar tudo isso para fora. Por favor, por tudo o que vivemos, dê-me a honra de ser essa pessoa.

O quanto pode uma pessoa chorar e sofrer? Suas palavras e sua atitude, aliadas ao terror que estou sentindo pelas lembranças, me impedem de respirar. Tento puxar o ar diversas vezes, mas ele parece não chegar aos meus pulmões. O Carlos segura-me pelos braços, aperta forte, faz com que eu olhe para ele e diz:

— Patrícia, respire fundo, vamos! Estou aqui com você e você vai conseguir respirar. Vamos, puxe a respiração... agora solte o ar! Mais uma vez, respire... solte o ar! Respire... solte o ar...

Ele repete isso comigo não sei quantas vezes até que minha respiração se normaliza, embora arquejante pelo choro. Ele me aninha em seu colo e fica fazendo carinho no meu cabelo. É tão surpreendente! Sempre exibindo novas facetas. Eu sou monstruosa por machucá-lo! Ele merece alguém que esteja à altura de sua capacidade de se entregar, não uma pessoa que tem horror a envolvimentos, com um trauma terrível.

Ficamos assim por não sei quanto tempo, até que começo a falar, em uma voz monótona e sem vida:

— Meus pais, na verdade, são meus avós! Meus verdadeiros pais estão mortos... por amor! — falo a palavra com desprezo.

Sinto-o estremecer com o que falo.

— Quando crianças, eu e meu irmão víamos nossa mãe apanhar de meu pai das maneiras mais variadas e cruéis! Morávamos no sítio e, obviamente, não havia ninguém para impedir isso... Hoje nem lembro quais os motivos alegados para bater nela daquele jeito, mas tenho a impressão de que eram inventados, mero pretexto para libertar o monstro que era! E o pior é que ele sabia como fazer para que ninguém de fora percebesse!

    Respiro fundo, tentando diminuir meu choro, mas vejo que é em vão depois de as comportas terem sido abertas. Continuo:

— Algumas vezes, eu e meu irmão tentávamos impedir, mas ele dizia que cada tentativa nossa representava os minutos a mais que ela apanharia. E nos obrigava a ver, dizendo que devíamos aprender que quem ama, cuida. E ele estava batendo nela porque estava cuidando para que ela fosse correta, direita e séria. Uma esposa e mãe prestimosa! Depois de quase arrebentá-la de tanto bater, ele a abraçava e dizia que a amava muito, levava-a para o quarto e só podíamos ouvir mais gritos. Na época, imaginávamos que ele estava batendo ainda mais nela. Hoje sei que ele muito provavelmente a violentava.

    Não consigo continuar e choro muito ao imaginar o quanto minha pobre mãe deve ter sofrido nas mãos daquele canalha! É tão difícil lembrar-me de tudo isso, mas sei que preciso desabafar para ver se consigo ao menos expurgar um pouco de minha dor. Além do que, o Carlos merece minha total honestidade. Tenho que lhe mostrar que o problema sou eu, não ele!

    Esta dor que ficou presa em mim por 23 anos dilacerou cada momento em que tentei ser feliz. A Patrícia que mostrei para o mundo sempre escondeu o que não queria enxergar e, agora, é impossível continuar a fazer isso. Na verdade, nem acho que seja saudável. Sei que preciso externar isto, um objeto cortante que há anos vem fazendo lacerações em minha alma, as quais eu julgava estarem cicatrizadas. Agora que deixei alguém se aproximar tanto de mim, no mínimo preciso ter a integridade de mostrar que sou uma pessoa completamente inadequada. Não é ele que é indigno do amor de alguém; a indigna sou eu, que tenho verdadeiro pavor de me permitir ter esse sentimento por um homem.

— Quando ele estava de bem com a vida parecia ser um cara decente, trabalhador e bom pai, até brincava conosco. Uma vez, na simplicidade dos meus cinco anos, perguntei para a minha mãe por que ela deixava que ele a agredisse. Lembro-me nitidamente de sua expressão amorosa ao responder: "Porque eu amo muito seu pai. E quando a gente ama, minha filha, é assim, tem de suportar tudo, porque não estar com a pessoa amada é ainda mais difícil". Claro que eu não entendi muito na época, mas você tem noção do que é passar esse tipo de conceito de amor para uma criança? Você tem, Carlos? Diga-me!

Ele passa carinhosamente as mãos por minhas faces molhadas e diz:

— Não, minha menina, mas faz com que eu passe a entender melhor você e a admirar a mulher maravilhosa que se tornou após viver tudo isso!

Suas palavras me desarmam. Sua expressão me cativa, mas as lembranças ainda estão fortes. Então, continuo.

— Sei que você deve estar se perguntando como ninguém percebia. Bem, nós quase nunca saíamos do sítio em que morávamos, era ele quem ia à cidade comprar tudo o que fosse necessário. Nas raras vezes em que saíamos, ele nos ameaçava, dizendo que, se falássemos alguma coisa para alguém, minha mãe apanharia ainda mais. Dizia que éramos muito crianças para entendermos o que era amor e o que era necessário para mantê-lo. Deus, não sei qual deles era mais insano! Ele por fazer isso, ou ela por suportar! Certo, éramos pobres e ela sofreria muito caso resolvesse abandoná-lo, mas meus avós eram maravilhosos e poderiam ajudá-la! Bom, talvez seja cruel dizer isso, mas ela parecia gostar da situação. Talvez fosse adepta do tão na moda "clube do chicotinho".

Sinto-o mexer-se ao dizer:

— Patrícia, sua mãe era vítima de violência doméstica, não tinha nada a ver com BDSM! Mas compreendo sua confusão. Falaremos disso depois. Continue, mas tente se acalmar um pouco.

Novamente tomo fôlego e continuo:

— Tudo piorou quando meu irmão, que é mais velho que eu, começou a frequentar a escola. Havia um ônibus que buscava e trazia os alunos na zona rural e o motorista era sempre o mesmo. Minha mãe tinha que acompanhá-lo até o ponto, pois não era seguro deixar uma criança sozinha em um lugar tão ermo quanto o que morávamos. Éramos aconselhados a estar sempre em dupla.

Começo novamente a tremer e, sem que possa evitar, meu choro aumenta. O Carlos aperta seu abraço e intensifica os carinhos, percebendo que estou prestes a contar algo muito ruim.

Dói muito, como há anos eu não experimentava. Com o esquecimento forçado e a lembrança firmemente enterrada, bloqueei a dor responsável por me fazer ver o mundo como um lugar amargo e duro.

— Desde então, minha mãe começou a apanhar todos os dias quando voltávamos do ponto onde íamos buscá-lo no fim da tarde. De manhã não, porque meu pai estava na roça. Enquanto batia, ele dizia que ela precisava aprender a não cometer adultério. Mas... como assim? Que insanidade imaginar que ela cometia adultério com o motorista do ônibus na frente de não sei quantas crianças!

Choro muito, sentida com a injustiça da situação e com ódio de ser filha de um animal tão paranoico e descontrolado.

— Um dia, meu irmão passou mal na escola. Na época, não tínhamos telefone para que a escola ligasse e pedisse aos pais que fossem buscar seus filhos. Então, era comum que o motorista do ônibus levasse a criança para casa, pois não podia largá-la sozinha no ponto. Ele pôs meu irmão na cama e, quando já estava indo embora, meu pai, não sei por que motivo, voltou mais cedo e viu-o saindo da nossa casa. Nunca esqueci aquela expressão que ele fez. Carlos, você já viu a cara de um assassino que sabe que vai matar?

— Não, minha menina! Já vi muitas pessoas ruins e raivosas, mas nunca uma que estava pronta para assassinar alguém...

— Que bom! Você nunca mais consegue tirar aquela expressão da sua mente! Pode empurrar a lembrança para o fundo durante anos, mas ela sempre estará lá!

Estendo a mão como se pudesse tocar o que imagino estar diante de mim. O Carlos segura minha mão, leva-a aos seus lábios e beija-a, dizendo:

— Ele não está aqui, Patrícia! Só eu e você, e prometo que, no que depender de mim, você nunca mais será obrigada a ver ninguém com essa expressão.

Suas palavras me comovem e continuo. Mas, novamente, começo a perder o fôlego, a respiração não chega aos meus pulmões e sinto que vou sufocar.

Dessa vez percebo o desespero e o sofrimento do Carlos ao me ver assim. Isso me faz sofrer mais ainda, porque nunca imaginei que ver sofrer alguém que eu... aprecio fosse me doer tanto. Fecho os olhos e começo a falar, como se voltasse à pequena casinha branca, com móveis brancos, que meu pai fazia questão de que minha mãe mantivesse limpos e claros, sem um único rasto de pó.

— Tão logo o motorista saiu, meu pai pegou minha mãe pelo cabelo com força, arrastou-a até a cozinha e começou a bater a cabeça dela contra o fogão de lenha. Ele bateu, bateu, bateu e, não satisfeito, bateu mais...

Não consigo continuar, meus soluços saem tão altos que até eu sinto pena da minha dor! Como posso ter essa cena em minha memória após tantos anos reprimindo-a! Choro por não sei quanto tempo. Se não consegui colocar o Carlos para correr antes, com certeza conseguirei após contar tudo, pois o circo de horrores ainda não acabou.

— Calma. Estou aqui. Nada de mal vai acontecer. Eu vou protegê-la de todas as dores que você puder vir a sentir, meu anjo, prometo!

Sua voz rouca me acalma, e não sei por que suas palavras fazem com que as memórias venham vívidas à mente. Acho que é porque ele consegue me passar a segurança e a confiança de que preciso para rememorar tudo. Só assim eu consigo prosseguir.

— Quando vimos que havia muito sangue, eu e meu irmão agarramos um ao outro e começamos a chorar baixinho, porque, se chorássemos alto, ele bateria mais nela. Não consegui olhar mais, Carlos! Eu a deixei à mercê dele! Eu não fiz absolutamente nada!

— O que você poderia ter feito, meu amor? Você era uma pobre criança inocente condicionada pelos próprios pais a não fazer nada! E você nem tinha condições de saber se era uma surra diferente das outras. Por favor, não se culpe!

Inocente. Esta palavra doce soa como algo duro e condenatório, porque faz com que a pessoa sinta-se o que ela é, ou seja, uma incapaz.

— Não sei quanto tempo aquilo durou, mas ele gritou para que o olhássemos com um facão, que usava na roça, em punho. Ela estava caída no chão em meio a uma poça enorme de sangue e eu não aguentei olhar, não mesmo. Ele então disse: "O pai fez isso com a mãe porque a ama muito. Ama tanto que vai fazer companhia a ela onde quer que ela esteja, pois não posso viver sem meu amor". E passou o facão na própria garganta! O líquido vermelho esguichou por todos os cantos da pequena cozinha. Eu e meu irmão fomos testemunhas do desfecho macabro da cena mais dura de todas as nossas vidas! Ele foi finalmente viver seu amor na podridão do inferno, aquele monstro desgraçado!

Choro mais ainda. Não sei onde encontrei tantas lágrimas dentro de mim!

— A partir daí, só sei que fomos morar com meus avós, que se tornaram meus verdadeiros pais e para os quais sou capaz de fazer tudo o que for preciso, possível e necessário. Meu irmão lidou com isso afundando-se nas drogas, eu, no trabalho. É por isso que sempre quis dar o melhor aos meus pais, pois eles foram minha salvação e esforçaram-se muito para nos criar, mesmo nas condições mais adversas, sem nunca reclamar. Nem mesmo falaram uma única palavra negativa contra meu irmão, apesar de tudo o que já aprontou com eles para conseguir drogas. Tudo eles suportaram! Para mim, eles são o que há de mais sagrado no mundo. Meu irmão perdeu-se e não conseguimos atingi-lo. Já paguei clínicas de reabilitação, mas, para ser sincera, posso entender o porquê de ele buscar o esquecimento nas drogas. Enquanto o monstro fazia aquilo com minha mãe, ele ficava dizendo: "É culpa minha por ter ficado doente"! Ficava repetindo isso o tempo todo. Até hoje não sei como meus avós descobriram o que aconteceu, nem sei dizer se levaram minutos ou horas para chegar. Só lembro dos olhos esbugalhados do meu pai olhando para nós, com a cabeça pendurada ao lado do corpo, e meu irmão balançando a minha mãe como se a ninasse do mesmo jeito que ela fazia conosco quando estávamos assustados.

Chorando, penso em meu irmão que nunca conseguiu superar isso. Certo que eu também não consigo esquecer muitas coisas que foram determinantes na formação de minha personalidade, mas consegui enterrar tudo e não ficar relembrando o tempo todo. Com ele foi diferente. Não penso que isso seja justificativa para usar drogas, mas entendo por que se deixou levar pelo entorpecimento que elas proporcionam. Exaurida, faço uma última pergunta ao meu garanhão antes de cair em um sono sem sonhos.

— Como posso me entregar ao amor se é uma coisa que machuca, traz infelicidade, torna as pessoas insanas e é capaz de levá-las à morte?

Carlos Tavares Júnior...

Ela dorme um sono profundo, as marcas do rímel tatuam em seu rosto a imperfeição que o passado deixou cravado na sua vida.

Ela desperta em mim um querer mais, um querer ser especial para alguém, para ela. Eu tenho os meus fantasmas que, comparados aos dela, são meros caprichos, simples dúvidas a respeito da minha origem. Diante do seu relato, concluo que nem sempre saber a verdade por trás de tudo é melhor para a formação de uma criança ou de um jovem.

Cubro-a com o lençol e dou um beijo casto em seu cabelo. Ela permanece imóvel na cama, o que acho bom, já que o estresse emocional por que passou seria capaz de derrubar até um marmanjo. Meu peito se contrai de dor quando imagino seu sofrimento ao me contar tudo.

Saio para a sala e fico sentado na poltrona, com o olhar perdido no nada.

Só tenho mais este dia com ela, que vai viajar para a casa dos pais na manhã da segunda-feira. Tenho uma ideia e ligo para uma filial que tenho no sul. Um grande amigo e administrador me atende, mesmo não sendo nem 6h de um domingo, e entende tudo o que peço a ele. A história da família dela me comoveu de uma forma inexplicável! Sinto como se ela fosse a única mulher capaz de ser minha companheira, não para me completar, porque ambos já o somos, mas para somar positividades. Como se fôssemos duas engrenagens distintas e autônomas que funcionam em potência máxima quando conectadas. Agora, sei que preciso mover céus e terras para fazer minha parte nesse encaixe, ou seja, transformar minha quimera na pessoa mais realizada deste mundo.

Resolvo pesquisar sobre traumas na internet, a fim de poder lidar melhor com os sentimentos que ela vier a expressar a respeito da tragédia que presenciou em sua infância. Descubro dois sites e, após fazer uma rápida leitura, salvo parte de um deles para mostrar a ela. Um trecho no qual a autora defende que não devemos aceitar a infelicidade, pois muitas vezes as coisas que nos acontecem são como testes aos quais somos submetidos para mostrarmos quem realmente somos e nosso valor. Que também podemos ser um apoio para aqueles que precisam de nós. Toda a dor pode ser encarada de forma positiva. Bons exemplos se tornam atitudes. Ninguém é culpado por traumas de infância, mas cabe a cada um enfrentar seus problemas, vencer a dor e decidir ser feliz.

Passo o resto da manhã ao telefone, fazendo diversos arranjos e, decidido, entro no quarto justamente quando ela está acordando. Deito-me ao seu lado porque quero que ela desperte sentindo-se acolhida por mim.

— Oi. — Ela abre os olhos.

— Oi!

— Você não foi embora!

— Não. — Passo o dedo pelas marcas de suas lágrimas, suavemente. — Está com fome?

— Não sei — diz baixinho. O som de sua voz não tem mais aquele peso, aquele toque defensivo. Está leve.

— O que acha de almoçarmos em um lugar especial?

— Por que você está fazendo tudo isto por mim?

— Talvez porque você seja a mulher mais incrível que conheci na minha vida.

Uma lágrima escorre dos seus olhos. Por mais machão que possa parecer, meu coração aperta cada vez que vejo aquela imagem.

— Vou dizer uma coisa que nunca falei a homem nenhum. — Seus lábios pronunciam as palavras de maneira suave. — Carlos, eu não consigo associar a palavra amor à beleza, a algo especial, que abala as estruturas e o mundo de uma pessoa, mas, como é tudo isso e muito mais o que sinto por você, saiba que estarei expressando a grandiosidade dos sentimentos que lhe dedico quando lhe disser que eu gosto muitão de você. Tanto que parece que vai explodir e espalhar mil flores, cores e brilhos, a ponto de embelezar uma cidade inteira! Será que você consegue dimensionar a intensidade do que sinto por você?

A força de suas palavras deixa-me sem ação e tão emocionado a ponto de sentir entupida minha garganta, impedindo-me de verbalizar qualquer coisa. Na verdade, nem sei o que diria se pudesse, mas sei que sinto o mesmo. Respiro fundo e, com a voz embargada, pergunto:

— Agora posso, sim, minha pequena grande mulher! E sinto-me o filho da mãe mais sortudo do mundo por isso! Você é a mulher mais incrível, forte e corajosa que já conheci em toda a minha vida... Só gostaria de saber o que você sonhou ouvir quando falasse isso a alguém?

Ela não precisa dizer "eu te amo" para expressar o que sente. Em seus olhos, vejo algo até mais transcendental do que isso.

— Nunca sonhei nem dizer nem ouvir a resposta a esse tipo de declaração, porque estou sentindo algo assim pela primeira vez na vida por um homem fenomenal: você!

— Então, eu vou dizer a você exatamente o que sinto desde o dia que a vi pela primeira vez. — Respiro fundo, levanto o tronco do seu corpo para posicioná-lo junto ao meu e digo pausadamente. — Eu te amo, Patrícia Alencar Rochetty, minha pequena menina quimera da pinta "possua-me!"

Nossos olhares se cruzam, nossos dedos se entrelaçam, nossos corpos se tocam e nossos corações batem em um ritmo único e verdadeiro.

— Eu não sei ter um relacionamento assim, portanto, acho que serei uma lástima como namorada, mas você me faz querer tentar, e hoje eu mostrei o quanto posso ser ruim com todos os meus traumas. Então, compreendo se quiser desistir, porque, Carlos, sei que a cada crise de ciúmes, a cada desavença e a cada menor sinal de desconfiança, sei que vou pirar com medo de um de nós chegar aos extremos que meus pais chegaram... Vou tentar trabalhar isso, mas, confesso, temo que a loucura deles esteja no meu código genético. Eu morreria antes de atentar contra sua vida, acredita em mim?

— Ah, minha pequena, desistir não é uma opção! Para mim, se houve essa escolha algum dia foi antes de distingui-la em meio à multidão daquele rodeio. Depois disso, o único caminho possível tornou-se tê-la comigo, estar com você e amá-la. Mas tenho uma condição! — Encaro-a, sério e determinado. — Eu trabalharei com você para destruir cada obstáculo que encontrarmos. Estaremos sempre juntos nisso, mas não vou permitir nunca que você se refira novamente a si mesma como um caso perdido. Não na minha presença! — É melhor esclarecer logo este ponto. Se vamos começar do zero, que não haja mentiras entre nós. — Tenho que lhe contar uma coisa muito importante, só que você precisa me ouvir até o fim. Deixe para tirar suas conclusões depois.

— Agora não... Não depois de lhe dizer o quanto já é especial na minha vida! Neste momento quero apenas ser sua. Faça-me sua, Carlos Tavares Júnior! Desta vez, sem meus medos e receios presentes. Quero poder mostrar a grandeza do que sinto por você.

Tiro uma mecha de cabelo da sua testa, contorno seu rosto com os dedos, com as mãos trêmulas de tanta emoção pelo que ela diz. Mas, ao mesmo tempo, meu peito aperta por não dizer a ela quem e o que sou. Seu cheiro de orquídea-grapete desperta meu olfato.

— Minha!!! — digo, feliz pela primeira vez por ela me receber de braços abertos, sem restrições e pronta para ser somente minha, incondicionalmente! A emoção que isso me causa é indescritível e poderosa. Agora entendo por que o amor causou guerras como a de Páris e Menelau pelo amor de Helena.

Patrícia Alencar Rochetty...

Sinto-me leve, apesar de não curada da ferida aberta e exposta em meu interior. Ele roça sua barba rala por meu rosto, fazendo-me cócegas ao chegar ao meu pescoço e depois quando beija cada parte do meu corpo, olhando-me nos olhos quando possível.

— Linda...

Levanto minha mão, encosto-a em seu rosto maravilhoso e ele beija a palma. Sinto algo profundo em seu gesto de carinho e respeito por mim. Ainda não sei se ele pode acrescentar ou subtrair algo em minha vida, mas sinto que ele vai somar, aliás, muito mais do que eu possa imaginar. Também não faz diferença. Agora que abri as comportas, os sentimentos que me inundam por esse homem não me deixarão fugir de viver com ele o que quer que esteja por vir! Meu coração está inteirinho nas mãos dele e não lamento nada por isso! Tampouco tenho medo, porque estou absolutamente convencida de que, caso ele me machuque, nunca será com o intuito deliberado de o fazer.

— Minha — repete a cada beijo. Gosto de ouvi-lo dizer isto. A mão dele me puxa para mais perto, reduzindo os espaços entre nós.

— Sua, Carlos! Total e irrevogavelmente... — As palavras saem dos meus lábios, deixando-me surpreendentemente satisfeita por dizer isto a ele.

— Eu a amo tanto, minha menina!

Seu beijo tem um sabor diferente, um toque carinhoso, menos urgente, cheio de paixão, de promessas e confiança, porém, com uma pegada delirante. Suas mãos percorrem meu corpo e dou graças a Deus por estar apenas de calcinha e camiseta. Ele se debruça sobre mim e nossos corpos imploram por mais. Beijamo-nos e desnudamo-nos juntos. Nossos toques são como carícias de reconhecimento, de carinho e de afeto.

Sinto um enorme desejo, mas o amor que me permito sentir por ele parece tornar tudo além de qualquer explicação terrena! Não quero fazer sexo com ele, e sim amor. Acaricio-o pelo corpo todo, tentando transmitir através do toque meus mais profundos e sinceros sentimentos. Quero que desta vez ele possa sentir que estou aqui, inteira e plena, de forma a termos uma comunhão de corpos e almas.

Suas mãos tremem e seus olhos, como os meus, estão aguados, revelando toda a ternura que nos liga. Ele posiciona seu membro na minha vulva e me penetra, suave e lentamente.

— Hoje começa um novo momento em nossas vidas. Quero você mais do que tudo, pequena — diz ele. — Nossos corpos são agora um só.

Meus gemidos viram suspiros de tesão e desejo e seu ritmo lento passa a ser urgente. Ele entrelaça seus dedos nos meus. Nossos olhos dizem tudo e ele intensifica o que nossos corações pedem. Suas estocadas cada vez mais profundas e rápidas mostram que, como eu, ele está à beira de atingir o clímax.

— Carlos, eu quero que você me apresente ao seu mundo e me ensine a viver nele — grito quando ele solta minhas mãos e levanta meu corpo de encontro ao seu, levando-me ao êxtase do prazer.

Emocionado, ele me beija feliz, com fome e desejo. Ele fecha a distância entre nossos corpos, unindo-os cada vez mais, suas mãos abertas apertam minhas costas, minhas unhas cravam em seus músculos duros e rígidos.

— Bem-vinda, minha deliciosa namorada. — Por um momento, ergo minha cabeça, mirando-o diretamente. Ficamos imóveis.

O que mais desejo neste momento é ser sua, seja qual for o nome que ele me atribuir. Entrar debaixo da sua pele e inalar para sempre o seu cheiro amadeirado. Como que respondendo aos meus anseios, ele se move intensamente dentro de mim. Tudo é diferente, até sua língua é urgente ao invadir minha boca e toda a gentileza inicial é substituída pela necessidade de sentirmos um ao outro e nos deixarmos consumir por esse fogo. O ritmo que dita nossos movimentos tem origem em uma única sintonia: a de duas pessoas em busca de algo novo e poderoso.

Sua mão aperta minha nuca e ele desce os dentes em meu pescoço, acelerando cada vez mais seus movimentos.

— Você é muito especial — fala ele, arquejante.

— Posso me acostumar com tanto romantismo, garanhão... — Esta rotação dele acaba comigo.

— Nem sempre será assim, pequena! Você disse que quer viver o meu mundo e, acredite, será tratada como a mais desejada de todas as mulheres e completamente tragada pelo meu querer.

Essas palavras ditas fazem gritar todas as glândulas do meu corpo. O Sr. G explode em uma plenitude indescritível.

— Sim, pequena, aperte-me dentro de você, goza gostoso nele... — Meus espasmos não param e eu já nem sei mais o meu nome. — Agora é a minha vez... Quando eu estiver prestes a gozar, banharei todo o seu corpo com meu prazer.

Só gemo e fico me perguntando se é possível ele ir mais fundo e duro do que agora. Ele agarra meus quadris, apertando os dedos na minha carne macia, e começa a mover rápido. Cada movimento faz nossas respirações acelerarem e meu coração martelar dentro do peito.

— Vou gozar, minha menina... — geme com a sua voz rouca e mira o membro para meu corpo, jorrando todo o líquido quente e viscoso em minha barriga e seios. Novamente sinto o privilégio de um delicioso prazer.

Seu corpo cansado e exaurido cai sobre mim. Ele me beija com carinho e ternura. Aperto meus braços em torno dele, incapaz de conter as lágrimas que escorrem por minha face. Ele entende minha vulnerabilidade e afaga meu cabelo. Sinto que é emoção demais para poucas horas e percebo que estou sobrecarregada, embora feliz. Tenho um longo caminho a percorrer, mas saber que ele estará ao meu lado faz com que eu me sinta forte para enfrentar o que vier. E nossa sintonia é tão grande que ele parece saber tudo o que penso, porque diz:

— Assim como uma pessoa é sempre diferente da outra, um casal que se ama nunca será igual a outro casal nas mesmas condições. Por isso, não existe receita pronta, mas um construir diário e conjunto, sempre uma nova e única história durante a qual nós vamos errar e acertar muito, tanto individualmente quanto em conjunto. Só que o melhor de tudo isso, minha pequena, é que nessa jornada viveremos intensamente cada dia como se fosse o último de nossas vidas, aproveitando tudo de bom que pudermos usufruir.

— Obrigada! — digo baixinho, com a boca tocando seu peito.

— Quem tem que agradecer sou eu pela sua coragem de se abrir para mim e me deixar entrar... Vem, vamos tomar um banho — diz ele, animado, já pulando da cama e puxando-me junto. — Depois vamos fazer com que a senhorita se alimente, pois está há muito tempo sem comer. Quero aproveitar bastante este primeiro e único dia do resto de nossas vidas, antes que a minha namorada me abandone e viaje para longe de mim!

Meu peito dói e já sinto falta dele...

Capítulo 1

Carlos Tavares Júnior...

Uma semana sobre as nuvens... Ou entre as nuvens? Não sei definir... O que sei é que eu não imaginava que algum dia seria um habilidoso piloto de avião, saindo-se muito bem diante das zonas de turbulência.

Minha pequena quimera é como um avião e eu sou apenas um piloto de primeira viagem, aquela que a gente nunca esquece. Experimento todas as sensações típicas: o nervosismo pela espera do embarque, o arrepio diante da velocidade que o avião atinge para levantar voo, a pressão no ouvido quando o veículo sobe, as tremidas por causa das turbulências durante a viagem, a freada na aterrissagem e, por fim, a chegada em segurança. Mas não basta ser apenas um piloto ao lado dela. Quero ser o melhor piloto dessa aeronave e conduzi-la em meio a nuvens turbulentas; eis o meu maior desafio. Nosso relacionamento jamais poderá ficar a cargo do piloto automático, porque é uma condução muito fria. Terei que estar no controle o tempo todo.

Ela não respondeu ao meu pedido, mas pelo menos mostrou interesse em tentar. Pensando bem, que se dane! Não sou afeito a romantismos, mesmo! Foi por causa dos sentimentos extremos que ela despertou em mim que fiz o pedido, e só! Em meio a tantos pensamentos, sorrio diante da percepção do que estou sentindo por ela. Sei o que há por trás daquela quimera linda, uma mulher tão frágil e vulnerável que, mesmo profundamente machucada pela brutalidade da vida, foi capaz de enfrentar todos os acontecimentos. Também é uma guerreira que luta dia após dia para sobreviver, a despeito de seus fantasmas. O fato de tê-los mantido em seu subconsciente não a torna menos forte e corajosa.

Chego em casa, em Cabreúva, depois de deixá-la no aeroporto com o coração apertado por saber que ela estava embarcando para lutar uma guerra cujo inimigo ela pouco conhece. Porém, sei que suas armas podem garantir sua sobrevivência. Se fôssemos juntos, certamente ela se dispersaria dos seus objetivos.

Fiquei emocionado quando a ouvi dizer que eu era a primeira pessoa com quem ela falou sobre seu passado. Foi ali que resolvi revelar as emoções que levava guardadas. Disse a ela o que nunca disse a ninguém, na verdade o que nunca senti por mulher nenhuma! E a felicidade de vê-la entregue a mim pela primeira vez desde que nos conhecemos, sem barreiras e sem limitações, mostrou que meu coração nunca se enganou quanto a ela.

Meu lar, que sempre considerei um refúgio acolhedor, agora é apenas uma casa enorme, na qual a única companhia são os empregados de sempre. Não reclamo, pois eles estão presentes quando preciso e ausentes quando necessito estar só. Porém, ficar alguns dias ao lado da minha pequena e retornar ao meu mundo sem ela dá uma sensação de vazio. O silêncio que sempre me confortou passa a ser entediante. Ouço música em volume alto, contrariando minha preferência. Abro minha caixa de e-mail do trabalho, mas nada me distrai. Sinto-me mal por tê-la deixado no aeroporto, pronta para enfrentar sozinha seus mais sérios traumas. Queria poder protegê-la do mundo, porém, isto não a ajudaria a enfrentar de frente os seus problemas. O que depende de mim estou fazendo aqui de longe.

Por coincidência, nossa empresa é mantenedora de um centro de reabilitação NA e AA (Narcóticos e Alcoólicos Anônimos), em Porto Alegre. Desde a época do meu pai, sempre foi importante manter este local, visto que trabalhamos com um produto que algumas vezes acaba desencadeando vícios e dependência. Meu pai sempre me ensinou que a solidariedade é uma responsabilidade e um compromisso que uma empresa séria deve assumir. Ajudamos outros tipos de instituições, mas esta nos causa muito orgulho. Ela me falou muito do irmão e da culpa que sente por não ter feito mais por ele. Eu posso entendê-la bem, entretanto, acredito que cada um é dono dos seus atos. Arrumar um emprego para ele foi a forma que encontrei de contribuir com ela. Na verdade, é pouco perto do que ele terá que fazer por si mesmo... Isso, aliado a um tratamento adequado, o fará restabelecer sua dignidade. Essa é uma boa oportunidade que, espero, o irmão dela abrace, honrando o que a vida vai lhe dar. Desejo também que ela se sinta menos culpada por não ter ficado mais próxima dele.

Vejo a foto dela que uso como pano de fundo na tela celular: está sentada em um banco de praça, linda, com um rabo de cavalo desgrenhado, uma blusa preta despojada, olhando inquieta para frente.

A lembrança do sabor de seus lábios com a maciez de sua língua em minha boca deixa-me selvagem como um animal irracional, louco para liberar sons de desejos. Subo ao meu quarto, tiro terno e gravata e visto um jeans, uma bota preta e uma camiseta branca básica.

Na porta do estábulo, ouço meu companheiro fiel, saudando-me de forma genuína. Muitos animais alcançaram fama no cinema, às vezes tanto ou mais do que os atores que contracenavam com eles. Assim, não tive dúvida em batizar meu grande amigo de Silver, com a convicção de que ele seria tão inteligente e companheiro quanto o cavalo do Zorro. É um garanhão da raça Friesian. Robusto, negro, com pelos compridos nas pernas. Seu temperamento, no início, era selvagem, mas hoje, obediente e carinhoso, tornou-se meu confidente.

— Aiô, Silver! — Passo a mão em sua crina brilhante e escovada. — Agora somos dois com o mesmo apelido... — converso com ele enquanto o selo.

Cavalgar é um esporte cujos benefícios vão além dos aspectos físicos; a atividade proporciona inegável satisfação e liberdade. Produz sensação de independência, aumento da autoconfiança, do autocontrole e da autoestima. E, de fato, em cima de um cavalo a sensação de liberdade é ilimitada.

Saio do estábulo para poder montar Silver. A um aperto de meus pés, ele entende que estou pronto e começa a galopar. A cada trote na vegetação, sinto-me falante e desabafo com meu grande amigo.

— Garanhão, reencontrei uma grande desafiadora e você sabe mais do que ninguém o quanto gosto de um desafio. Ela é especial e diferente, adoro conversar com ela.

Como deixei a rédea solta, ele acelera o trote quando chegamos ao pasto livre.

— Acho que ela me pegou de jeito! É teimosa como um burro xucro. Diz que não está a fim de falar sobre o futuro, que não temos um relacionamento, mas quer saber, amigão? — confesso a ele. — No fundo, sinto que ela está caída por mim tanto quanto estou por ela.

Cavalgo por quase uma hora, entre conversas e desabafos. Gosto de fingir que o animal entende tudo o que digo.

— Ela é muito falante e defende suas opiniões sobre os assuntos com unhas e dentes. Apenas foge de falar quando se trata dela. E na cama, é um furacão! Entrega-se a mim de uma maneira que devasta todos os meus sentidos! Nada ao seu lado é planejado, tudo acontece de maneira surpreendente. Vou contar como foi na terça-feira para ver como mexe comigo. Fui buscá-la no escritório e decidimos ter um jantar japonês, então compramos uma barca para dividir enquanto assistíamos a um filme... mas quem disse que o filme rolou? Ela me provocou tanto que só o que me passou na cabeça foi tê-la sob a minha pele por quase toda a noite! — Sinto o sangue correr nas veias enquanto relato. — Ela me leva ao limite! Um dia ela reagiu, diante de apenas um gesto inocente meu de puxar o cinto dos meus passadores da calça, de maneira frágil e desafiadora ao mesmo tempo, com seu olhar implorando compaixão... Primeiro, quis amarrar suas mãos e mil pensamentos de dominação vieram à minha mente, mas antes de eu reagir de alguma forma, ela despiu-se para mim de corpo e alma. Garanhão, ela ficou nua, deu um passo em minha direção e envolveu suas mãos com o cinto, permanecendo junto ao meu corpo! Foi lindo vê-la entregar-se a mim.

Uma vez mais respiro fundo com a lembrança.

— Amarrei direito o cinto em seus pulsos, dei uma palmada nas suas nádegas e disse: "Você gosta de me levar ao limite, minha pequena quimera!". Ela me olhou fixamente, sempre provocante e safada com seu sorriso desafiador, e soltou: "Estou começando a gostar desses seus fetiches de me amarrar, garanhão". Ela sussurrou com um gemido lascivo de prazer e continuou: "Mas nada de usar esse cinto para me bater, porque arde, viu?". Claro que não pude deixar passar em branco e repliquei: "Não deve arder mais do que o desejo que tenho de tomar você nos meus braços". Ela pulou no meu colo assim que ouviu minhas palavras, envolveu meu pescoço entre os braços presos com o cinto, entrelaçou as pernas em minha cintura e começou a se esfregar em mim ao mesmo tempo que me beijava...

Paro de falar com a lembrança, sentindo-me extremamente excitado só de recordar aquela cena.

— Silver, ela é a mulher da minha vida! Sei que a cada minuto conquisto-a um pouco mais. Mas eu ainda não sabia de sua infância sofrida e percebia certa resistência por parte dela ao uso de qualquer coisa que pudesse ser associada a uma punição. Hoje a entendo. Mas já comecei devagar a lhe explicar que jogos e objetos na hora do sexo, mesmo que envolvam algo mais forte, são sempre dirigidos ao prazer de duas pessoas que confiam uma na outra, nenhuma delas indo além dos respectivos limites.

Em meia hora de cavalgada já me sentia bem relaxado. Por ser um esporte de baixo impacto nas articulações e na coluna, não só fortalece o tônus muscular, mas também beneficia a postura e a coordenação motora, além, é claro, de combater o estresse, ou seja, tudo que eu estava precisando.

— E os banhos, Silver! Viraram meu maior vício! Minha pequena me permite banhar o seu corpo como se fosse uma gatinha manhosa que no início tem medo de água fria, mas, depois rende-se a mim ao descobrir que a temperatura é agradável. Adoro que ela saiba que sou eu a tocá-la, inclusive até quando está de olhos fechados enquanto lavo seu cabelo.

Silver aumenta o galope e mostra que cavalgar foi uma boa aposta, sinto-me invadido por um mar de endorfina que, naturalmente, me produz uma sensação de euforia. Ao término, sou tomado por uma sensação de prazer e bem-estar. Mas meu humor muda quando vem à minha mente a lembrança de que ficarei alguns dias longe dela. Volto ao estábulo e, depois de acomodar meu companheiro de quatro patas, decido a dar a ela somente poucos dias longe de mim.

Patrícia Alencar Rochetty...

Cansada e irritadíssima. É assim que estou depois de passar horas viajando. Para piorar, faz 45 minutos que espero minha mala aparecer na esteira. Ainda tenho mais de 300 quilômetros até chegar a Ajuricaba! Meu estado de espírito me faz tirar algumas conclusões sobre impulsividade, e vejo que ela nos conduz a caminhos tortuosos. Xingo-me mentalmente por ter pensado e agido tão precipitadamente, seguindo meu instinto incontrolável e medroso. Quando dei por mim, já tinha comprado a passagem para me levar para longe de tudo e todos! E o que foi que isto provou? Que sou uma tremenda boboca! Nunca, na minha vida, iria imaginar que desabafar com alguém a respeito dos meus demônios adormecidos poderia me fazer tão bem! Enquanto observo a bagagem finalmente despontar na esteira, fico meditando a respeito dos últimos acontecimentos, e algumas reflexões vêm à minha mente.

O Carlos foi compreensivo e agiu como um verdadeiro lorde. Seus conselhos e incentivo para eu enfrentar o que há 23 anos ficou adormecido me deram forças ao mesmo tempo que me confortaram. Não me senti desamparada ou sozinha. Ele conversou comigo naturalmente sobre os meus medos e encorajou-me a fazê-los desaparecerem. Foi uma espécie de antibiótico agindo direto sobre minhas emoções. Na teoria tudo é simples, porém, na prática sei que será uma nova fase, cheia de batalhas que sempre evitei lutar. Respiro aliviada quando minha mala passa pela cortina. Minhas mãos ficam trêmulas e sinto um frio na barriga que não imaginei experimentar.

Entro no ônibus, cada vez mais próxima de revisitar meu passado, a fim de ter um futuro bem resolvido. Sorrio comigo mesma: as palavras do Carlos tocaram a minha alma e mostraram que posso deixar-me ser amada apesar dos acontecimentos do passado. É incrível como a vida nos concede a oportunidade de curar nossas feridas, mesmo que fiquem cicatrizes que representarão tão somente uma lembrança do que se passou.

Não consigo pregar os olhos nas seis horas que se seguem. O fluxo de adrenalina corre por mim no compasso de cada quilômetro rodado. Nunca sonhei voltar ao local onde tudo aconteceu. Meus pais jamais mencionaram qualquer coisa, nem para criticar, nem para analisar o ocorrido, resguardando a mim e ao Eduardo de todo o sofrimento. Já meu irmão, o menino alegre de covinhas nas bochechas rechonchudas, transformou-se no menino da face encovada com um olhar atormentado.

Crescemos calados, sem dizer nada um ao outro. De minha parte, tão logo foi possível, fugi ao aproveitar a oportunidade que a vida me ofereceu quando fui convidada para morar com um anjo da guarda com que a vida me presenteou. E D. Agnello, por sua vez, também se manteve calada a respeito do assunto. Hoje, entendo por que não houve muito divulgação na cidade a respeito do acontecimento, que não se tornou um escândalo, como seria comum em casos como este. Naquela época, poucos conheciam a história da nossa família, pois o monstro nos manteve escondidos até o Eduardo ir para a escola. Além disso, somente anos depois voltamos a estudar na escola da cidade, quando já não havia mais nenhuma conexão entre a tragédia, eu e o Dado. Passamos a ter uma professora particular, a Flávia, a qual, anos depois, soube que era sobrinha da D. Agnello, a quem nunca vou poder agradecer o suficiente nesta vida.

A freada do ônibus tira-me de meus devaneios e mostra que chegamos ao local de destino. Fecho os olhos e imagino que o que tenho a fazer será importante para eu poder seguir em frente e ser feliz.

Olho meu celular e leio uma pequena mensagem encorajadora.

Lembre-se de que estarei sempre com você a cada passo do caminho... Vença, minha menina!

Tudo o que eu preciso é de algumas horas de descanso. A brisa que me saúda quando piso fora do ônibus parece um bom presságio a indicar que meu mundo solitário chegou ao fim. Estou começando a aceitar que viver acompanhada e feliz ao lado de alguém pode ser muito prazeroso e trazer muitas alegrias.

Desta vez tudo será diferente. Todas as outras vezes em que visitei Ajuricaba, fiquei hospedada na casa da D. Agnello. Não pelo conforto da casa maravilhosa, mas pela sensação inconsciente de proteção que o local me transmitia. Agora quero fazer diferente.

Atrás da rodoviária simples e antiga há um ponto de táxi, para onde me dirijo. Dou o endereço da D. Agnello para o motorista. Pretendo visitá-la antes de pegar mais 12 quilômetros de terra até chegar aos meus entes queridos e descobrir o que me reserva.

As ruas pequenas e estreitas mostram que não foram feitas muitas mudanças desde que fui embora, porém, desta vez vejo tudo com cores diferentes, preenchendo-as com um novo objetivo para minha vida: a libertação!

As surpresas podem causar desencontros, o que confirmo assim que o táxi estaciona em frente ao casarão e percebo as janelas do quarto da D. Agnello fechadas. Sinal de que ela não está em casa. Então, dou ao motorista um novo destino.

— Bah, moça, meu carro é novo... Por lá tem um tri quebra-molas e um monte de buracos! A corrida será bandeira 2 e ficará um pouco mais cara — fala cantado, com o sotaque das minhas origens.

Em outras ocasiões, seria uma boa desculpa para eu desistir e não encarar os meus medos, mas agora sinto força e coragem suficientes para fugir de qualquer subterfúgio que minha mente medrosa criar.

— Pode seguir viagem, senhor. Não é a bandeira 2 o maior problema que tenho a resolver.

— Bah, moça, tu é que manda, tchê!

Ele dá partida no carro e as emoções vão fluindo. De repente, a coragem começa a dar lugar à covardia, a realidade aos fantasmas... A memória de uma lágrima vermelha, marcada pelo sangue, vem à minha mente, junto com os olhos da minha mãe deitada no chão da cozinha diante do forno a lenha.

Tenho vontade de chorar e dentro de mim posso ouvir meus berros de socorro. Sinto minhas mãos tremerem e o medo querer assolar-me. Abro a janela traseira em uma tentativa de recuperar o ar que me falta no peito enquanto ouço, mentalmente, a voz do Carlos a me dizer para inspirar e expirar em meus momentos de pânico. Começo o exercício de respiração para me acalmar.

Minha mão vibra e percebo que, como um amuleto, seguro o celular.

Imagino que já tenha chegado à sua cidade. Mande-me notícias!

Respondo, ainda com as mãos trêmulas, concentrada na minha respiração.

Sim, cheguei, meu rico amuleto!

Ele responde.

Já sinto saudades...

Fecho os olhos com as lembranças de seu rosto lindo sorrindo para mim, de seus olhos azuis brilhando, dando-me força e encorajando-me.

Também... Demais, na verdade, meu... querido!

Levo o celular ao peito, perdida, olhando para a vegetação dos pastos e pomares que vão passando diante de meus olhos.

Através da poeira da estrada que se levanta atrás do carro, vejo entre a paisagem do vale, em cima de uma colina, a casa e a vegetação que a cerca nas terras humildes dos meus pais. Dou-me conta de que já chegamos quando sinto o peso das malas em minhas mãos.

Sentada à frente da casa segurando uma cuia de mate está minha mãe, que chama meu pai com emoção.

— Pai, nossa guria chegou! — O sotaque cantado é como um bálsamo para os meus ouvidos. — Bah, homem!!! Venha ajudar com as malas!

Aquele cenário me faz lembrar da infância. Vejo-me sentada na mesma cadeira que minha mãe está, perdida em meus sonhos de como conquistar o mundo um dia... Claro que sempre lambuzada da minha fruta preferida, que pegava da mangueira, ainda hoje ali, bem ao lado da casa.

De bombacha e botas pretas, camisa branca e cinto vermelho, meu pai surge à minha frente. Engraçado vê-lo com a vestimenta habitual das ocasiões especiais. Pelo que sei dele, deve estar usando-as desde cedo esperando-me.

— Bah, mãe!!! Tu disseste que tinha chegado a nossa guria e não a princesa mais linda que já vi! — Ele abre os braços e minhas mãos contraídas por causa do medo das lembranças soltam as malas.

— Bença, pai!!! — O abraço de urso sempre foi o seu maior gesto de carinho. — Que saudades, meu velho bigodudo! — Não perco meu hábito e puxo seu grande bigode castanho. O homem é vaidoso, fica sem a carne, mas não abre mão de comprar a tinta do cabelo e do bigode, que ele passa desde que me conheço por gente. — Parece que vi um pelinho branco aqui... — Brinco com um fio imaginário.

— Bah! Impossível... — canta a palavra. — Pintei ontem, tchê!

— Brincadeira, bonitão!

Ele pega minhas malas e caminhamos juntos para a varanda

— Dado! — chama minha mãe.

Abraço a velha, que cheira a leite de rosas, que para ela serve para tudo. Quando eu era uma adolescente espinhenta, ela dizia: "Guria, pegue meu leiteeee de rosas e passe nessas espinhas". Engraçado é que, apesar da idade e da pele branquinha e enrugada, ela não tem mancha nenhuma. Isto porque, segundo ela, milagreeees do leiteeeeeeeee de rosas. Ela sempre me dava um algodão com leiteeeee de rosas para limpar a pele: "Guria!!! Leiteeee de rosas é bom para limpar a pele e não deixar oleosa". Enfim, para ela, o leite de rosas só faz bem, mas, para mim, nem tanto... Um dia, o frasco caiu das minhas mãos e espirrou uma gota em meus olhos! O tal líquido milagroso fez arder até a minha alma.

— Mãe!!! Isso é covardia! Mal chego e já sinto o aroma do meu prato preferido! — Amo frango com quiabo, mesmo tendo nojinho da baba. Mas nunca aprendi a fazer.

Ela me entrega a cuia, despejando a água da qual sai fumaça de tão quente.

— Guria, tu estás muito magrinha! Estes dias aqui te farão muito bem.

— Estes dias aqui me farão virar uma porca de gorda, isto sim... — ronrono para ela, fazendo cócegas. Entramos juntas, rindo, pela porta.

De repente, ergo meus olhos e vejo-o parado à minha frente. Uma muralha bronzeada com o cabelo liso mais comprido que o meu, mirando-me de maneira profunda, sem nenhuma expressão de felicidade. O Eduardo está mais lindo do que nunca! Ele é selvagem, não tem vaidade nenhuma, mas é um homem que realmente chama a atenção, com suas linhas de expressão marcadas pelo tempo. Ele sempre foi cobiçado pelas meninas, ainda mais que, no Sul, a maioria dos homens são louros, com traços alemães e suecos. Nossos traços latinos sempre nos diferenciaram dos demais. Mas ele nunca se envolveu emocionalmente com ninguém. Mais uma vítima marcada pelo passado.

O que sempre pareceu uma contradição para mim é que ele, apesar de usar drogas regularmente, podendo ser classificado como um dependente químico, sempre comeu muito bem e nunca recusou os serviços pesados que precisa fazer em um sítio, impedindo que nosso pai os fizesse. Além disso, vivia, digamos, treinando, se é que posso chamar assim, com um saco, que foi aumentando de peso conforme crescíamos graças ao próprio Eduardo, que era quem cuidava desse aumento de peso.

Nunca me esqueci da história desse saco. Uma vez, meu pai nos levou ao quartinho de guardar ferramentas, mostrou-nos um saco de areia pendurado em uma viga do teto e disse: "Quando sentirem raiva, não precisam ser agressivos com ninguém, mas também não precisam trancar essa coisa ruim dentro de vocês. Quero que venham aqui e soquem esse saco até a raiva ir embora, entenderam? Tentem agora!". No primeiro soco, gritei de dor, então meu pai disse que no começo seria assim, porque a raiva dirigida aos outros sempre nos machuca de volta. Com o saco de areia, porém, só doeria no início. Dei mais alguns socos e prometi que faria isso. Quando o Eduardo começou a socar, fiquei surpresa pela força e agilidade! Ele parecia não se cansar nunca! Meu pai teve de fazê-lo parar, viu suas mãozinhas machucadas e falou: "Filho, tu também tens que aprender que todos temos nossos limites! Se uma coisa começa a nos machucar muito, então é hora de resolver isso, ou então parar! E para você, agora é hora de parar, piá!".

Outras lembranças vêm à minha mente. Ele sempre foi superprotetor até que tudo aconteceu. Éramos muito diferentes: enquanto eu chorava por tudo, ele sempre cedia para mim. Minha mãe dizia que o Eduardo saiu da barriga sorrindo e eu saí dizendo ao mundo para não mexer comigo. Depois da tragédia, ele vivia socando aquele saco, quase nunca tinha tempo para mim. Mesmo assim, cuidava de mim de forma disfarçada, coisa que só sou capaz de perceber agora. Deus, por que não conseguimos ficar mais unidos? Será que a distância segura que nos impusemos foi para evitar as lembranças? Não sei se foi o caso dele, mas, definitivamente foi o meu... Quero mudar isso!

— E aí, bonitão? Vai me abraçar e me dar as boas-vindas ou vai ficar aí parado como dois de paus?

— Estou pensando ainda... — caçoou. — Tu tá bonitona, hein? Hum, mas me deixa adivinhar... — Ele levanta os olhos para cima como se estivesse consultando os céus. — É obra da natureza!

Rimos juntos. Aquele é um diálogo que sempre repetimos todas as vezes que nos vimos. Deixa minha esteticista, meus personal trainner e cabeleireiro ouvirem isso!

Ele me puxa para seus braços, no que imagino a sorte da mulher que um dia remendar seu coração quebrado.

— Senti saudade. Tu demoraste muito para voltar desta vez!

— Também senti saudades de você, grandão! Desculpe-me. Fiquei tão envolvida nos problemas deixados pelo antigo sócio da Bárbara que deixei de lado o mais importante para mim, minha família! Sinto muito! Por isso, desta vez ficarei aqui em casa e não na D. Agnello, além de passar mais tempo com vocês. Vai até se cansar de mim.

— Pode apostar que sim. — Ele empurra meu ombro com o seu.

Conviver com ele não é difícil. Sempre calado, observa tudo. Meus pais são totalmente protetores e isto sempre me incomodou muito. Falei disso com o Carlos, que me ajudou a refletir sobre o julgamento que sempre fiz dele. Entendo muito melhor o comportamento de todos nós e quero fazer o que for possível para mudar esse estigma mórbido que nos rodeia, a mim e ao Eduardo. Penso no que dirá quando contar que tenho uma notícia especial para ele: que, se quiser, terá um emprego. Apesar de ter relutado muito em aceitar a oferta do meu garanhão, fazendo mil objeções a respeito, ele deixou claro para mim que lidar com isso era problema dele, que resolveria o que quer que fosse necessário, pois, uma vez que a decisão era dele, igualmente as consequências seriam.

As brigas em casa eram constantes. Meu irmão vendia quase tudo para conseguir drogas. Sempre viveu em um mundo só dele, mas uma coisa eu tenho que admitir, ele nunca fez mal a ninguém além dele mesmo. Em todas as vezes que foi preso por confusão e porte de drogas, defendeu-se sozinho e nunca envolveu nossos pais. Não quero compensá-lo em dez dias pelos anos que perdemos separados, porém, não consigo seguir em frente e viver feliz enquanto uma parte de mim continua presa ao passado.

— O que acha de um passeio pelo terrão, naquela sua moto velha e barulhenta? Vamos alucinar os galinheiros?

Ele encolhe os ombros com um meio sorriso de lado. Será que estou sendo tão previsível a ponto de ele notar que quero uma aproximação que nunca tivemos?

— Bah, aquela moto velha e barulhenta não é mais tão barulhenta assim! Ele vem trabalhando nela há anos, né, guri? — fala meu pai, todo orgulhoso, como se ele tivesse feito milagres com a Harley Davidson 1978, única herança deixada na garagem da antiga casa e que não tenho nem ideia de quem trouxe para cá.

— Temos um mecânico aqui, então? — Sento-me ao lado dele na antiga poltrona reformada de dois lugares.

Ele sempre pulou de um emprego a outro, sem se firmar em nenhum, motivo pelo qual nunca soube em qual profissão destacou-se.

— Curioso — responde.

— Vamos jantar? A guria viajou o dia todo, deve estar com o estômago saindo pela boca!

— D. Amparito, qual será o tamanho que eu teria na horizontal se tivesse vivido todos estes anos ao seu lado?

— Bah, guria, estaria do nosso tamanho, tchê! Tu vês algum gordo aqui? — pergunta, com a colher de pau na mão e um avental amarrado na cintura.

Tudo na casa, desde a decoração até os móveis, passando pelas roupas, foi confeccionado artesanalmente por eles. Meu pai tem uma pequena marcenaria nos fundos da casa e, quando eles não estão fazendo artesanato para vender, estão inventando alguma coisa para a casa.

Sobre a mesa ela já colocou a salada de alface, couve refogada, pão caseiro, feijão, arroz e o famoso frango com quiabo da D. Amparito. Literalmente, jantamos com as galinhas, porque, em meio à grande cozinha, que também é a copa, os animais que meus pais criam têm acesso livre quando alguém esquece o portão aberto. Hoje não poderia ser diferente. Duas galinhas e um pavão entram para ciscar. Com um guardanapo na mão, minha mãe os expulsa.

— Fora, Clodovil, Tetê e Zezé!

Sempre achei engraçada a mania dela de batizar os bichos. Não resisto a uma brincadeira.

— Por acaso não estamos comendo nenhuma Hebe, Nini, Tatá ou coisa parecida, né?

— Não, não... — Meu irmão entra na brincadeira. — Esta que estamos comendo a mamãe comprou lá na venda do seu Zé. Nem tinha nome ainda.

Rimos todos e ela, por sua vez, não deixa passar em branco.

— Bah, guria, vou dizer para a Tetê amanhã cedo, quando for pegar seus ovos, que tu não irás comer ovos mexidos porque não quer comer seus futuros pintinhos.

O bom humor dos meus pais sempre foi algo em que me espelhei. Tudo para eles é levado sem grandes dramas, são simples e objetivos, não criam problemas, sempre foram cúmplices em buscar soluções.

Depois de comermos os deliciosos doces em compotas que minha mãe mesma fez, ajudo-a a arrumar a cozinha. Levo um susto ao sentir algo vibrando no bolso de trás da minha calça. Por incrível que pareça, andei pela casa inteira procurando sinal no celular, sem sucesso. Queria enviar mensagens para a Babby e o meu garanhão. Horas longe dele já me deixaram angustiada.

> *Está tudo bem? Mandei várias mensagens e você não respondeu. Tentei ligar, mas só caiu na caixa postal. Mande ao menos um sinal de fumaça, caso contrário pegarei o primeiro avião para encontrá-la.*

Rio com a mensagem e com a possibilidade de ele vir atrás de mim! Até que eu acharia isso uma de suas boas travessuras...

> *Bonitão, sua ameaça é tentadora. Mas não respondi antes porque aqui no sítio o sinal é ruim e oscila demais. Acabei de jantar, está tudo bem.*
> *Saudades!*

— Bah!!! Estou vendo um sorriso e olhos brilhando ou é impressão minha, guria?

Dou um passo à direita tentando disfarçar, com um prato na mão e os olhos vidrados na tela... Pronto, o sinal já era...

— Uma pessoa especial — confesso, sabendo o que ela quer ouvir.

— Tu nem precisas me contar isso, vi em teus olhos quando chegou aqui. Tu estás feliz?

— Hum, hum... Minha felicidade é tanta que tenho até medo de confessar em voz alta!

— Bah! Isto é muito bom! Viver sozinha naquele monstro de cidade não é bom para uma guria.

— Mãe... — Quando vou perguntar a ela como nos encontrou no dia do acidente e por que nunca falamos sobre isto, meu irmão entra na cozinha.

— *Bença*, mãe! Estou saindo.

Olho para ele sem saber ao certo o que dizer; queria que ficássemos conversando. Ele parece tão distante! Talvez, juntos, possamos abrir uma velha e dolorida ferida e tentar fazê la cicatrizar.

— Se não estivesse tão cansada pediria para acompanhá-lo.

Ele levanta o ombro.

— Talvez outro dia. — Ele beija a testa da minha mãe e vejo a dor que sente em vê-lo sair, sabendo o que fará.

Alguns segundos e um som potente e gostoso se faz ouvir.

Vejo minha mãe parada à porta em silêncio na penumbra da noite, limpando com o dedo uma lágrima tímida.

— É sempre assim — diz, cabisbaixa. — Ele sai e volta destruído. E hoje não será diferente. Quando ele era mais guri — fala como se estivesse fazendo uma confissão — era mais agressivo, se autodestruía, mas nós mostrávamos para ele que precisava de ajuda. Fizemos muita vista grossa às suas ações violentas, mas que só prejudicavam a ele mesmo. Toda a vida, sem ele saber, acertamos suas dívidas com traficantes, com medo de... — Ela para de falar e soluça.

Seguro sua mão fria com o coração apertado.

— Nossa família adoeceu! Eu e seu pai vimos vocês se afastando cada dia mais. Tudo foi acontecendo e não tivemos forças para lidar com o problema, então começamos a agir por impulso, assim como ele. No dia seguinte, ficava dizendo que não haveria próxima vez, mas sempre tinha. — Ela chora sentida.

— Não se culpe! — digo, em lágrimas, sentindo toda a sua dor.

— Não nos sentimos culpados, mas incapazes de fazer mais por vocês.

— Não fala isso! Vocês foram maravilhosos! Não assuma a culpa que é de um homem que desgraçou a vida de cinco vítimas inocentes!

Ela me olha compreensiva por saber que todos nós fomos vítimas daquele infeliz e, ao mesmo tempo, surpresa, porque nem sei como criei forças para dizer isso, uma vez que nunca tocamos uma vírgula que fosse a respeito do assunto.

— Sim, fia, aquele homem levou quase tudo de nós. — É a primeira vez que ela admite o que dentro de mim sempre soube. — Meu guri, reconheço, já melhorou muito! Cresceu e não se mete mais em confusões. A única confusão que ficou é a que existe dentro dele. Vejo como ele destrói a si mesmo a cada dia que passa! Isso dói muito, fia! Bah, eu e teu pai tentamos sempre aconselhá-lo. — Ela passa o avental em seu rosto molhado pelas lágrimas.

— Mas ele ainda gasta todo o dinheiro de vocês! — digo, com um misto de raiva e pena dele.

— Não mais, guria... Não mais... — repete. — Se ficamos sem dinheiro é porque teu pai acaba comprando algumas peças para a moto dele para que tenha um pouco de felicidade.

— Mãe, ele precisa trabalhar! Não pode viver às custas de vocês a vida inteira! Eu entendo que não deve ser fácil para ele tudo o que se passou, mas ele precisa reagir, crescer... — falo exaltada e nervosa. Tremo enfurecida, porque, no fundo, sinto-me impotente! Quero tanto poder ajudar e não sei por onde começar! Meus pais já estão com certa idade, quero resguardá-los de mais sofrimentos.

Meu pai chega com a cuia na cozinha.

— Bah! O que está acontecendo aqui? Estão chorando? — Minha mãe se volta para a pia, disfarçando sua angústia, pois meu pai anda doente e ela teme por ele.

— Chorando de felicidade por estar aqui com vocês! — digo, abraçando-o com minhas mãos trêmulas e geladas.

— Precisa agasalhar-te, guria! Aqui no vale a noite é fria.

Dou um beijo no pequeno espaço da face dele onde não tem barba e coço meu nariz.

— Sua barba ainda espeta... — Brinco, enfiando meus dedos na sua costela fofinha.

— Bah! E tu cresces no tamanho e continua espetando-me com estes dedinhos perversos na costela.

— É muito bom estar aqui de volta com vocês! Vou tomar um banho e agasalhar-me... *Bença*, pai e mãe!

Aceno para eles e sigo para o quarto. No seio da família gaúcha cultiva-se o respeito e amizade. Meus pais sempre nos passaram tais ensinamentos, motivo pelo qual peço a bênção a eles.

Abro a antiga e bem conservada porta do quarto em que passei metade da minha vida. De um lado, a cama do Eduardo, do outro a minha, arrumada como se estivesse sempre me esperando. Os móveis são de madeira maciça, talhados com desenhos provençais. Meus pais são caprichosos e têm muito bom gosto. A casa deles pode ser humilde, mas é de uma beleza ímpar. O perfume do sabonete é o mesmo, o velho Francis violeta. Fecho os olhos e desço a esponja molhada em meu corpo. Meus pensamentos me levam até o meu garanhão. Sinto minha pele arrepiar e o desejo despertar...

O que será que anda fazendo?

Termino rápido o banho, antes de gastar toda a água que vem da cisterna.

Sentada na cama, tento diversas vezes conseguir sinal no celular. Resolvo pegar o telefone fixo, que continua no modo pai de santo, ou seja, só está recebendo ligações. Conclusão: não tenho como ligar nem para a Babby, que deve estar puxando o cabelo, irritada comigo por não lhe ter dado notícias ainda, nem para o Carlos!

Respiro fundo e reparo no quadro emoldurado acima da cama do Eduardo. É uma foto nossa, sentados em um potrinho, em frente à casa. Lembro de quando ela foi tirada. Meus pais não tinham máquina fotográfica, assim, não existem fotos de nossa infância. As únicas que temos são as que tiramos na escola com a turma e aquela, emoldurada no quadro.

Antigamente, fotógrafos viajantes passavam por lugares afastados, com seus potrinhos. Batiam as chapas e as vendiam, depois. E aquela ali meus pais fizeram questão de guardar. Como eu era desajeitada, de vestido de poá vermelho e branco, maria-chiquinha... E minha cara? Sorrio sozinha. Bocão aberto, mostrando os dentes, menos um que faltava na frente. Juro que se não fosse nosso único registro da infância, eu esconderia essa foto para ninguém nunca ver. Ele, por outro lado, mesmo de bermuda azul de tergal que minha mãe mesma confeccionou e uma camiseta branca, é o menino mais lindo que Ajuricaba jamais viu! Seus olhos distantes miram um ponto que só ele vê. Tiro o pequeno quadro da parede e abraço-o, sentindo as lágrimas deslizarem pela minha face.

— Por que, meu irmão, tínhamos que passar por tudo isso? Por que nos perdemos um do outro?

Sinto-me invadindo o espaço dele ao dormir ali. Insisti para dormir na sala, mas não deixaram. Se tenho uma coisa de bom é que durmo onde encosto, sem maiores problemas. Aliás, desconfio que até ronco, o que morro de vergonha de perguntar ao Carlos...

Devo ter adormecido. Sinto-me despertar com um ar quente e um lábio frio na minha testa. O aroma misto de perfume amadeirado com erva e álcool deixa-me consciente de que é o Eduardo. Sempre foi seu gesto de carinho enquanto eu dormia. Depois do que aconteceu com nossos pais, ele passou a ser seco e distante e eu passei a aceitar esse único sinal de afeto, quietinha no meu canto.

Sinto-o afastar-se da cama... Na verdade, ouço-o mesmo é cambalear até a outra cama. Abro lentamente um dos olhos, para dizer a ele para ficar ali, no seu lugar, que irei ocupar minha cama. Além de invadir um espaço que passou a ser só dele durante anos, aquele é seu canto de dormir, mas desisto. Na penumbra do quarto, vejo meu irmão em um estado lastimável. Mal consigo visualizar suas feições deformadas pela tristeza! Parece estar há noites sem dormir, com os olhos saltados, voltados para o nada! Seu corpo está inquieto e eu me contraio sem saber o que fazer. Meu peito aperta, um nó se forma na minha garganta e quando ele cai na cama, desequilibrado, eu seguro um soluço, mas uma lágrima escorre pelo canto dos meus olhos. Quero levantar e abraçá-lo, mostrar que estou aqui, mas não consigo. Minha razão diz que não é o momento e que não sou uma heroína que resolveu aparecer depois de anos para salvá-lo.

Ele fica virando de um lado para outro, não por estar desconfortável, mas porque parece que seu mundo está girando. De repente, um suspiro e o compasso de sua respiração mostram que ele dormiu. Espero alguns minutos e vejo a porta do quarto abrir-se lentamente. É a figura magrinha e baixinha de nossa mãe, andando descalça pelo quarto, silenciosamente. Ela tira os sapatos dele, ajeita-o o melhor que pode e o cobre.

Isso não é justo! Por favor, que minha família tenha força e que eu possa ajudá-la além do suporte financeiro.

Ela se vira na minha direção e finjo dormir.

— Meus doces meninos, como é bom ter vocês dois junto de mim! — Ela arruma a coberta em cima de mim e sai do quarto.

Choro baixinho, não sei se por minutos ou horas. Parece que toda a dor de um passado enterrado nas profundezas da minha mente vem agora espalhar seu fel no presente. Digo que tenho orgulho de mim por nunca ter sido do tipo que fica reclamando da vida, e tampouco farei isso agora, e posso até ter bloqueado lembranças tristes, mas, já que recordei de tudo, farei o máximo para dar um pouco de dignidade e amor a esta família.

— Não!!! Ela, não! — grita ele. As palavras saem altas e desconexas. Ele se debate e pela primeira vez em toda a minha vida vejo uma pessoa perdida em seu pesadelo. — Eu pago, mas ela não! — Será que ele deve para traficantes? Será que não aprendeu nestes anos todos que ele pode sair machucado ou morto por dever a pessoas sem coração? — Você já a levou! Ela não! — Debate-se, parecendo incapaz de se mover, falar ou agir. Parece estar falando com alguém. É angustiante vê-lo assim. — Não mexe com ela, senão eu mato você!

Levanto. Não é com traficantes que ele está sonhando, mas com a minha mãe e aquele assassino desgraçado. Ouvi-lo dizer "Você já a levou" deixa-me consciente de que ele ainda sofre... e muito!

— Dado. — Toco nele, de longe. Não sou boba de chegar perto, posso levar um murro ao ser confundida com nosso pai monstro, ou seja lá com quem quer que ele esteja tendo esse pesadelo.

Ele fica quieto por segundos, penso que tudo acabou. Mas arregala os olhos e grita.

— Não!!! Você não vai levar minha irmãzinha com você, seu assassino!

Nessa hora, não existe medo, pavor ou receio que me impeça de abraçá-lo. Preciso e tenho que fazer alguma coisa! Pensa, Patrícia, pensa!!!

— Dado! Está tudo bem! — Deito com ele e abraço-o forte para que pare de se contorcer. Ele continua e eu falo mais alto. — Eduardo, acorda! Ele não me levou! Eu estou aqui, meu irmãozinho! É só um pesadelo!

Ele se aquieta e murmura, grogue:

— Ao menos tu eu consegui salvar, minha guria brava!

Ele relaxa e volta a dormir, perdido no seu sono. Fico abraçada a ele, afagando seu cabelo negro e macio grudado em seu rosto suado. Seus batimentos cardíacos, antes acelerados, vão aos poucos voltando ao ritmo normal.

— Dado, farei de tudo para ajudá-lo! Confie em mim e em você! Você vai vencer, meu irmão.

Levanto insone e triste. No fundo, sinto-me culpada por não ter estado com ele estes anos todos! Fecho a porta do quarto com cuidado e caminho solitária até a cozinha. Em cima da mesa vejo a cuia e o mate. Coloco a água na chaleira e espero ferver. Depois, preparo tudo, abro a porta da cozinha e vou até a varanda. Já está amanhecendo. Envolvo-me em uma manta que minha mãe deixa na cadeira reclinável e fico olhando perdida para as folhas umedecidas pelas gotas do sereno. Reflito a respeito dos pilares nos quais estruturei minha vida, fugindo de um passado que eu não permiti vir ao meu consciente, deixando para trás pessoas que sofreram tanto quanto ou até mesmo mais do que eu. Concordo que em muitas áreas fui bem-sucedida, mas também deixei de crescer em outras, como na emocional. Sei que minha maior motivação foi a de dar uma vida melhor para meus pais e não permitir que ninguém me tratasse como uma vítima. Mas consegui chegar até aqui, percebo agora, porque conquistar algo e ser feliz depende de cada um de nós. E eu, a despeito de todos os traumas e adversidades, cheguei até aqui. Minha longa jornada preparou-me para enfrentar os demais desafios no tempo certo, estando eu madura agora para superar toda a dor e para tentar fazer isso junto com meus pais e meu irmão.

Vislumbro no horizonte os primeiros raios de sol. Como senti falta disto!

— Bah, guria, sentiste comichões na cama? — A voz rouca e cantada com o mais lindo sotaque gaúcho desperta-me de meus devaneios filosóficos.

— Aprendi a acordar cedo.

— Então vamos comigo acordar a Ditinha, afinal, sem leite nosso café fica sem graça.

Enquanto calço as botas, penso comigo mesma que se contar para a ajudante da limpeza do meu prédio qual é o nome da vaca leiteira do meu pai perco a amizade dela.

— Vai tirar esse pijama, tchê! Porque não sei se as galinhas daqui vão gostar de ver alguém com foto de um dos seus filhotinhos andando por aí com um gato preto atrás...

Acho graça, porque ele está se referindo ao pijama que estou usando, com as estampas do Piu-Piu e do Frajola. Sei que é infantil, mas ele é tão quentinho e eu amo os dois! Além disso, tenho que aproveitar para curtir este meu pijaminha favorito enquanto estou longe do meu garanhão, porque de jeito nenhum vou usá-lo ao lado dele! Dou uma risadinha sapeca para o meu pai e vou trocar de roupa. Acho que estes dias aqui serão melhores do que eu imaginava.

Capítulo 2

Patrícia Alencar Rochetty...

A cada dia que passa, o Eduardo me deixa tirar uma pedrinha da muralha que construiu ao seu redor. Não sei se é porque sou atrapalhada demais como irmã e só dou fora ou se o meu bom humor tem rendido boas risadas para ele. Nas duas primeiras noites as cenas foram iguais, ele saiu e voltou totalmente embriagado, cheio de pesadelos ao dormir e tive a certeza de que a bebida ou qualquer outra coisa que tenha consumido funcionam como uma forma de amenizar os seus medos. Nossos pais sempre permissivos, sem fazer nada para impedi-lo de se aniquilar.

Ele passa os dias quieto em um mundo só dele. Nossa relação é marcada por uma carga emocional muito forte, parecendo que ambos pisamos em ovos o tempo todo, batendo papos curtos, sem brechas para o passado entrar. Mesmo que tenhamos lembranças positivas, nossas interações são contidas, o que impede de nos aproximarmos. Acho que a única intimidade que tivemos até hoje foi por meio das brincadeiras da infância, quando passávamos muito tempo juntos e conhecíamos um ao outro. Hoje já não sei mais como me aproximar dele, mesmo que apenas almeje recuperar nossa intimidade e oferecer apoio emocional. Quero muito entender seus conflitos, discutir seus pontos de vista e mostrar que estou de braços abertos para enfrentarmos qualquer coisa.

De longe, vejo-o ir em direção à casa. Sem pensar duas vezes, pego o caroço da manga que acabo de chupar até o talo e miro no local em que ele está.

Ô mira infeliz que me faz errar o alvo.

— Ei, bonequinha, vejo que não perdeste o velho costume.

Sinto-me como o Cha Ka do filme *Elo Perdido*. Nem acredito que consegui subir na mangueira como um macaco! É verdade que apanhei um pouco, principalmente porque minha bota da cidade grande não contribuiu. Tive de arregaçar a bainha da calça e tirar os sapatos. Para minha vergonha, o tronco escorregadio me derrubou duas vezes, mas, quando consegui firmar o equilíbrio, subi. Agora estou no alto da árvore, toda lambuzada de tanto chupar manga, mas com medo de descer.

— Bonitão, é difícil conseguir uma escada?
— O que aconteceu? Desaprendeste a descer?
— Acho que os anos me deixaram enferrujada e medrosa. E você fala isso porque não está vendo em que altura estou. Só de olhar para baixo dá vertigens! Além disso, meu estômago já não é o mesmo... Ou você acha que chupar cinco mangas não é um exagero? — falo, divertida, sabendo que estou sendo a mesma gulosa de sempre. Só que, desta vez, todas as frutas me fizeram lembrar do meu garanhão de maneira indecente!

Rapidinho ele vai e pega uma escada, a qual fica segurando para não ter o perigo de ambas desabarmos. Quando desço o último degrau, ele está com o sorriso estampado no rosto.

— O que foi?
— Acho que a bonequinha transformou-se em uma bruxinha descabelada, mas, mesmo assim... — Ele abaixa a cabeça. — A mais bela de todas. Deveria ver tua cara no espelho.

Rio com ele e lembro-me da D. Agnello repreendendo-me todas as vezes que me pegou com o fruto do pecado.

No dia anterior, meus pais disseram que desde que o Dado voltou da última clínica de reabilitação, não teve mais problemas com drogas, o que vinha acontecendo há anos. Eu duvidei que isso fosse verdade ao vê-lo chegar em casa à noite, mas, admito, comprovei com meus olhos e olfato que ele cheirava somente a tabaco e a bebida, nada de erva, nariz vermelho ou picada de agulha.

Relembro a conversa.

— Vocês estão se iludindo. Ele gasta todo o dinheiro de vocês! Inclusive o dinheiro das despesas da casa!

— Bah, guria! Nós não temos mais problemas com cobradores na nossa porta, tchê!

Fico sem entender, mas, ao mesmo tempo irritada em ver como eles querem tapar o sol com a peneira, se sei que eu mesma estou sofrendo sem telefone aqui porque está cortado por falta de pagamento, cujo dinheiro só poderia ter ido para as drogas dele! Consegui falar muito rápido com a Babby e com o Carlos, mas apenas por mensagens, quando milagrosamente apareceu sinal.

— Não? Como não?

Um olha para o outro, de maneira cúmplice.

— Não foi ele quem gastou o dinheiro. Foi teu pai.

Meu pai olha para mim com as sobrancelhas grossas.

— Bah! — Encolhe os ombros. — O guri está mudado! Vem procurando emprego dia e noite! Vai para as entrevistas e volta derrotado cada vez que recebe um não. Então, vendo o talento dele arrumando as motos e os carros de todos aqui de perto, decidi ajudá-lo. Comprei as peças novas para sua moto e acabei parcelando tudo.

Olho para eles, furiosa. São tão orgulhosos! Tiram a roupa do corpo para ajudar os outros sem considerar que podem me pedir quando quiserem que mando dinheiro, sem problema! Poxa, um dos motivos para querer alcançar uma situação financeira confortável, privando-me a vida toda de muitos luxos, foi justamente para dar a eles uma vida melhor e com menos preocupações. Fico chateada por não entenderem isso!

— Vocês poderiam ter me ligado! Quando é que vão aceitar minha ajuda? Sinto-me uma imprestável quando descubro essas coisas! É como se eu fosse excluída do seio familiar!

— Fia, não é isso! Tu já dás muita ajuda para nós! Não seria certo pedirmos mais! Até as clínicas caras do Dado tu pagaste sem nunca reclamar. Então, damos nossos pulos no que podemos, não precisa preocupar-te! Apertamos um pouquinho aqui, outro ali e tudo vai se ajeitando.

— Ainda não concordo muito com isso, não! Não tem problema nenhum gastarem dinheiro com o Dado, mas é chato ver como vocês aceitam tudo que vem dele. Essa permissividade não vai ajudá-lo a encontrar o próprio caminho! Eu quero muito que ele consiga sair desse buraco negro para uma vida mais feliz, livre da desgraça das drogas. Mas, se vocês me deixam de fora, como posso ajudar meu irmão? Eu teria feito com muita alegria e esperança!

Fico triste. Teria a maior satisfação não só em pagar as clínicas de reabilitação para ele, mas também em custear uma atividade profissional com a qual ele se identifica e o faz sentir-se útil. Assim, teria até mais abertura para conversar com ele, a fim de vencermos esse nosso passado cruel. Percebi que ele passa o dia ajudando a todos que o procuram, até pneu de carroça eu o vi arrumando com um pedaço de plástico e cola quente! Tudo muito improvisado, mas bem criativo!

Na terceira noite, tive uma ideia para me aproximar dele. Peguei o jogo de xadrez empoeirado de cima do armário e lhe propus um desafio. Se eu ganhasse, ele teria que me deixar pilotar sua moto; caso contrário, eu pagaria um jantar especial para ele. Claro que ele não quis jogar no começo.

— Está com medo, Dado? Quando a sua moto era velha, com apenas um motor rodando, você não se importava com ela... Ou está com medo de perder uma bela partida?

— Capaz! — diz, pronto para sair de casa.

— Sempre preferiu jogar com o papai, né? Ele sempre foi permissivo com você. — Percebo que minha tática funciona, porque ele levanta a sobrancelha. — Deixo você com as pedras brancas, nem me importo que comece. Afinal, prefiro o ataque — digo, com cara de vencedora.

— Boneca, não tenhas esperanças, capturarei teu rei nas primeiras jogadas.

Bingo!!! Desafiá-lo dizendo que sou melhor sempre o atingiu no ponto fraco.

Puxo assunto ao longo da partida, mas ele, concentrado e atento, só responde o básico. Meus pais divertem-se ao perceber a minha estratégia para distraí-lo. Ele parece alheio aos meus comentários provocantes e o jogo segue. Comemoro por dentro, pois tenho a certeza de que nesta noite ele não vai se autodestruir por ter ficado aqui. Chegamos a 49 lances consecutivos sem movimentar qualquer peão e sem capturar qualquer peça. Mais um e o jogo é encerrado por empate. Ele faz uma jogada e olha para mim feliz, acreditando que eu não vou conseguir fugir do xeque-mate. Mas estou determinada a não perder e, em uma jogada inteligente, consigo empatar o jogo.

— Eu cresci, bonitão... — Sorrio para ele, feliz da vida. — Acho que vou levá-lo de moto para jantar em um restaurante bacana.

— Vai sonhando...

Nessa noite ele não saiu, mas ficou inquieto, andando de um lado para outro, talvez sentindo abstinência da bebida. Fiz de tudo para distraí-lo. Sentada com ele na frente da casa, vendo as estrelas, dei o primeiro passo.

— Dado, você é feliz? — Ele se vira para mim com cara de espanto. Claro, fui tão sutil quanto um elefante em uma loja de cristal! — Quero dizer, feliz aqui, com a vida que você leva. Nunca pensou em sair para conquistar o seu espaço pelo mundo?

— Bonequinha, para ti sair daqui significou conquistar um espaço no mundo, mas, para mim, ficar aqui é viver o mundo que me interessa.

Agora me espanto, porque, pela primeira vez em dias, ouço-o construir uma frase com mais de dez palavras! Aproveito a deixa e estabeleço um bate-papo, como se fôssemos dois antigos conhecidos abordando assuntos reais e profundos.

— Você já se apaixonou?

— Acho que uma única vez.
— E como foi?
— Não foi.
— Por quê?
— Nunca tentei descobrir o motivo.
— Os porquês são difíceis de entender, né? — Tento me aproximar dele fazendo uma confissão. — Acho que estou apaixonada.

Levanto a cabeça apoiada no encosto da cadeira de balanço, assustada com minha própria admissão. Meus dias aqui têm voltado meus pensamentos para o garanhão. Sinto falta da sua voz, do seu cheiro, da sua risada, da sua autoridade... Na verdade sinto falta dele inteiro! É como se estivesse faltando uma parte bonita de mim mesma.

Todo protetor e de poucas palavras, meu irmão inverte o jogo, passando a fazer as perguntas.

— E o cara é bacana?
— Ele é ótimo! Além disso, tem uma pegada... — Rio da cara que ele faz.
— Poupe-me dos comentários sórdidos, guria! Quero apenas saber se ele é carinhoso contigo e se te faz feliz.

Conto para ele tudo o que o Carlos fez até agora para me conquistar. Seguindo sua sugestão, omito os detalhes mais picantes. Mas, cada vez que faço isso, sinto formigarem certas partes do meu corpo.

A noite foi longa e a conversa, ótima. Percebi que por diversas vezes tirei-o da zona de conforto. Mas não forcei a barra, porque ainda é muito cedo para mexermos em uma ferida exposta e aberta. Ainda assim, estou determinada, antes de ir embora, a convencê-lo de que fazer terapia será muito bom tanto para ele quanto para mim.

Entramos, gelados com o sereno da noite.

Pela manhã, ao som do galo cantando, viro-me na cama e tampo os ouvidos com o travesseiro.

— Dado, aperta a tecla stop desse galo esganiçado...

Acostumado com isso, ele nem se mexe. O galo canta mais uma vez. Irritada, pego o travesseiro e jogo na cama dele com força.

— Vamos lá, Dado, torce o pescocinho desse Pavarotti emplumado!
— Ei, vira para o outro lado e durma, ele já vai parar — resmunga.

Não adianta, já estou bem desperta. Decido levantar. Antes de sair do quarto, tenho vontade de retribuir o carinho que o Dado dedica a mim a vida inteira quando dormimos um ao lado do outro. Chego perto dele e desço meus lábios até sua testa, dando nele um beijo suave. Levo o maior susto quando um braço enorme me puxa para a cama! O safado prende minha cabeça debaixo do braço, enquanto me faz cócegas com a outra mão.

— Para, Dado! — Esperneio e me defendo como posso. — Pelo amor de Deus, homem! Você nunca ouviu falar que, na falta de desodorante, pode passar limão na axila para tirar o cheiro ruim? — O homem é cheiroso, mas esta é a única arma que tenho e não hesito em usá-la. — Aliás, pelo cheiro forte não sei se apenas um limão vai resolver, acho que deverá passar o limoeiro inteiro aí.

— Engraçadinha! — Ele leva o braço ao nariz e eu aproveito a deixa para fugir.

Sinto que estamos estabelecendo uma empatia um com o outro. Parece que ele também sentiu falta de mim. Passamos praticamente o dia todo juntos, comigo provocando-o quanto a ele ser o meu carona esta noite e ele dizendo que jamais.

— Já deu um trato na moto, Dado? Não quero chegar à cidade com ela toda suja. Afinal, não é todo dia que as pessoas veem uma mulher pilotando uma Harley. — Claro que digo isso tudo brincando. O máximo que me permitiria seria uma volta dentro do sítio. Não piloto nem no trânsito caótico de São Paulo, que dirá na estradinha de terra que leva à cidade...

— Sonhar não custa, bonequinha.

Sonhar nada! Na verdade, achei o dia inteiro muito divertido. Cada vez que o provocava, ele dizia, turrão, que quem pilotaria a moto seria ele. Meus pais, caindo na minha pilha para atormentá-lo, repreenderam-no dizendo que aposta era aposta.

Sem mais torturas, na hora de ir, já deixo claro que será ele quem vai pilotar. Recebo o vento e o ar puro no rosto conforme a moto avança em direção à cidade. Na noite passada, o Dado me deixou curiosa para saber quem é a mulher que balançou o seu mundo. Será que ele tem o mesmo bloqueio que eu para se entregar a um amor? Acho que teremos uma proximidade maior na sobremesa.

O ronco da máquina e a imagem de dois irmãos vestidos de motoqueiros despertam a curiosidade dos moradores locais. Eu estou com um jeans justo, uma bota preta e uma malha fina, enquanto ele, lindo na sua simplicidade, usa um jeans justo delineando a beleza que Deus lhe deu. Quando me viu, disse que eu não poderia sair apenas com aquela blusa. Então, peguei uma jaqueta de couro preta, que levei para os dias mais frios.

Ele deve ser popular na cidade, pois recebe inúmeros acenos de várias pessoas, aos quais retribui acelerando e aumentando o som do ronco da moto. Especialmente as mulheres o olham famintas; quase posso ouvi-las suspirar. Passamos em frente da casa da D. Agnello e estranho quando dá uma acelerada mais ousada. Será que é para mexer comigo por ter vivido lá? Aperto a cintura dele e peço que pare a moto.

— Será que podemos parar cinco minutinhos para cumprimentar a D. Agnello?

Imagino que tenha ficado corado por baixo do capacete:

— Acho melhor não...

— Por quê? Está acontecendo alguma coisa que não sei? — Fico assustada por alguns segundos. Será que o Dado aprontou alguma para minha grande amiga? — Eduardo Alencar? — Não pronuncio o seu último sobrenome porque sei que isto o incomoda.

— Outro dia... — diz, abaixando a viseira e seguindo viagem.

Outro dia nada! Ele vai falar sobre isto ainda hoje ou não me chamo Patrícia.

Paramos em frente ao Hotel e Churrascaria Querência. Aceito a sugestão, pois, afinal, estou mesmo devendo um jantar. Pilotar a moto foi um direito adquirido por mim, mas isso eu farei amanhã, de preferência com ele na garupa, para lhe mostrar que também posso proporcionar um pouco de emoção.

Ele é bronco e tímido ao mesmo tempo. Não sabe como se portar na entrada da churrascaria e eu me pergunto quantas vezes ele pôde ir a um restaurante nos seus 32 anos de vida. Vejo-o constrangido quando a hostess indaga se vamos ficar no bar ou no salão e assumo, respondendo que queremos lugar para duas pessoas no rodízio.

Ao passar pelo bar, vislumbro a marca estampada na máquina de chope, o que me leva a um estado de nostalgia e saudades imensas do meu garanhão. Como eu queria que ele estivesse aqui comigo! Sinto falta do seu afago, do seu olhar compreensivo, da sua boca que faz arder meus lábios de tanta falta que sente dos seus... A saudade age silenciosa dentro de mim. Sinto o celular vibrando com uma imensidão de mensagens, como se festejando a captação de sinal 3G. Bem-vinda à civilização, Patrícia! A maioria das mensagens é do Carlos, mas há também da Babby, do Dom Leon e das meninas do escritório.

— O que vão beber? — pergunta uma garçonete, não tirando os olhos do Dado. Mesmo envolvida e ansiosa para ler todas as mensagens e ligar para meu garanhão, ouço o Eduardo pedir uma cerveja.

— A chave. — Estendo a mão instintivamente.

— Vejo que não perdeste a mania de ficar com um olho no peixe e outro no gato.
A moça que nos atende alterna o olhar entre nós.
— Se vai beber, eu volto pilotando. Você já ouviu falar da lei seca, Dado? — Calo-me, não precisamos discutir assuntos familiares na frente de ninguém. Ele não me dá a chave e eu, firme, não cedo. — Pode nos dar um tempo para escolher? Daqui a pouco a chamamos. Obrigada.
— Bonequinha, eu preciso muito mais do que uma cerveja para mexer com meus sentidos.
— Não duvido disto, mas vamos deixar uma coisa bem clara aqui, Eduardo. Passei anos vendo você se destruir e até acredito que uma cerveja não lhe fará mal, mas sei que uma leva a outra. Não sou permissiva ou conivente como os nossos pais. Quero muito que você entenda que merece se dar uma chance de sair desse passado horrível que vivemos.
— Bah!!! O que tu sabes sobre mim? — fala ele, com a voz rouca de emoção.
— Do Eduardo atual, não muito, mas conheci bem o Eduardo criança. Olha, não marcamos este jantar para discutir — continuo, com a voz baixa e calma. — Quero apenas que saiba que estou aqui agora. Não tenho como recuperar o tempo que perdemos separados, mas pode contar comigo para tudo, nem que para isso tenhamos que falar das experiências ruins que tivemos.
Ele empalidece e rapidamente foca o assunto na questão anterior.
— Bah! Então tu estás aqui para me impedir de beber uma cerveja? Se for isto, obrigado pelo conselho, mas sei muito bem o que posso e não posso fazer comigo.
Prefiro não continuar a discussão. Suavizo meu semblante e volto à minha usual expressão sapeca.
— É tanto medo assim de eu pilotar a sua moto? Olha que posso surpreender você, bonitão!
— Capaz! Confio mais em mim embriagado do que em tu domando aquela máquina! Lembro-me muito bem do zigue-zague que tu fazias quando tentavas pilotá-la. Lembra-te de quando levaste o varal de roupas para dentro do barracão? Foi igual a um filme... Quando parou, tu tremias igual vara verde.
Solto uma baita gargalhada com a lembrança, sem ligar para onde estou. Não consigo parar de rir porque aquela cena foi mais engraçada do que poderiam fazer em um filme.

— Ok! Confesso que não será uma boa ideia pilotar naquela estradinha de casa, mas, só por hoje, por favor, tente não beber... por mim, Dado! Temos tantas coisas para conversar! Vamos pedir um suco ou um refrigerante? Por favorzinho... — Faço o biquinho que lhe mostrava sempre que queria uma coisa dele quando éramos crianças e que sempre surtia efeito. — Diz que sim, diz...

Ele abaixa o olhar, derrotado, e replica:

— Só por hoje! — Caio em mim quando me lembro de ter lido a respeito de como é difícil tomar essa decisão e não ceder ao vício nas várias vezes em que pesquisei a respeito de dependência química. Então, essa foi uma imensa vitória que só vou poder comemorar internamente para não magoá-lo.

Chamo a garçonete, fazemos nossos pedidos e o rodízio começa. Delicio-me com o sabor diferente. A carne daqui parece diferente, bem melhor! Ele brinca comigo por causa das minhas caras e bocas que, claro, exagero ao máximo para fazê-lo rir. Animada, pergunto o motivo do seu exibicionismo na frente da casa da D. Agnello.

— Bah! Virei exibido agora só por acelerar a moto?

— Já somos bem grandinhos e, pelo seu acelerar, sei que tem mais coisa por trás daquilo, como se você estivesse anunciando estar na cidade. E não entendo por que não quis parar na casa da minha amiga querida apenas por cinco minutos!

— Tu não desistes, né, guria? Enquanto eu não falar, não vais parar de insistir, parecendo um gravador descontrolado.

— Então tem alguma coisa mesmo... Sabia!

— Onde foi que não entendeste que falaremos sobre isso outro dia?

— Por que não hoje? Afinal, temos uma noite inteira pela frente. — Ponho minhas mãos sobre as suas, que estão agitadas, e, em um gesto de carinho, ele as leva aos lábios, em sinal de agradecimento por ver que estou tão empolgada em querer conhecê-lo mais.

— Não quis parar na casa da D. Agnello porque a sobrinha dela, a Flávia, está morando lá e vamos combinar que aquela mulher é insuportável e muito nariz empinado, tchê!

— E meu nome é Mamãe Noel por acaso? Dado, a mulher a que você se referiu ontem à noite é ela?

— Bah... Se falar que não, tu vais querer descobrir o tal nome, então, já lhe digo que é ela, sim. Mas também não vou falar mais sobre isto. Não nascemos um para o outro. Ela não é para o meu bico, o que já me deixou muito claro.

— A Flávia? A nossa Flávia? Tem certeza disso? Se ela falou, azar o dela. Sei que aí dentro de você existe um homem maravilhoso, esperando alguém destravar as portas do calabouço que aprisiona seu coração e libertá-lo.

Ele pisca pra mim. Sei que não acredita nisso, mas a forma carinhosa que sempre adotou para cuidar de mim prova o quanto ele é capaz de sentir e oferecer amor a alguém.

De repente, sinto um arrepio, como se estivéssemos sendo observados. Vasculho ao redor e nada vejo. Volto-me para o Eduardo, trago uma de suas mãos até o meu rosto e repito o gesto de carinho. Ouço um rosnado junto à mesa e levanto a cabeça para ver o que está acontecendo. Então, diviso uma figura parada na beira da mesa, com uma expressão de poucos amigos. Meu coração dispara, minhas mãos ficam frias, minha boca seca e meus joelhos tremem.

— Boa noite...

Carlos Tavares Júnior...

Idiota! É assim que estou me sentindo! Quatro dias longe dela pareceram uma eternidade! E não foram as horas afastado do seu corpo que abriram um vazio dentro de mim, mas sim a falta que sinto de sua petulância, da forma desafiadora com que me atinge e que me leva a querer ser melhor. Seu sorriso não saiu da minha memória. Senti falta de ouvir o som da sua voz, de estar perto dela e de ver o mais lindo brilho dos seus olhos. E agora, aqui, diante dessa cena romântica que sou obrigado a assistir, tenho sentimentos conflitantes, pois, ao mesmo tempo que tenho vontade de puxá-la pelo cabelo e aplicar uma lição por ser tão fingida, quero também mostrar a ela que eu sou o melhor homem para ela ficar.

Depois de, num impulso, decidir viajar ao encontro dela, cheguei àquela pequena cidade e tive a maior dificuldade de encontrar vaga em um hotel. Está acontecendo algum evento na região e quase não há quartos disponíveis. Só encontrei aquele, que tem uma churrascaria. Da recepção do hotel pude ver quando eles chegaram numa bela Harley bem conservada e brilhantemente restaurada. E foi justamente a moto, em princípio, que me chamou a atenção! Mas, quando a linda mulher que estava na garupa desceu, reconheci cada curva do seu corpo, o que foi confirmado quando a minha menina quimera tirou o capacete. Sua forma despretensiosa de arrumar o cabelo me fez sorrir.

Quando ela entregou o capacete para o bastardo, pensei tratar-se de seu irmão, mas, ao vê-lo tirar a jaqueta e o capacete, mudei de ideia. Ele é usuário de drogas, portanto, não teria aquele porte atlético. Além disso, pela alegria como olham um para o outro, parecem mais amantes do que irmãos. Fico cego ao ver isso! Peço para o recepcionista do hotel levar minha bagagem para o quarto e caminho para o bar da churrascaria.

Encoberto por uma coluna, tenho total visão da mesa. Ela está mexendo no celular e eu confiro a tela do meu, esperando uma mensagem que nunca chega. Olho novamente e desta vez vejo que o clima ficou tenso. Eles parecem discutir por alguma coisa, mas, logo a seguir, vejo-a sorrir com aquela boca matadora. Conforme os minutos vão passando, meus nervos contraem-se mais e mais. Ele a olha com carinho e admiração e ela, por sua vez, retribui animada. Decido ir embora, já vi o suficiente do que tinha que ver! A minha cota de masoquismo se encerra aqui. Viro todo o conteúdo do copo, com a esperança de que a última gota de chope que desce pela minha garganta desfaça o nó que ali se formou. Mas, por infelicidade e desgraça minhas, vejo o cabeludo beijando suas mãos. Sem soltar o copo vazio, caminho abalado em direção à mesa deles. Ela merece o Oscar de atriz, já que me convenceu de que viria para sua cidade para ver sua família! A cada passo que dou, meu punho vai se fechando. O animal selvagem dentro de mim ruge ainda mais violentamente quando a vejo levar a mão dele até sua face, beijando-a. Eu até tento respirar fundo para não abalar os alicerces do lugar ao liberar toda a minha ira. Assim que chego à ponta da mesa, com meus lábios trêmulos, consigo apenas dizer duramente, mostrando a que vim:

— Boa noite!!! — Quase parto os dentes de tanto que estou rangendo.

— Carlos? — diz ela, olhando para mim, fascinada e receptiva. Ficamos nos encarando, até que parece finalmente perceber minha presença, levanta-se feliz e... Joga-se em meus braços!!! Surpreendente como sempre. — Eu ia falar exatamente agora para o Dado que precisava mandar uma mensagem para você.

Meu ódio me cega. Cravo meus dedos em sua cintura, apertando forte.

— Imagino que seu amigo não iria se importar, não é mesmo? — ironizo.

— Que falta de educação a minha! — *E de vergonha na cara, penso comigo!* — Carlos Tavares Júnior, este é o Eduardo Alencar. — Ele estende a mão e eu demoro alguns segundos para retribuir o cumprimento, ligando fatos e nomes.

— Seu irmão? — pergunto, em dúvida.

— Aparentemente sim!

Ele aperta a minha mão, que nem percebi que estendi, respondendo por ela, que está linda como sempre, mas de boca aberta, me olhando. Não consigo parar de admirá-la e ignoro o rapaz, ainda que isso me faça parecer antipático. Sua linguagem corporal mostra exatamente que sentiu tantas saudades de mim quanto eu dela. Sacudo disfarçadamente minha cabeça e me volto para ele.

— É um prazer conhecê-lo finalmente, Eduardo!

— Bah, se tu és amigo da minha bonequinha, sente-se para jantar conosco! Chegamos há pouco.

Ela espera uma reação minha, e só no que penso é em puxá-la para meus braços e não a largar mais. Estive perto de fazer besteira. Sou tão louco por ela que só de vê-la com outro homem quase perdi a sanidade completamente! Deus, se tivesse cedido ao meu ciúme, teria feito exatamente o que ela teme, isto é, agido de forma violenta e descontrolada. Fico desnorteado comigo e com minhas reações, meio arrasado por quase ter estragado tudo com ela.

Dou graças aos céus por ela não ter percebido o que se passou comigo. Acho que o fato de não esperar me ver ali embotou todas suas outras percepções. Sei que, embora seja eu o errado, ela não sabe disso, porque seus olhos gritam para eu tocá-la. Bem no fundo de minha consciência, sei que minha reação é muito louca, mas a mera hipótese de ela estar com outro já me compele a ser muito malvado! Não serei capaz de ficar mais uma noite longe dela e, para garantir sua presença ao meu lado, terei que bancar o pescador, isto é, ser paciente e esperar que ela fisgue a minha isca. Quero deixá-la tão sedenta por mim que, quando eu sugerir passarmos a noite juntos, ela aceite prontamente, sem qualquer objeção!

Aproximo-me dela o suficiente para encostar meus lábios em sua face e aspirar profundamente o seu aroma que me embriaga. Posso ver os pelos dos seus braços arrepiarem-se.

— Não quero atrapalhar o jantar de vocês. Presumo que tenham muito assunto para conversar. Eu acabei de chegar e tudo o que preciso agora é de um bom banho e um descanso. Tive que dar um giro de 180 graus no meu dia para vir conhecer Ajuricaba — friso esse trecho para deixá-la com peso na consciência e garantir que não irá me deixar sozinho. — Espero-a no meu quarto — sussurro em seu ouvido.

— Fica — diz baixinho, olhando-me de uma maneira diferente, desta vez com um novo apreço.

— Se eu ficar, você fica comigo esta noite? — Ela finge pensar, torcendo a boca de lado, divertindo-se.

— Vamos ver como se comporta...

— Bah, vocês vão ficar a noite inteira negociando a respeito de quem fica ou quem vai? Alivia, aí, cara... Se não vai jantar, apenas nos faça companhia, porque gaúcho não aceita desfeita, tchê!

Ele tem razão. Desta vez, não estamos medindo forças, apenas lutando cada um por sua vontade: ela querendo que eu faça companhia e eu querendo que ela passe a noite comigo. Por estarmos começando um relacionamento, ambos temos que ceder. Não pode existir orgulho. Na verdade, é uma questão de se deixar ir, pegar e não largar, honrar e respeitar a opinião um do outro, porque ambos temos urgência de sermos felizes juntos.

— Certo, Eduardo, farei companhia a vocês. Assim posso conhecer um pouco mais a família da... — Faço uma pausa, ainda incerto quanto ao que ela quer e ela completa.

— Namorada! — A voz dela sai baixa e sedutora, levando meu membro a enrijecer.

Chuto-me mentalmente, feliz por ela assumir um namoro comigo na frente do irmão.

— Namorada — repito, piscando e sorrindo para ela.

Eu quase toco seu cóccix quando a ajudo a se acomodar na cadeira. A fúria que tomou conta dos meus nervos dá lugar ao calor e à sensação de aconchego por estar perto dela. Meu coração bate rápido demais para ser ignorado.

Uma garçonete vem à mesa para anotar os pedidos. Eu olho para os copos de ambos e peço o mesmo que eles. Ela ri assim que a garçonete se afasta.

— Nunca vi tanta garçonete interessada em passar por uma mesa em toda a minha vida!

Tão perdido estou em seus olhos e gestos, que mal entendo o que ela fala.

— Bah, guria!!! Deixe-as fazerem o serviço completo, então! Por mim, elas podem até me dar comidinha na boca...

Ela joga o guardanapo no irmão.

— Pode comer o que quiser, mas o garanhão aqui, não! — Ela me puxa pela gravata e deposita seus lábios sobre os meus, marcando território. Fico surpreso e feliz com sua atitude. — Há uma besta dentro de mim que se manifesta quando mexem com o que é meu...

Seu irmão empalidece e sinto-a ficar tensa ao meu lado. De fato, diante da situação que viveram, foi uma escolha errada de palavras... Tento ajudá-la, porque aquilo pode levá-los a algo que não estejam ainda preparados.

— Eduardo, você não tem ideia do quão manhosa e dengosa essa tal besta é! Fica choramingando e aconchegando-se como se fosse um cachorrinho sem dono pedindo atenção... Uma verdadeira gracinha, irresistível! Ela aperta minha mão em sinal de agradecimento e a tensão de ambos dissipa-se. Ele aceita e entende o que eu falo.

— Sei bem o que quer dizer, Carlos, porque essa aí, quando quer algo, fica toda cheia de mimimi... Nãnãnã... fazendo biquinho e com os olhos pidões...

Rimos os três enquanto ela joga outro guardanapo nele. O Eduardo fita meus olhos e é direto ao perguntar:

— E o que te trouxe até Ajuricaba, surpreendendo até a tua namorada? — Como se ele não soubesse o motivo óbvio! Mas sei o que a pergunta encerra, na verdade.

— Tive que ir em uma filial em Porto Alegre e decidi esticar até aqui para conhecer a cidade.

— Sei!!! Não foi a minha bonequinha que te trouxe aqui, então?

Caímos os três na gargalhada, plenamente conscientes do meu único motivo para ter pousado ali. Fico feliz por ele tratá-la com respeito, carinho e ser tão direto. Começamos bem, porque minhas intenções não precisam ser camufladas. Posso ser claro e objetivo.

— Bom, este foi o principal motivo... Só não me pergunte os outros, porque ainda não tive tempo para pensar em quais poderiam ser!

Todos rimos novamente. Para iniciar uma conversa, acho melhor fingir que não sei nada a respeito dele e pergunto, despretensiosamente:

— No que você trabalha, Eduardo? A cidade é pequena, não parece oferecer muitas opções. — Não é uma entrevista de emprego, mas já é um bom começo para saber como abordá-lo futuramente.

Ele olha para a sua irmã e depois para mim.

— Sou meio que um faz-tudo, digamos assim... Sabe, pego o emprego que aparece. Então, só posso dizer que é nisso que tenho trabalhado a vida toda.

— Ele adora mecânica. Não pode ver uma rebimboca da parafuseta que já está botando a mão. — Ela ri e eu fico fascinado ao ver como é diplomática em ajudar o irmão a não se sentir mal e tão vulnerável.

— Sempre fui fascinado por motores — digo a ele. É a deixa para que se solte e fique mais à vontade.

Ela não para de me cobiçar e minha imaginação trabalha perversamente, pensando nela comigo, nua entre os lençóis.

— Um brinde aos amantes de belos motores! — Ela ergue o copo e nós acompanhamos o gesto.

Conto a ele superficialmente a respeito do meu passado nas pistas, enquanto ela olha para mim o tempo todo, inquieta, deixando-me feliz por saber o quanto a atinjo. Ela não é muito boa em disfarçar seus desejos e eu começo o jogo, fingindo-me indiferente quando, na verdade, estou louco para que ela queira ficar ao meu lado até se fartar de ter orgasmos.

Decido não acompanhar o rodízio. Não quero estar com estômago pesado para o que tenho em mente. Vendo os garçons passarem a todo momento para encher o prato do faminto Eduardo, percebo que ela está sem apetite, rejeitando todas opções de carnes que nos são servidas. Fico animado, pois sei que ela está em seu limite de desejo por mim. Faço um sinal para uma garçonete e peço apenas petiscos.

O Eduardo é simples, mas bem objetivo. Percebo as diferenças bem marcadas entre eles: poucas palavras, vocabulário reduzido, mas eficiente, sotaque, forma de se comportarem e até mesmo defesas de opiniões. Meu pedido chega e o feitiço volta-se mais uma vez contra o feiticeiro, porque ela lambe as pontas do dedo depois de pegar uma polenta frita e levá-la à boca. Sinto-me endurecer imediatamente. Dou graças a Deus pelo fato de o Eduardo estar entretido com as garçonetes que não param de passar pela mesa.

Resolvo jogar pesado. Levo à boca um espetinho de medalhão e mordo a carne, deixando claro o que farei com ela mais tarde. Ela se impacienta na cadeira e, pela forma como cruza as pernas, sei que deve estar molhada e preparada para mim.

— Acho que poderiam aumentar o volume desse ar-condicionado, concordam? — pergunta, abanando-se. Seu irmão não responde e eu apenas sorrio diabolicamente.

Isca lançada, ela não tira seus olhos dos meus. Levo o copo à minha boca e lambo meus lábios com a ponta da língua, aguardando sua reação. Ela, por sua vez, espeta o garfo na linguiça que lhe foi servida há pouco e também a leva à boca, mordendo apenas a ponta. Contraio a mandíbula, pressionando meus dentes. Se demorar muito aqui embaixo, sou capaz de puxá-la até o banheiro mais próximo para possuí-la, e que se dane todo o resto...

— Bah!!! Mas sou um azarado mesmo! — diz o irmão. — Acabei de conseguir o número de telefone da picanha mais gostosa da noite e nem posso usufruir porque tenho que levar a minha bonequinha para casa.

É a minha deixa.

— Nem tudo está perdido, Eduardo. Considere-se um homem de sorte, a sua irmã vai passar a noite aqui comigo.

— Bah!!! — fala espantado, olhando para ela. — Quando foi que combinaram isso?

— Agora mesmo — diz ela, cúmplice.

Ela não poderia dar resposta melhor. Estender muito a conversa está ficando cada vez mais difícil para mim por causa do estado de excitação em que me encontro. Sinto-me como um adolescente em pleno auge hormonal!

— O que direi aos nossos pais, tchê? Olha, não trouxe nossa bonequinha de volta para casa porque ela encontrou o Falcon na churrascaria e resolveram brincar por lá?

Rimos do que ele fala.

— Acho que brincar com o Falcon é a melhor opção, Eduardo, porque esse personagem já é tão antigo que nem os assustará, diferente do caso de você dizer que um vampiro sequestrou-a, porque são eles que levam as mulheres de hoje à perdição! — brinco com ele.

— Acho que eles realmente ficariam preocupados com o fato de ser sequestrada por um vampiro, mas eu particularmente adoraria uma mordidinha aqui e outra ali.

— Ainda não sei... Se a trouxe, tenho que a levar de volta. É isso que nossos pais esperam.

— Não se preocupe, vou ligar para eles — diz, decidida.

Já pensando no que vai poder fazer, o Eduardo chama a tal moça que lhe deu o telefone e engata um papo rápido com ela. Eu aproveito para afrouxar a gravata, olhando nos olhos dela que, safada, estende os pulsos colados um ao outro sobre a mesa, sinalizando que espera ser amarrada. Aceno para mostrar que entendi sua insinuação, embora o que quisesse era dar uma de troglodita, agarrando-a pelo cabelo para levá-la até a minha suíte.

Peço a conta, enquanto uma garçonete traz um carrinho de doces, insinuando-se toda para o Eduardo. Pelo andar da carruagem, acho que meu cunhado vai matar dois coelhos com uma só cajadada esta noite. De minha parte, quero a minha sobremesa no quarto, um doce com um leve sabor picante...

— Pronto! — diz a Patrícia assim que desliga o telefone. — Tudo resolvido. Amanhã você terá de conhecer meus pais, Ana Beatriz. Eu disse a eles que dormiria na casa de uma amiga e eles querem saber quem é.

Nem consigo refletir a respeito do fato de ela ter mentido para os pais, pois ela solta uma gargalhada assim que vê minha cara.

— Acreditou mesmo no que eu disse? Vejo que me conhece pouco, garanhão. Falei para eles que passaria a noite com você. Meus pais me conhecem bem para saberem que assumo tudo o que faço! Só querem me ver feliz. Mas o convite para conhecê-los é verdadeiro. A culpa é sua por ter vindo até aqui, então, não diga que se sente pressionado. Tomei a liberdade de dizer que almoçaremos com eles, até porque — sinaliza para o irmão — acho que ele também só chegará amanhã na hora do almoço. Tente não surtar quando eles perguntarem quais são suas intenções com relação a mim, já que tomou minha pureza...

E ela novamente cai em uma gargalhada estrondosa, contagiando a todos. Ela consegue transportar-me do inferno ao céu em segundos. A conta chega e ela abre a bolsa para pegar a carteira.

— Eu cuido disto! — Pago a conta e levanto-me para puxar a cadeira dela. Sinto o cheiro do seu perfume. Instintivamente tento aproximar-me o máximo que consigo. Ela parece ficar um pouco vacilante com isso e faz menção de sentar-se novamente.

— Bah, bonequinha, e isto é porque tu não bebeu! Imagina se tivesses feito isso e insistido em pilotar minha máquina...

— Opa! Temos uma motociclista aqui?

— Capaz! Não foi o que eu disse! Tu não vais escutar essa infâmia de minha boca! Eu apenas mencionei que a mocinha gosta de pilotar, mesmo que nunca saiba para onde deve virar o guidão... Mas ela tenta mesmo assim!

Que ela é teimosa eu não duvido, mas imaginá-la pilotando uma moto sem saber direito o que fazer gela meu sangue. Meu pênis chega a encolher, tamanho é o temor que a ideia causa em meu sistema nervoso! Já vi que terei de mantê-la em rédea curta para não fazer maluquices. Se ela quer aprender a andar de moto, eu mesmo vou ensiná-la após lhe comprar toda a espécie de proteção que existe no mercado. Será assim ou então nada feito.

Ela torna a levantar e eu seguro e aperto levemente sua mão, em tom de reprimenda. Com a outra mão cumprimento o Eduardo em despedida.

— Eduardo, foi um prazer conhecê-lo. Tenho uma filial em Porto Alegre e estamos fazendo algumas mudanças. Se você tiver interesse, acho que podemos conversar um pouco a respeito das suas múltiplas habilidades. Hoje em dia está difícil encontrar um profissional assim, e é justamente do que precisamos no momento. Acho que você pode ser um grande aliado e uma peça determinante para ajudar minha equipe. — Dou a ideia, plantando uma sementinha na cabeça dele, que retribui o aperto de mão.

— Trilegal isto! Vai ser um prazer conversar contigo a respeito. Amanhã a gente se vê na casa dos meus pais.

Ele beija minha pequena e sai conosco da churrascaria. Pela postura de pavão que ele adota ao andar do nosso lado, tenho certeza de que ele não ficará sozinho por muito tempo. Embora admirar homens bonitos não seja absolutamente a minha praia, sei reconhecer o que é belo. E esse rapaz tem uma aparência que o torna o sonho de 11 entre dez mulheres...

O trajeto em direção à recepção do hotel é feito em silêncio. Nossas mãos se reconhecem e namoram. Ainda estou com o coração disparado por saber que esta mulher arrisca sua segurança.

— Obrigada por ser tão especial! — diz baixinho, levando minhas mãos aos seus lábios e beijando uma de cada vez.

Meu sangue ferve com esse simples e carinhoso gesto. Como é que posso ficar bravo com uma mulher dessas?

Carlos e Patrícia...

Enquanto aguardo que o recepcionista do hotel termine de fazer o check-in, que acabei deixando incompleto, meus dados, quando a vi chegar montada naquela moto e fiquei cego e a segui, vejo-a parada, linda como nunca, esperando-me, pensativa, como se tivesse muitas interrogações pelo fato de eu estar aqui e encontrá-la na churrascaria. A verdade é que encontrá-la aqui foi mais do que coincidência, foi um golpe de sorte, porque me poupou de procurar o sítio de seus pais. Sei que ela está considerando a possibilidade de eu ser um perseguidor, porém, desta vez sou inocente. Lanço um sorriso, que ela retribui com os olhos brilhando, as mãos cruzadas e a postura impaciente. Sinto uma enorme vontade de ir até ela e tomar seus lábios.

Finalizados os procedimentos, dirigimo-nos ao elevador. Mal a porta se fecha, já a estou pressionando contra o espelho que adorna uma das laterais. Seu perfume causa-me um efeito embriagante e um frenesi de luxúria corre por minhas veias. Ainda não me esqueci de que ela merece alguns bons castigos, mas, neste momento, não consigo pensar... Apenas agir segundo meus instintos.

Mil perguntas passam pela minha cabeça, mas o que são elas comparadas a esta pegada do meu garanhão? Que saudades das suas mãos quentes, do seu corpo duro e da fúria com que me agarra! Ele só pode ser um vidente que capta meus desejos, porque age exatamente da forma que desejei e que senti falta todos estes dias.

Quando ele chegou à churrascaria, meu mundo virou de pernas para o ar e não fui mais dona dos meus atos e desejos. Ele e o Sr. G assumiram controle total sobre mim. Esse meu homem gostoso transpira sensualidade e charme, fascinando-me e instigando-me o tempo todo. Mexe com todos os meus órgãos e glândulas, despertando meus pensamentos mais perversos e lascivos, conseguindo fazer da minha mente uma mera extensão do meu corpo desejoso.

— Senti saudades! — sussurra ele, passando a barba rala em meu pescoço.

— Também senti — admito, e meu corpo só confirma isso.

— Ainda não me convenci de que sentiu... — fala ele enquanto me puxa com pressa pelo corredor até chegar ao quarto 417.

Ele abre a porta e o meu coração parece que vai sair pela boca de tão acelerado que está, ansiando pelo que está por vir, numa expectativa de como será nossa noite depois de quatro dias intermináveis longe um do outro. Eu poderia provocá-lo ou até mesmo me pendurar em seus braços e não largar nunca mais, mas prefiro aguardar e viver o que ele desperta de mais perverso em mim.

Ele fecha a porta e vira-se em minha direção. Puxa-me para seus braços e apossa-se de mim, investindo sua língua em minha boca, que se abre para ele, provocando, mordiscando, simplesmente querendo sentir tudo. As mãos dele passeiam por meu corpo. Ele é urgente e aperta-me como se tivesse necessidade de espremer cada parte do meu corpo para comprovar que estamos juntos.

— Você não tem sido uma menina muito boazinha ultimamente... — Ele olha intensamente para mim. — Será que realmente sentiu tantas saudades como falou?

— Minhas palavras devem valer alguma coisa, garanhão.

— As palavras não provam nada... Gestos, sim... Larguei tudo o que estava fazendo e viajei por horas apenas para matar minhas saudades de você e desse corpo que foi feito para me dar prazer. — Desço minha mão pela lateral do seu corpo e afasto-me dela. Ela olha para mim com um sorrisinho maroto nos lábios, tentando persuadir-me a não me afastar. Desvio o olhar para não cair no seu encanto, mas a danada começa a abrir a jaqueta, sensualizando.

— Bem, como lhe expliquei em uma das mensagens que consegui enviar no sítio, é raro captar sinal de celular, e o telefone dos meus pais está com problema. Problema este que amanhã vai ser sanado, pois eu já providenciei os ajustes. — Nossa Senhora das Mulheres Calejadas de se Satisfazerem Sozinhas, já não aguentava mais me masturbar no banho pensando nele. Fico observando-o puxar a gravata, desmanchando o nó lentamente, cheio de promessas.

— Ainda assim, seria mais fácil você vir à cidade para telefonar para mim do que eu vir de São Paulo até aqui apenas para vê-la... — *Seu gostoso de uma figa! Precisa terminar de falar e lamber a boca?* — Digamos que, por causa disso, esta noite posso ser muito malvado e privá-la de alguns orgasmos... — Ele abre o primeiro botão da camisa. — Ou, então, posso prorrogar seu tempo de espera por eles, o que acha?

O que eu acho? Bom, se você abrir mais um botão olhando para mim desse jeito, gozo pela primeira vez na vida sem que ao menos me toque, penso comigo, molhada e desejosa. Estes dias sem muita coisa para fazer fizeram da minha mente vazia uma verdadeira oficina do diabo, levando-me a fantasiar tantas coisas ao lado dele! Todavia, agora que ele está aqui, não consigo me mexer, limitando-me a esperar um mero comando seu que seja!

— Você não faria isso com sua nova namorada...

— Então você acha que é simplesmente minha nova conquista... — *Eu me aproximo, esta menina precisa conhecer a força dos meus sentimentos por ela.* — Pois fique sabendo que você é a primeira mulher que faz com que eu largue tudo pelo que sou responsável e corra atrás. — *Circulo sua cintura com meu braço e puxo-a de encontro ao meu corpo.* — E sabe por quê? — Ela suspira, e vislumbro seu peito subir e descer através de sua fina blusa.

— Nãããão! — *provoco-o sorrindo, com a intenção de ser divertida, mesmo supondo qual seria a resposta. Adoro quando ele faz isto comigo. Tremo feito gelatina.*

— Deveria ter imaginado esta resposta... Vou deixá-la descobrir esta noite o motivo de eu estar aqui. — *Enrolo seu cabelo em minha mão, puxo levemente sua cabeça para trás e deixo seu pescoço exposto para mim.* — Vou mostrar a você o que vim pensando dentro do avião. — *Passo a ponta da língua lentamente na veia que se movimenta em seu pescoço.* — Vou mostrar a você também o quanto me fez falta. — *Mordisco seu ombro.* — E também o quanto meu corpo ansiou pelo seu. — *Minha língua desliza por toda a extensão do seu pescoço; vejo sua pele arrepiar-se e sinto sua respiração ficar ofegante.*

Eu recuo. Não quero parecer tão intimidante, porque meu corpo dói por ela.

Seus olhos brilham e minha boca pousa sobre a dela com um gemido de alívio. Senti falta desses lábios, do seu gosto, do seu hálito mentolado...

Ansiei todos os dias por tudo isso, somente tendo as lembranças para me ajudar! As próximas horas não serão suficientes para que me farte dela. Nosso beijo é sôfrego, ávido, com um delicioso apelo sexual e, muito mais do que isto, carregado de necessidade, como se um dependesse do outro para continuar vivendo.

— Sinto muito. — São as únicas palavras que consigo proferir depois deste beijo delicioso! Ele aperta mais sua mão em meu cabelo e minhas pernas fraquejam... Agradeço aos céus por ele estar tão próximo do meu corpo e não me permitir esparramar no chão.

— Pelo que você sente muito, minha pequena quimera? — inquiro ao mesmo tempo que sinto o quanto é lindo vê-la tão entregue nos meus braços.

— Sinto muito por não ter me esforçado para encontrar algum tipo de sinal... — Tento brincar com ele da única maneira que consigo. — Fui muito preguiçosa, poderia ter feito uma fogueira e enviado sinais de fumaça ou, então, ter utilizado um pombo-correio, já que a operadora não quis colaborar... — ironizo e, antes de terminar de falar, arrependo-me da brincadeira, pois em dois passos, ele me puxa, senta-se numa cadeira e coloca-me de bruços sobre suas pernas.

— O que a Srta. Boca Inteligente merece? — Aliso seu traseiro redondo, rindo por dentro com a sua resposta. — Meia ou uma dúzia de palmadas? — Ela dá uma risadinha desafiadora e eu contenho minhas mãos, porque sei o quanto tudo tem que ser feito no tempo dela. Em vez de lhe dar palmadas, desço minha boca no lado esquerdo de seu bumbum, lindamente definido pelo jeans justo, e cravo meus dentes ali.

— Aiiiiiiiiii! Eu prefiro palmadas... Está me machucando!

Na verdade, sei que ele não vai me agredir fisicamente, porque tudo o que faz é guiado por um prazer fetichista, não se trata de violência. Também estou completamente segura de que ele nunca ultrapassará qualquer limite que eu impuser, o que me deixa bastante à vontade para descobrir até onde pode ir. Ou seja, não é uma punição de verdade, só uma brincadeira sexual, que, confesso, me excita muito. Mas é claro que não confessarei isto para ele. Nem sob tortura!

— Prefere mesmo palmadas, minha menina travessa? — digo, bastante entusiasmado por sua resposta, porque significa um passo adiante. — Quantas você acha que merece?

— Bem, acho que mereço pagar por ter sido uma menina displicente e sem consideração. Então, duas breves palmadinhas, bem fraquinhas, estarão de bom tamanho, concorda? — Santo Deus, como posso ficar tão encharcada diante da possibilidade de levar umas palmadas? Será que sou tão louca quanto meus pais? Estremeço só de pensar nisso e, como sempre, o Carlos parece estar em sintonia com tudo o que sinto e apenas fica acariciando meu traseiro.

Viro-a nos meus braços, já me dando por satisfeito só por ela considerar a possibilidade de ir mais além em nossas experiências sexuais, e sinto quando ela estremece ao terminar de falar, provavelmente fazendo algum paralelo com a situação doentia de seus pais. Sendo assim, contento-me com a pequena punição da mordida por ser tão linguaruda. Teremos muito tempo para aprofundar isto.

Aliás, algo em que pensei bastante durante esses dias longe dela é que, embora já muito bem resolvido quanto às minhas preferências sexuais, não sinto menos prazer por estar numa relação baunilha. O prazer que sinto ao seu lado torna todas as outras questões de menor importância. Isso não quer dizer que eu tenha deixado de ser quem sou ou que tenha descoberto não ser dominador! Continuo querendo punir minha menina de várias formas, só que este não é o ponto principal de nossa relação. Caso ela venha a me permitir algumas práticas BDSM nas nossas relações sexuais, será um bônus para mim, e não um complemento.

— Acho que já é suficiente para que a senhorita pense duas vezes antes de ser tão ousada em outra ocasião... — Beijo seus lábios. — E, se não me engano, ouvi esta noite mesmo você dizer que não se importaria de ser mordida aqui e ali por um vampiro.

Ela pula do meu colo num sobressalto, com medo de novas mordidas, o que me faz dar uma alta gargalhada.

— Espera aí, garanhão! Não posso ser punida toda vez que respondo às suas provocações. Você há de concordar comigo que você é bem...

Não termino de falar porque ele levanta-se com uma tremenda expressão de safado. Minhas pernas fraquejam...

— Sou bem... — Ele avança um passo em minha direção e eu me afasto, comemorando internamente.

— Bem desafiador, pervertido, intimidador, charmoso, lindo e gostoso!

Sorrio e vejo que ela recua na mesma medida em que avanço. Fico contente por vê-la se encurralando, sem ter mais para onde ir. Atrás dela há uma cortina que vai do teto ao chão, supostamente cobrindo uma grande porta que dá acesso ao terraço, o que é possível vislumbrar pela claridade da rua que entra pela fina camada do tecido.

— Fico feliz em saber que me tem em tão alto conceito, mas, ainda assim, poderia ter me feito sofrer menos nas horas em que fiquei longe de você — falo baixo, abrindo o restante dos botões da minha camisa, caminhando lentamente. — Você consegue imaginar o quanto me afeta?

— Sim! Não! — Fico confusa e respondo apenas aquilo que vem à minha mente. — O que você quer me ouvir dizer?

— Quero ouvir apenas o que você sente!

— Jura?

Aceno positivamente.

— Então, vou dizer, oras! — Puxo o ar para meus pulmões. — Sinto que você mexe comigo, balança o meu mundo e me faz querer, a cada dia que passa, ser ainda mais sua. Ah, e também estou morrendo de medo de sentir tudo isso... — Solto todo o ar que prendi enquanto falei. Ops... Fim da linha, sinto um tecido roçar em minhas costas, bloqueando o resto do caminho. Ele para, sorrindo, vai até sua mala, abre apenas o zíper de fora e tira uma enorme caixa de veludo preta. Poderia ser a minha deixa para fugir se eu não fosse tão curiosa e ficasse ali parada, olhando enquanto ele tenta abrir a caixa. Ele não me deixa ver o conteúdo e xinga-me mentalmente por ter perdido a oportunidade de me mover e agora estar aqui, novamente parada na frente dele.

Ela arqueia a sobrancelha e eu finjo não notar a sua curiosidade. A música que venho ouvindo todos estes dias longe dela está selecionada no meu iPod.

Meu David Copperfield põe a mão no bolso e a linda música "*All of me*", do John Legend, começa a tocar. Ele tira um iPod do bolso e coloca-o sobre o aparador do quarto.

— Pequena, você está vestida demais... — diz ele, passando a mão por toda a parte superior do meu corpo. Os primeiros acordes do violino e do piano começam a soar, e meu sangue ferve, meu coração dispara. Ele se aproxima e, enquanto puxa minha blusa pelos meus braços, canta, expressando todos os sentimentos envolvidos. Sinto como se ele estivesse a dedilhar cada parte de mim, como se elas fossem notas musicais extraídas por seus dedos.

> "*What would I do without your smart mouth*
> *O que eu faria sem a sua boca inteligente*"

A blusa passa pela minha cabeça e deparo-me com seus olhos em frente aos meus, encarando-me, enquanto seus lábios movem-se, cantando. Meu corpo ecoa sob o seu timbre macio e aveludado, necessitando que ele me faça sua ao compasso das notas tocadas e cantadas.

> "*Dragging me in and you kicking me out*
> *Estou me arrastando para seu lado e você está me dispensando*"

Jamais o dispensaria! Ainda mais com seus dedos maravilhosos passeando pelo meu corpo. Minhas pernas ficam ligeiramente entreabertas, deixando-me vulnerável e úmida. Ouvi-lo cantar, olhando para mim, é a cena mais tocante que já vivi em toda a minha vida.

> "*Got my head spinning, no kidding*
> *I can't pin you down*
> *Deixou minha cabeça girando, sem brincadeira*
> *eu não posso forçar você a nada*"

Ele deposita um beijo casto na minha testa e a emoção toma conta de mim. Procuro sua boca, preciso dele colado a mim. Mas, desta vez, ele se afasta e apenas canta.

> "*What's going on in that beautiful mind*
> *O que está se passando nessa linda mente*"

Sinto uma lágrima formar-se em meus olhos. Não é só excitação, é muito mais do que isto. São duas almas conectando-se, com ele pedindo permissão para tomar conta de mim e para eu confiar e entregar-me a seus comandos.

> "*I'm on your magical mystery ride*
> *Eu sou o seu mágico passeio misterioso*"

Suas mãos estão junto às minhas, acima da minha cabeça. Sinto vontade de retribuir o carinho. É mais forte do que eu. Solto minhas mãos das dele, desço-as pelos seus braços suspensos e contorno seu abdômen até chegar à braguilha da sua calça.

Eu. Preciso. Dele. Dentro. De. Mim.

> "And I'm so dizzy, don't know what hit me
> But I'll be alright
> Estou tão confuso, não sei o que me atingiu
> Mas eu ficarei bem"

Ele não me impede, apenas continua lindamente cantando, com a voz rouca e baixa, dando um leve suspiro entre uma frase e outra quando começo a esfregar minha mão em seu mastro ereto.

> "My head's under water
> But I'm breathing fine
> You're crazy and I'm out of my mind
> Minha cabeça está debaixo d'água
> Mas estou respirando bem
> Você é louca e eu estou fora de controle"

Dou um sorriso safado quando ele acaba de cantar essa parte e seguro com mais força e vontade aquele monumento de perdição. Ele continua olhando para mim com uma expressão amorosa.

> "Cause all of me
> Loves all of you
> Love your curves and all your edges
> All your perfect imperfections
> Give your all to me
> I'll give my all to you
> Porque tudo de mim
> Ama tudo de você
> Ama suas curvas e todos os seus contornos
> Todas as suas perfeitas imperfeições
> Dê tudo de você para mim
> Eu darei tudo de mim para você"

Canto com o meu coração, e as lágrimas que deslizam pela face dela mostram-me que ela está afetada por este nosso momento, o qual confirma que nossa sintonia só aumenta. Estamos aprendendo e ensinando ao mesmo tempo como respeitarmos um ao outro, como nos amarmos, como convivermos e aceitarmos o que de melhor e pior um tem para oferecer

ao outro. Nada do que aprendi nesta vida serviu de coisa alguma, porque com ela venho reaprendendo a cada momento, a cada toque, a cada olhar.
Sei que ainda escondo muito dela sobre mim. E foi exatamente por isto que tive dificuldade em abrir o estojo que eu trouxe. Achei melhor deixar isso para outra ocasião e guardei a caixa de volta na bagagem. Ela só será inteiramente minha quando tiver consciência do que sou e das práticas sexuais que adotei há muito tempo. E eu só a introduzirei nesse mundo no dia e no momento em que ela permitir. Caso ela não concorde, conviverei com o que o futuro tiver a nos oferecer, porque sei que o mais importante de tudo para mim é estar com ela.
Ela treme e mal consegue respirar, tocando meu membro, que pulsa em suas mãos. Eu já deixei de cantar porque ela eleva minha excitação ao nível máximo, prejudicando totalmente minha fala. Mas, no ritmo e clima da música, quero amá-la para demonstrar a intensidade do que sinto por ela.
— Patrícia, vou fazer amor com você agora e, mais tarde, vou marcar seu corpo com o meu toque e desejo.
— É o que mais quero e preciso, Carlos! — sussurro, e ele sorri, divertido. — Acho que te amo... — Isto é mais próximo de uma confissão a que consigo chegar. O sorriso dele desaparece e o calor arde em seus olhos.
— Eu com certeza amo tanto você, minha menina... — Ele se abaixa à minha frente, desce a minha calça e calcinha juntas, ficando de frente ao meu monte de Vênus. Aproxima o rosto e inspira. — Sentir este cheiro é meu maior vício.
E minha excitação explode violentamente em meu âmago quando sua língua lisa e macia abre meus grandes lábios sem pedir permissão. Ele a desliza pelo meu brotinho, chupando-o a seguir. Suas mãos sobem até encontrarem meus seios, cujos bicos ele puxa, deixando-me enlouquecida de vez! Os gemidos de tesão escapam dos meus lábios, fazendo com que ele se levante e rapidamente termine de abrir sua própria calça, que desliza por suas pernas após ele tirar uma camisinha de um dos bolsos. Meu corpo está todo arrepiado, sentindo falta do seu contato. Ele tira a cueca e coloca a proteção.
— Prevenido — brinco.
— Desde o momento em que decidi vir ao seu encontro, meu amor. — Enlaço-a e pego-a no colo.
Nossas bocas vão de encontro uma a outra, seus lábios fartos abrem-se para os meus e permitem as investidas da minha língua, que baila com a dela. Deito-a com cuidado na cama, mas minha boca não consegue ficar

tanto tempo longe do seu corpo magnífico! Tenho que reverenciá-la com meu amor, o que faço beijando e lambendo cada pedacinho da sua anatomia apetitosa. Demoro-me um pouco mais em seus seios rijos como pedra, beijando-os, chupando-os com gosto e dando leves mordidas. Ela geme alto sem parar, levantando seus quadris como se a pedir que eu a penetre. Mas minha menina tem que ser muito bem estimulada, porque quando eu me enterrar nela não vou parar, afinal, é lá que ele gostaria de fazer sua morada permanente.

Desço minha boca por seu ventre, lambendo seu umbigo, até chegar novamente ao seu monte de Vênus. Abro bem seus grandes lábios, endureço minha língua e enfio-a o máximo que posso, golpeando várias vezes. Ela agarra meu cabelo e começa a esfregar sua abertura molhada em meu rosto. Sinto seu líquido embriagador correr por minha língua e sei que chegamos ambos ao limite do que é suportável. Preciso de total comunhão com minha quimera e quando estiver dentro dela quero que veja dentro dos meus olhos o sentimento mais puro que lhe dedico.

Ele sobe, novamente passando sua língua em meu corpo enquanto faz seu caminho até se posicionar entre as minhas pernas. Em seu olhar há tesão, sim, mas, principalmente, carinho e admiração. Ele é cuidadoso ao me penetrar e eu estremeço como um esfomeado que desfruta de comida depois de muito tempo. Meu mundo gira e mais gemidos frenéticos saem da minha garganta, levando-o a intensificar as estocadas lentas e fundas. Ele faz com que eu sinta cada pedacinho seu dentro de mim, como se fôssemos um só corpo.

— Deus, você é muito gostosa, minha menina! Como você faz bem para mim! — De sua voz sexy escorre sensualidade. Tento responder contando o quanto ele fez falta, mas sou impedida pela bomba de prazer que explode dentro de mim por causa de suas estocadas agora muito rápidas, e grito, percebendo seu urro de prazer seguir minha vocalização escandalosa.

Beijo sua mandíbula contraída, acaricio seu braço nu, apreciando o brilho de suor do seu corpo e puxo-a mais perto, sem sair de dentro dela. Seu calor sedoso e o cheiro de sexo no ar deixam-me ereto novamente e isto me dá a certeza de que nunca terei o suficiente... A forma como meu corpo reage a ela é impressionante, nunca ocorreu com nenhuma outra mulher.

— Todo o tempo que passo ao seu lado me faz tão feliz! Quando estou contigo quero fazer o meu melhor, ser verdadeira, aberta e receptiva a tudo o que você estiver disposto a me dar.

Meu coração aperta quando ela fala isso ao mesmo tempo que acaricia minha face. Tenho vontade de revelar a ela quem eu sou, mas sei que no território dela, se digo algo que ela não aceita, ponho a perder tudo o que estamos começando a construir. Posso estar sendo egoísta ao protelar isso, mas hoje não é o dia certo para revelações. Não é covardia, mas prevenção, tento convencer a mim mesmo porque, confesso, nem um milhão de anos seriam suficientes para me preparar para ficar sem ela.

— Carlos.

— Oi, pequena.

— Você sabe tanto de mim e eu sei tão pouco de você! Às vezes fico pensando que estamos indo rápido demais, porque eu não sei praticamente nada a seu respeito!

— O que você precisa saber além do que eu sinto por você?

— Hum... Bem... Poderíamos começar com você me contando se fazia xixi na cama quando era pequeno... — Explodo em uma gargalhada, confirmando que definitivamente minha vida nunca será monótona ao lado dela.

Na verdade, foi até bom ela puxar esse assunto, pois sinto vontade de falar. Mas, primeiro, preciso de um banho e de algo para beber. Só assim, relaxado e aconchegado a ela, é que abrirei meu coração e revelarei tudo o que for possível. Ela me desperta um sentimento enorme e que faz com que eu queira compartilhar todas as minhas horas e minutos. Sua presença em minha vida aumenta e consolida-se a cada segundo que passamos juntos. O tempo todo tenho vontade de estar com ela, falar com ela, dividir minhas angústias e felicidades com ela, além de apenas curtir nossos momentos sem maiores elucubrações. Quando a vejo, alguma coisa acontece dentro de mim.

A Patrícia é um sonho que se tornou realidade na minha vida. Estou feliz com a chama que ela acende em mim e, por este e outros motivos, não quero omitir o meu passado. Vou começar pela minha vida pessoal, deixando para contar as minhas preferências sexuais conforme formos vivendo o dia a dia juntos, até que ela esteja pronta para compreender o verdadeiro sentido do que gosto, vivendo com ela as práticas que ela deseja sem lhe impor nada. A maior certeza que tenho e a que mais me interessa, na verdade, é que sei que hoje eu preciso dela a meu lado tanto quanto do ar que respiro, e por isto as soluções que encontraremos e as adaptações que faremos um ao outro será sempre para que sejamos ambos felizes. Sempre juntos. Esse será o segredo da nossa relação.

Capítulo 3

Patrícia Alencar Rochetty...

Acordar ao seu lado é doce e aconchegante. Fico olhando o contorno do seu rosto desenhado com lindas linhas de expressão, a espessura da sua sobrancelha, o contorno da sua boca. Vibro por ser a sortuda que está ao lado de um homem tão belo, que me mostra a cada dia não existirem barreiras para estar com alguém quando se deseja. Mentalmente danço, dou pulinhos e gritinhos. É muita felicidade para uma pessoa só... Ele me faz querer ser amável, pensar em um futuro ao lado de alguém, coisa que até semanas atrás me arrepiava só de pensar. Uma lágrima escorre pela minha face, não sei se de felicidade ou de medo de fazer tudo errado... A única certeza que tenho é a necessidade de marcar uma consulta com um terapeuta para eu trabalhar as questões que permearam minha infância e refletir a respeito dos impactos delas na minha vida atual.

Antes de deixar que minhas lembranças tenebrosas viessem à tona, minha existência vinha sendo uma sucessão de dias iguais, com tudo planejado e visando um mesmo fim: controle, estabilidade e nenhuma surpresa, nunca fazendo nada de diferente ou especial para ser feliz! É certo que encontrava diversão e prazer nessa rotina, mas desde que nada fugisse ao roteiro. No fundo, sei que era uma defesa no sentido de evitar surpresas e imprevistos, para não ficar exposta a situações que não pudesse controlar. Mas isso agora é passado, porque aquela necessidade de controle absoluto não me serve mais. Não posso e não vou prosseguir me enganando e me convencendo de que uma vida prosaica e milimetricamente planejada vai me fazer sentir mais confortável e segura. Quero sair da normalidade e viver intensamente.

Quando o Carlos mencionou que faria amor comigo, transformou-me na perfeita mulher entregue e consciente de ser desejada... Ele foi exigente, um mandão gostoso! O homem apaixonado cedeu lugar a um amante dominador e eu vibrei e gritei de prazer intensamente. A possibilidade de ser observada por pessoas que passavam pela rua, mesmo estando no quarto andar, ou por alguém do prédio em frente levou-me às raias do desejo. Descobri que exibicionismo é algo que me excita, faz com que me sinta ousada, sensual e perdidamente apaixonada.

Tudo começou quando ele estava tomando uísque, e o tilintar do copo despertou-me a vontade de chupar gelo. Inocentemente enfiei um dedo em seu copo e peguei um cubo de lá. Seus olhos abriram-se em expectativa, gostando do que viu. Aproveitei para pôr minhas ideias em ação. Passei o gelo pela borda do copo e levei-o à boca encarando-o fixamente. Sem resistir, meu garanhão tocou meus lábios frios com o polegar quente, fazendo com que imediatamente eu apertasse minhas coxas uma contra a outra com desejo.

— Minha menina, estou com inveja desse gelo... E também já deixei claro para você o quanto sou possessivo com o que é meu.

Nossos corpos nus aproximaram-se a ponto de parecer que, da cintura para baixo, estivéssemos praticamente fundidos um ao outro. Apenas parte de nossos troncos mantinha-nos afastados, de maneira provocante.

Chupei o gelo mais devagar e levei-o novamente com a língua para meus lábios.

— Dê-me esse gelo — ordenou, e meu corpo amoleceu.

Obediente e atraída por seus lábios, encostei os meus nos dele e passei lentamente o gelo para sua boca, que imediatamente o sugou. Era como se sua língua estivesse despertando todos os sentidos do meu corpo, fazendo escorrer um líquido quente de minha vulva, que formigava em antecipação. Sim, porque foi a partir daí que começou minha tortura. Segurando o gelo com os dentes, ele abriu os lábios e deslizou-o do meu pescoço até os seios. Amolecida e sem querer dar vexame, ronronei como uma gatinha manhosa sem forças para me manter em pé:

— Garanhão!?! Será que podemos deitar?

— Não — falou firme, com os olhos quentes e cheios de promessas sensuais. Tirou outro cubo de gelo do copo e, com as pontas dos dedos, deslizou-o por minha pele nua. — O gelo pode refrescar... — Encarou-me enquanto passava o gelo em movimentos circulares pela aréola de um dos meus seios e depois pela do outro. — É engraçado o quanto o gelo pode esquentar também, minha menina travessa... — Sua outra mão desceu pelo meu corpo e ele introduziu um dedo em mim.

Ele queria tudo de mim, até o último pedacinho!

— Este cubo de gelo tem um poder enorme. É dele que sairão as gotas que matarão minha sede. — Ele passou a língua lentamente na minha pele arrepiada, levando-me à loucura. — O gelo também umedece... — sussurrou baixinho. Não existia sequer um ínfimo pelo do meu corpo que não estivesse arrepiado. — Vamos ver quanto tempo esta pedra de gelo levará para derreter. — Não foi uma pergunta.

Sem aviso prévio, meu garanhão introduziu a pequena pedra dentro de mim e o choque térmico me fez gotejar. Ele retirou os dedos melados que seguravam o gelo e deslizou-os pelos meus lábios.

— Adoro a mistura do sabor de ambos os seus lábios... — Ele tomou minha boca entreaberta, suas mãos sempre explorando meu corpo, apertando-me e conduzindo-me em uma direção que não percebi qual era. Abriu a porta de vidro e depois girou meu corpo para que ficasse de frente para a sacada. A brisa fria fazia meu cabelo balançar e meu corpo arrepiar ainda mais.

Daí em diante, ele não foi cordial, apenas urgente e mandão, encostando seu corpo duro como uma muralha às minhas costas, seu membro rígido a me cutucar. Com um só braço, envolveu-me e puxou meu corpo mais próximo do seu. Tudo inesperado e urgente, com seus movimentos duros inundando meu sexo e fazendo minha pelve clamar de desejo.

— Ahhhh! — soltei.

— Já está gemendo quando ainda nem começamos? — Encostou-me ao parapeito da sacada, raspando sua barba rala em meu pescoço.

Tentei responder algo concreto, não só suspiros.

— Demorou demais para responder. Sabe, pequena, você vem alimentando fantasias muito pervertidas em minha cabeça desde o dia em que fez aquele pequeno show na sacada... Hoje ofereceremos um show em dupla a Ajuricaba. Espere-me quietinha um segundo. — Ele se afastou e, momentos depois, ao virar a cabeça, vi que já voltava e rasgava o lacre do preservativo nos dentes. — Não a autorizei a se virar.

Ele me girou de volta, encostando meus seios quentes no parapeito gelado de ferro fundido e úmido pelo sereno. Abri mão do meu controle quando admiti que só do que precisava era dele enterrado em mim, com estocadas duras e fortes. Mas ele agiu como um torturador.

— Você não está pensando em... — Ele não me deixou terminar de falar e me fez sentir ainda mais vulnerável, principalmente porque nem que quisesse teria lugar para fugir.

— Eu disse que não facilitaria as coisas esta noite. E foi você quem começou... Sabe que adoro brincar com gelo. — Ele beliscou meu clitóris.

— Achou que me provocaria e ficaria barato? — Apertou com mais força e eu fui até a Lua, louca para sentir a espada de São Jorge a matar o dragão que existia em mim. — Duvido que Ajuricaba tenha visto seios tão gostosos assim! — Ele enfiou um dedo em mim, sem cerimônia. — Veja como é excitante, minha menina, mostrar ao mundo o seu homem dando prazer a você.

— Muito... — consegui dizer, sem um pensamento coerente.

Ele abriu uma das minhas pernas e dobrou a outra, de maneira a levar meu joelho até a altura da minha cintura, deixando-me exposta; ao mesmo tempo, sentia o restinho do gelo derreter e escorrer pela minha vulva.

— Dessa forma, quando os transeuntes olharem para cima, verão, pelo vidro embaçado da varanda, que há algo acontecendo, enquanto a penetro duro e forte.

Tive vontade de gritar e uivar de tanto tesão! Ouvi-lo descrever o cenário todo causou-me uma sensação enlouquecedora.

— Você é linda por dentro... Vamos mostrar para todo mundo como você gosta de me abrigar. — Sua pelve pressionou a minha contra o vidro.

— Carlos! — Tentei falar seu nome forte como um protesto, mas fracassei por estar colada no vidro, já que minha voz saía abafada e arquejante.

— Você é linda, Patrícia Alencar Rochetty... Linda, gostosa, teimosa e minha! — Cravou seus dentes no meu ombro e sua mão puxou meu cabelo. — O quanto você é minha?

— O quanto você quiser — respondi, com lascívia.

— Por onde começo? — disse, posicionando seu membro duro e viril no meu orifício. — Aqui? — O Sr. G contrai-se, suplicando que não. — Acho que ainda não... — Deslizou seu pênis mais para frente, escorregando pelos meus lábios inchados com volúpia. — Acho que aqui está mais molhadinha e escorregadia. — Mal terminou de falar e, sem dó, entrou em mim, forte, fundo, a ponto de eu sentir seus testículos baterem em minhas nádegas.

— Hummmmm... Garanhãããão...

Um misto de sensações me invadiu, como o medo de estar sendo observada e o deleite que senti ao saber disso... Também senti o vento frio bater no meu corpo, o seu pênis quente e viril me tomando, ouvi seus sussurros de prazer. Queria gritar, pois a intensidade de tudo que estava sentindo era demais.

Ele soltou minha perna, deixando-me na mesma posição. Recuou seu membro quase todo para fora e fez uma pausa, mas manteve a mão deslizando pelo meu ventre até encontrar meu clitóris, o qual torcia e alisava consecutivamente entre os dedos. Alternava-se uma dor fraquinha com momentos de alívio, quando me massageava. De surpresa, ele me preencheu até o fundo. Fiquei totalmente exposta e entregue a ele enquanto sua outra mão mantinha-se no meu seio direito, onde ele torcia meus bicos e aliviava-os... Novamente apertando com os cinco dedos e com a palma da mão. Eu só consegui gemer pedindo mais... Mais...

Ele atendeu descendo minha perna e acelerando em um ritmo brutal e excitante, mais... Mais... E mais... Com suas investidas dentro de mim, eu gritei e senti sua mão a dar tapas em meu traseiro com a mesma força e intensidade de suas estocadas. Gritei de prazer, sem medo de ser ouvida, e explodi num êxtase absoluto, como uma gata no cio a acordar toda a vizinhança.

— Isso, linda! Acorde o mundo e mostre como somos mágicos juntos.

Ele enrolou meu cabelo em uma de suas mãos e puxou levemente minha cabeça para trás, enquanto sussurrava estar feliz por me ver gritar de prazer. Meu orgasmo foi longo, rasgou meus sentidos e estilhaçou minhas forças! Senti as últimas estocadas de seu membro, recuando e entrando até o fundo, até ouvir seu rosnado e um alto gemido de prazer.

Por nunca ter sabido lidar com o inesperado e as surpresas, senti calafrios naquele momento, e também frustrada por não ter vivido tudo isto há dois anos...

— Por que fui tão cega?

Ele foi incrível! Contou-me histórias de seu passado com transparência. Fez-me sentir a dor em sua voz e olhos ao revelar que a mulher a quem sempre chamou de mãe não era sua mãe biológica. As contradições em que seus pais caíram, com a finalidade de esconderem sua verdadeira origem, também o deixaram muito triste e indignado; seu pai morreu levando a verdade com ele. Meu estômago deu um nó em compaixão. A única certeza dele até hoje é que seu pai foi o mais próximo parente de sangue com o qual conviveu. Ele gostaria de poder saber quem é sua verdadeira mãe, pois imagina que os motivos que a levaram a abrir mão dele podem ter sido por amor. Assim, ele poderia conhecê-la e saber se tinha irmãos, parentes, pois ele era o único remanescente da família do lado paterno.

Ele deitou sua cabeça sobre o meu peito, e lhe fiz tanto carinho em seu cabelo que devo tê-lo incentivado a se abrir mais. Fiquei calada, ouvindo-o devanear sobre suas lembranças. Conforme ele descrevia sua mãe de criação, eu ia fazendo um desenho mental nada agradável. Ela parecia uma verdadeira megera superficial, unicamente preocupada com a opinião da nata da sociedade a respeito de tudo e em se manter bem-vestida, penteada e cuidada... Enfim, uma cadela fútil. Diante da carga emocional que essa descoberta impôs a ele, entendo que é muito importante saber de onde e de quem veio, a fim de ter respostas para algumas questões existenciais.

Acho terrível uma criança sem irmãos, primos ou qualquer outra referência familiar não ter tido o amor e amparo da mãe, mesmo que de criação! Olho novamente para meu garanhão que dorme, tão indefeso e inocente! O que me aliviou um pouco foi saber que, apesar de tudo, ele se acha sortudo por ainda ter algumas referências maternas, coisa que nem todas as crianças entregues à adoção têm, graças aos cuidados, carinhos e amor da atual caseira de sua fazenda, sua antiga babá e a qual trabalha para ele até hoje. Quando pensa em amor de mãe, na hora lembra-se da D. Maria Dolores. Acho linda a expressão de carinho e afeição que toma conta de seu rosto quando me conta quem foi ela e o que representou na sua vida.

— Quero muito que você conheça a Maria Dolores — diz. — Ela é o oposto da minha mãe... — Fica quieto por um minuto e minha mão lépida desliza por suas costas. — Sempre foi ela quem me acompanhou a todas as festas comemorativas da escola, quem fez curativos nos meus machucados, ouviu meus desabafos de adolescente e consolou-me quando estava triste. Sem contar os sermões e puxões de orelhas quando fazia algo que não era correto. Enfim, para ele, ela sempre foi a figura materna, compensando o deserto emocional a que sua mãe de criação o relegou.

— Maria Dolores? Que nome expressivo!

— Sim, e ela o pronuncia com orgulho! A molecada que frequentava minha casa só conseguia algo dela quando a chamava pelo nome.

Seus olhos brilhavam ao falar dela e era possível sentir a empolgação em sua voz, muito diferente de quando estava mencionando os pais. Se pudesse escolher uma mãe, gostaria que fosse alguém que nem ela, que nunca se casou nem teve filhos.

— Admiro você por ter se tornado um homem tão carinhoso e trabalhador! Poderia ter seguido alguns maus exemplos.

— Acho que fiz isso durante alguns anos da minha vida. Sempre digo que o acidente foi um mal necessário, a fim de me fazer explorar novos caminhos. Deus deu-me uma nova vida, um novo começo e um novo sentido.

Puxo-o para meus braços, comovida por ele acreditar que precisou passar por algo ruim para se tornar uma pessoa melhor. Sinto-o relaxar quando massageio seu cabelo. Mostrei a ele que os elos familiares foram construídos de qualquer maneira, e, por sua mãe ter permitido que o pai o assumisse, isso já deveria servir para que ele tentasse uma aproximação com ela. Não sei se a sementinha que plantei germinará, mas a forma como ele me abraçou encheu meu coração de esperanças.

Não gostei de saber que ele juntou escovas de dentes com uma mulher... Mas ele foi tão delicado e sensível ao falar disso que em momento algum me deixou desconfortável ou fez com eu me sentisse menos especial. Ao contrário, vi com que sinceridade disse que sou única e incomparável na vida dele.

De surpresa, ele me deu um abraço bem forte e apertado, literalmente me deixando sem fôlego.

— Nossa! O que foi isto?

— Eu chamo de abraço de urso, um abraço enorme e afetuoso!

Retribuí o carinho na hora, feliz por ele provar que está comigo e só comigo. Depois disso, perdemo-nos um no outro. Desta vez, não houve espaços para fantasias, apenas para muito amor, com o desejo regido por nossos sentimentos verdadeiros. Havia tentado confortá-lo como ele fez comigo quando precisei; assim, criamos um elo emocional, uma espécie de pacto de sentimentos entre nós. Fizemos amor como duas pessoas apaixonadas, amantes e cúmplices na construção de uma tônica para nosso relacionamento, isto é, sempre priorizar o momento que estivermos vivendo com toda a intensidade, sem passado nem futuro. Não precisamos dizer palavras nem fazer promessas, pois a sintonia entre nossos olhos e corpos garantiu a conexão que sempre necessitaremos para sermos felizes.

Ele também explicou suas preferências sexuais, mas nem precisava ter dito nada, sei muito bem o quanto é dominador e mandão. Também tenho absoluta segurança em dizer que ele está feliz com nosso entrosamento sexual, embora mantenha sempre um querer diferente e uma pegada especial. Já sei quem ele é e o que quer de mim, e que sempre respeitará meu tempo e meus limites. De minha parte, com exceção das práticas que causem dor, amo o que ele tem de mais perverso e sei que posso topar em uma boa novas experiências sexuais que ele vier a propor. Dou uma risadinha ao constatar que, por trás daquele rosto angelical, existe um menino muito malvado e gostoso, que me leva do inferno aos céus em segundos, tira meu chão e rompe as minhas barreiras.

Ouço-o resmungar e mexer-se na cama.

— Oi!

— Oi!

— Já disse o quanto você é lindo dormindo?
— Hum! Está flertando comigo, minha menina namorada?
— Acho que sim — digo baixinho, mais para dentro do que para fora. Acabei de acordar e não quero que ele sinta o meu bafo.
Ele acaricia minha face e vejo em seus braços as veias delineadas. Incrível o quanto isso é suficiente para me deixar molhada, uma vez que sou tarada por um belo braço, mas, pelo que posso perceber pelo Rolex no pulso dele, não vamos ter tempo para brincadeirinhas matinais, pois os ponteiros mostram que são quase 11h! Havia prometido à minha mãe que chegaria a tempo de ajudá-la a preparar o almoço. Apressada, dou um pulo na cama e ele se assusta.
— Bonitão, sinto informar, mas o flerte terá que continuar depois. Meus pais estão nos esperando e eu disse que chegaria cedo. Então, levanta esse bumbum gostoso e vem tomar um banho rápido comigo.
Levanto bem rápido, mas tudo some e sinto uma leve tontura.
— Está tudo bem? — pergunta ele, juntando-se a mim, que me sento novamente na cama.
— Sim, acho que é porque estou de estômago vazio. Desde que cheguei, meu organismo se acostumou a comer a toda hora...
— Então vá tomar banho enquanto eu peço o café da manhã.
Entro no banheiro e encosto a porta para fazer minhas necessidades matinais. Essas visões não são nem um pouco eróticas. O Carlos sabe que não gosto de compartilhar esses momentos, por isso vive tirando sarro do que ele chama de minha zona de timidez. Então, claro, não perde a oportunidade de fazer troça.
— Adoro o som dessa cascata. Estou até ficando excitado, Patrícia!
Nua dentro do boxe minúsculo, tento ganhar tempo escovando os dentes com a escova que o hotel fornece enquanto tomo banho. Percebo dois pares de olhos a me observarem e, bem mais abaixo deles, um mastro viril e imponente. Passo os dedos pelo cabelo e, com a mão livre, começo a me ensaboar rapidinho, em uma tentativa inútil de não mostrar a ele o quanto aquela cena sensual me afeta. Meu senso de responsabilidade cobra que me comporte, mas o Sr. G, dono das minhas vontades, faz o contrário ao mandar calafrios por todo o meu corpo.
— Muito fria a água, pequena? Tenho algo aqui que pode esquentar seu banho...
Ele olha para os bicos de meus seios enrugados e duros, tocando seu membro com a própria mão, envolvendo-o e preguiçosamente bombeando-o

de cima para baixo e de baixo para cima, excitando-me ainda mais. Fecho os olhos na tentativa de conter meus desejos, porque ele sabe o quanto acho sensual vê-lo masturbando-se.

— Sei o quanto pode ser quente este banho, mas você não imagina como minha mãe pode também me deixar quente, só que de vergonha caso eu chegue quando os pratos já estiverem na mesa.

— Todo aumento de temperatura é bem-vindo. — Ele abre a porta do boxe e entra. O espaço deve ter menos de um metro quadrado, pois seu corpo já está praticamente colado ao meu.

— Nem vem, namorado — falo, com a boca cheia de espuma. Ele pega a escova da minha mão e leva-a para sua boca. — Nossa! Isto é nojento, Carlos!

Fico sem chão com mais essa prova do quanto me quer de qualquer maneira, sem considerar repulsivo nada ligado a mim. Sinto-me comovida e constrangida ao mesmo tempo, pois preciso bochechar e cuspir para enxaguar a boca. Não quero fazer nada disso na frente dele. Então, encho a boca de água, viro-me no exíguo espaço e curvo-me um pouco para ficar o mais próxima possível do ralo.

— Ainda tem coragem de dizer que estamos com pressa? — Seu dedo desliza pela minha espinha até chegar ao meio do meu bumbum, onde fica me acariciando. Percebo o quanto fui inocentemente provocadora. — Como posso querer sair deste banho se esse seu bumbum gostoso fica se oferecendo para mim? — pergunta, com uma voz grossa e rouca, ao mesmo tempo que me dá um tapa que eleva meu nível de excitação ao máximo.

— Não, Carlos, estamos atrasados — falo entrecortado, de tanto tesão que sinto.

— Adoro ouvi-la dizer não quando o seu corpo diz sim. — Ele enfia dois dedos de uma vez dentro de mim. — Acho que não é a água do chuveiro que a está deixando tão malditamente molhada aqui em baixo...

Mil vezes sim!! Não resisto e ele tampouco consegue conter-se. A sorte é que não tive que perder tempo solicitando um táxi, porque meu garanhão havia alugado um carro no aeroporto. Depois de um dia de trabalho, pegou um avião, dirigiu por mais de 300km e ainda fez com que eu me sentisse a mulher mais desejada por toda a noite!

Finalmente, após uma correria enorme para nos trocarmos e ficarmos prontos, mais o percurso todo, chegamos ao sítio. A porteira simples está aberta. Ele observa tudo.

— Linda paisagem!
— Sim! Eu sempre achei um lindo lugar.

O cheiro de churrasco prova que minha mãe saiu-se muito bem na escolha do cardápio. Em casa de gaúcho, um bom espeto agrada qualquer visita. E nesta primeira refeição, não seria nada agradável o Carlos presenciar os agradecimentos feitos a qualquer Mimi, Nini, Zazá ou Lalá que esteja sendo servida. Fico imaginando a cara dele quando minha mãe fizesse a oração...

Meu mais que bonitinho pai está vestido a caráter, com o espeto na mão, temperando a carne. Tenho certeza de que ele acordou com o galo e foi até o centrinho escolher as melhores peças. Faço uma nota mental para acertar com eles o gasto extra.

— Barbaridade, tchê! Achamos que não chegariam mais! — diz ele da varanda, com sua voz forte e rouca. Para quem ouve, fica a impressão de que é um homem bruto.

A mão do Carlos está fria na minha. Ouço-o prender a respiração e minha diabinha interna dá risadinhas ao vê-lo tão aflito. Sei que em segundos a simplicidade dos meus pais o cativará.

— Já não era sem tempo! Tu me disseste que estaria cedo aqui, guria! — A cena é engraçada, pois do outro lado da varanda aparece minha mãe, toda desajeitada, tirando o avental que ela veste para alimentar as galinhas.

— Eu disse a você que ficariam umas feras se demorássemos... — falo baixinho enquanto caminhamos. Não posso perder a oportunidade de tirar um sarro desse meu garanhão tão malditamente gostoso.

— Estou perdido! Disse a você que deveríamos parar para comprar flores para sua mãe, mas não, você preferiu tirar minha sanidade, chupando-me no caminho, né? Agora, nem sei como me portar na frente deles! — Ele parece um adolescente amedrontado conhecendo os pais da namoradinha. É lógico que eu não poderia perder a oportunidade de me aproveitar dele naquela estradinha. E sim, fartei-me do meu homem.

— Ainda bem que engoli até a última gota de seu prazer, pois minha mãe é muito observadora. Se tivesse deixado uma gota sequer arruinar suas roupas, ela notaria de imediato...

— Você não está ajudando muito falando essas coisas! Já não chega estar com o coração na boca e você ainda me mantém excitado! Como é que vou apertar as mãos dos seus pais agora?

Dou um sorriso malicioso e puxo-o pelas mãos. Chega de tortura.

— Bem-vindo, garanhão!

Chego perto da minha mãe e dou um beijo estalado nela. Ao meu lado, o Carlos se mantém atento a tudo.

Meu pai aproxima-se de nós, agora com um facão na mão em vez do espeto.

— Mãe, pai, este é o Carlos Tavares Júnior.

— Bah, fia! Este guri é mais lindo do que artista de cinema! — diz minha mãe encantadora e franca. — Bem-vindo, rapaz! — Ela o puxa pela mão e o beija na bochecha.

— Prazer em conhecê-los! — diz ele, formal e inibido, vermelhinho com o beijo de minha mãe. Impossível não amar esse homem de mil facetas.

— Sinta-se em casa, rapaz! Aqui nossos convidados sempre são bem-vindos, ainda mais quando respeitam a faca de um velho gaúcho.

O Carlos arfa ao ver meu pai balançar a faca enquanto fala. Não sabe que é uma referência ao churrasco do gaúcho, que deve ser valorizado desde a escolha da carne, seu corte, forma de assar, entre outros aspectos. A faca é mais um símbolo desse ritual gastronômico, nada tem a ver com qualquer ameaça. Mas meu garanhão não sabe disso... Ele solta a respiração presa na garganta e diz:

— Então adoraria aprender como se faz um churrasco gaúcho, porque admito não ter qualquer conhecimento a respeito do assunto. Se o senhor estiver disposto a ensinar, gostaria muito de receber seus ensinamentos e conselhos.

— Bah, guri, tu vais aprender uma das melhores maneiras de se fazer um churrasco! — diz minha mãe, orgulhosa do meu pai.

O Carlos segue meu pai, que vai falando a respeito da importância de um bom corte de carne, enquanto vou para a sala com a minha mãe. Nem tive a oportunidade de mostrar a casa para ele.

— Fia! Que pedaço de homem, tchê!

— Lindo mesmo, mãe! Também é gentil e amável. — *E um pouquinho mandão*, penso comigo.

— Nunca vi tanto brilho em teus olhos, guria! Estou muito feliz por ti! — fala, visivelmente emocionada. Ela sabe que nunca me permiti esse tipo de envolvimento tão profundo...

— Cadê o Dado? — Mudo de assunto.

— Bah... Chegou com o cantar do galo!

— Talvez tenha dormido com as galinhas... — Dou um sorrisinho malicioso, conferindo um duplo sentido às minhas palavras. — Vou tirar estas botas e já venho ajudar a senhora, ok?

— Capaz, guria! Já tenho tudo pronto.

Abro lentamente a porta do quarto do Dado. Desde que cheguei, incomoda-me invadir aquele espaço que não é meu. Sento-me na cama e tiro minhas botas, fazendo o mínimo de barulho para abrir o zíper da minha mala. Calço um tênis e, quando vou sair, ouço-o fazer um barulho estranho com a boca. Assustada, chego perto da cama, pensando que ele está se afogando. Ponho minha mão no seu ombro para me certificar de que está tudo bem e sou puxada por um braço enorme.

— Tu achaste que eu estava dormindo, bonequinha? — fala enquanto me faz cócegas.

— Seu sem-vergonha, você me assustou! — digo entre risadas. — Dado, que cheiro é este?

— Hoje você não me pega, vai ter que aguentar a sessão de cócegas... — Mas estou certa desta vez, ele está com cheiro de álcool, tabaco e perfume barato.

— Não!!! — Dou gargalhadas. — É verdade, você está fedido! — Ele fica sério de repente. — O que foi, Dado?

— Nada.

— Aconteceu alguma coisa que você queira me contar?

— Não aconteceu nada! — Ele levanta.

— Eduardo, sou sua irmã, não precisa ter segredos comigo! Sei que passamos muito tempo longe e afastados, mas não é por isso que ficaremos cheios de reservas um com o outro, poxa!

Ele se vira para a parede, pensativo, e meu sangue gela. Tenho as piores sensações.

— Você teve alguma recaída ontem? — falo, direta.

— Será que tudo o que diz respeito a mim se refere a drogas? Sei que parte da minha vida vivi sob o domínio delas, mas...

Ele para de falar assim que vê meu rosto assustado diante da tanta agressividade.

— Calma, Dado, apenas perguntei! Queria ser útil para você... — Viro de costas e, desta vez, é ele quem me segura.

— Ontem eu a encontrei! Ela parecia tão feliz ao lado de um mané aqui da cidade...

Ela quem, Cristo? A ficha demora a cair e lembro-me de ele ter mencionado algo sobre a Flávia. Mesmo assim, ainda não consigo entender o que isso tem a ver, até porque ela é oito anos mais velha do que ele.

— Um mané? Aquele Mané? — Era um cara horroroso e nojento, que vivia oferecendo carona para as meninas da cidade, sentindo-se o máximo só porque tinha um carro novo. O cara deve estar com quase 60 anos e é daqueles típicos velhos babões que, quando fala, acumula gosminha no canto da boca.

— Bah! Eu disse que ela estava com um mané e não com o Mané! — Ele sorri e eu fico feliz por ver menos dor em seu rosto.

— Suponho que ela o tenha visto não com uma, mas com duas manés também, né? — Ele levanta o ombro, despeitado com o que falo. — Então vocês estão quites, pois chumbo trocado não dói. Você quer falar sobre isto?

— Talvez... Mas não agora! Estou com a boca azeda e você mesma disse que estou fedido... Vou tomar um banho e fazer sala para o seu engomadinho.

— Engomadinho, é? Pois fique sabendo que ele é muito bom em engomar... — Não sei o que está acontecendo comigo! O homem faz com que eu queira sexo a todo momento!

— Bonequinha, vou fechar os olhos e contar até três. Quando eu terminar, se tu ainda estiveres aqui, farei tantas cócegas em ti, que engolirá estas tuas insinuações sacanas.

Saio do quarto num pulo só... Faço uma anotação mental: amanhã, antes de voltar para o sítio, farei uma visita para a D. Agnello para, além de matar as saudades, averiguar o que rola entre a Flávia e meu irmão. Não que eu vá perguntar algo na lata, mas alguma coisa eu hei de captar.

Durante todo o dia vejo o Dado interagindo pouco, mas, por outro lado, isto não intimida o Carlos, que faz de tudo para se aproximar dele. O Carlos é educado e mostra-se um verdadeiro brincalhão, sentindo-se bem à vontade o dia inteiro. Ele conhece o galinheiro com a minha mãe, a oficina de artesanato com meus pais e também sai com o Dado.

Vejo que fica admirado com o capricho das peças deles e, pela sua expressão, sei que partilha do mesmo sentimento que o meu, isto é, o Brasil valoriza muito pouco o artesanato nacional. O Carlos elogia bastante não só o empenho artístico, mas também o sítio todo.

Ele e o Dado saem juntos e resolvo arrumar minhas coisas no quarto, além de também tomar um banho. Quando eles voltarem, pretendo dar uma escapada com meu garanhão. Sei que ficaremos longe novamente por mais alguns dias, o que já faz meu coração apertar e meu corpo pedir por ele.

Carlos Tavares Júnior...

O dia é divertidíssimo! A família da Patrícia é igual a ela, sem papas na língua. Seus pais são simples, dotados de uma sabedoria ímpar. Além de acolhedores e cuidadosos, servem uma comida deliciosa. Por isso, não me admira ela confessar que já foi gordinha: aqui come-se o tempo todo! O Eduardo é de poucas palavras, contudo, seus pais, por outro lado, falam por ele... A forma como lidam com a personalidade dele é excepcional! Minha pequena passa o dia com um sorriso no rosto; está leve, de bem com a vida. Pouco nos tocamos, mas muito nos olhamos, quer dizer, na verdade, ela praticamente me tortura o dia todo, insinuando-se veladamente para mim. A noite vem caindo e meu peito fica apertado, pois não poderei continuar aqui ao lado dela. Fugir um dia do meu trabalho, longe de tudo e todos, foi ótimo, mas não posso me ausentar por muitos dias em meio a uma investigação. Se tivesse programado com bastante antecedência, poderia ficar aqui com ela o resto de suas férias.

— O dia foi muito agradável, adorei aprender um pouco de como se prepara um bom churrasco.

— Bah, então fica o convite! Da próxima vez que vieres para cá, serás tu a preparar o churrasco, tchê!

Alguns dias ao lado deles e sairei falando "bah" a cada frase meio cantada. É delicioso ouvir esse sotaque. Minha pequena, embora more há anos em São Paulo, tem um leve cantar na fala, que ali, de volta a suas origens, parece mais ainda pronunciado.

— Se depender de mim, estamos combinados, venho buscar a Patrícia daqui a alguns dias e faremos um novo churrasco! — Ela pisca para mim. — Mas, da próxima vez... — Interrompo-me. Ia dizer que levaria um barril de chope mas, diante da condição do Eduardo, acho por bem mudar o foco. — ... a carne fica sob minha responsabilidade. Então, farei o serviço completo.

— Bah, guri! Estou vendo que vamos comer linguiça e carne com tempero! Não sei se seria trilegal, pai! — O Eduardo brinca pela primeira vez.

— Aprendo rápido, Eduardo! Já vi que seu pai só usa sal. Aproveito para lembrá-lo de que temos um encontro em Porto Alegre, no próximo dia 16.

Ele acena para mim, concordando com o que ficou combinado entre nós. Enquanto estávamos no churrasco, um vizinho veio chamá-lo para ver o que estava acontecendo com uma motocicleta velha. Ele convidou-me a acompanhá-lo e não recusei, já que queria estar mais próximo dele e estabelecer um contato. Fiquei surpreso por vê-lo botar aquela lata velha em funcionamento com apenas alguns ajustes. Anualmente, temos de trocar nossas frotas de motos, pois elas são muito usadas por parte da nossa equipe de vendedores e, por isso, o desgaste é grande. Mandá-las para o conserto acarreta um gasto extra e, ao saber da habilidade dele, imaginei que seria um bom investimento ter um mecânico no grupo. Assim, se tudo der certo, o Eduardo pode ficar responsável por este setor, atuando em todas as nossas filiais e, quem sabe, chegar a um cargo de chefia. Só o que pode desanimá-lo é que a experiência inicial terá de ser em São Paulo.

De qualquer maneira, ele precisará entender que oportunidades surgem na vida; é nossa opção agarrá-las ou deixá-las passar. No caso do Eduardo, o destino está lançado... Vamos esperar para ver se ele saberá aproveitá-lo.

Quanto à minha pequena provocadora, resisti a não tocá-la o dia todo, mas agora, vê-la vestida para matar faz com que meu autocontrole vá para o espaço. Está linda e super sedutora: apenas um pedacinho de jeans desfiado cobrindo seu traseiro gostoso, uma regata branca marcando sua silhueta e os seios fartos, um boné prendendo seu rabo de cavalo, tênis All Star dourados e uma mochila nas costas.

— Será que agora vou poder ter um pouco da atenção do meu namorado?

— Sou todo seu!

Despedimo-nos de todos e ela combina com o irmão para ir buscá-la pela manhã na cidade.

— Bah! Estás levando um jeans, né, bonequinha? Porque não vou desfilar com você na garupa usando esse trapinho indecente! — verbaliza ele o que vai na minha cabeça.

— Dado, sou uma mulher preparada para a guerra. — Ela aponta a mochila e pisca para ele.

Já no carro, ela vira para mim e diz:

— Obrigada, meu garanhão! Este dia ficará guardado para sempre na minha memória.

— Então vai me agradecer oralmente no caminho de volta ao hotel?

— Pervertido! Mal saímos do lado dos meus pais e já está botando as asinhas de fora, é?

— Sozinho com você nesta estrada, nesta escuridão cortada apenas pelo farol do carro, a única vontade que tenho é de chamar meu amigo duro para participar da festa.

— Então, ouve só, bonitão! Daqui a 500 metros você encontrará um atalho. Entra nele e apaga o farol que vou mostrar como é bom morar aqui no meio do nada.

Dito e feito! Com ela, o meio do nada ganhou um contorno muito especial.

Na volta para São Paulo, a cinco mil pés de altitude, sinto o coração partido por ter literalmente deixado minha menina doente na casa de uma amiga. Nem pude acompanhá-la, porque ia acabar me atrasando para o voo. Ela acordou passando mal e minha vontade era ficar cuidando dela, mas minha menina garantiu ser mero efeito da comilança a que vem se entregando desde o início das férias. Vem exagerando, comendo tudo o que vê pela frente, e não posso culpá-la. A D. Amparito é uma deusa na cozinha.

Este sentimento indescritível que venho alimentando por ela é maravilhoso, impossível de ser barrado e impedido. Absorve-me pela energia imprevisível que toma conta do meu ser, ao desejar que tudo aconteça de melhor ao seu lado, sem nenhuma barreira dentro do meu coração.

Durante o voo, esboço o e-mail com o meu novo projeto de recuperação das motos de nossa frota, salvando-o na caixa de rascunhos do Outlook. Nele designo cada departamento envolvido e suas respectivas atribuições. Minha mente trabalha em todos os detalhes e, se tudo der certo e o Eduardo abraçar essa oportunidade, a companhia terá uma economia considerável. Sei que alguns diretores farão objeções ao projeto e, como presidente, terei de analisar cada uma delas, dando o devido retorno. Mas, depois de ver a transformação daquele ferro-velho em um praticamente novo modelo de Harley, dissipei todas as minhas dúvidas quanto à capacidade profissional do Eduardo.

Conversar com a minha menina foi reconfortante e me fez bem. Porém, algumas questões ressurgiram dentro de mim, não sei se por ter falado abertamente do meu passado para ela ou pela acolhida que recebi de sua família. Acho que nunca na minha vida senti tanta vontade de ter meu próprio núcleo familiar. Sorrio ao lembrar daquela bruxinha dizendo:

— Carlos Tavares Júnior, como sua namorada, preciso conhecer a sua mãe! Mesmo que não seja sua mãe biológica, poderei analisá-la e dizer para mim mesma: ele conviveu com ela, mas não adquiriu nada de sua personalidade insensível.

— Não sei se você conseguirá avaliar alguma coisa em sua expressão. Há tempos que minha mãe deixou de apresentar qualquer traço que seja, em função das já nem sei quantas plásticas feitas! E ela geralmente não é muito simpática com as mulheres...

— Senhor... — Ela junta as mãos. — Agradeço a ti por não permitir o convívio entre mãe e filho! Fui agraciada com a sorte de não vê-la piscando a todo o momento após cada uma de suas plásticas! — Sorrio com a precisão dela a respeito de minha mãe ser uma dessas socialites que não querem deixar o tempo chegar.

— Pelo que vejo, já até desistiu do encontro. — Pisco várias vezes, brincando.

— Isto nunca! Quero conhecê-la, conhecer sua casa, participar da sua vida e dar muitos beijinhos nas suas piscadelas. Vi como tratou a minha mãe e a conquistou em um piscar de olhos. E quer saber? Acho que vocês dois merecem um momento juntos.

Ela teve sensibilidade suficiente para perceber a minha amargura quanto a esse assunto; em troca, não fiquei abalado por falar. Expor meus fantasmas foi um ato tranquilo. Graças a essa postura, me senti à vontade também para contar o que sou, o que gosto e como adquiri minhas preferências sexuais, mas, novamente, ela fugiu do assunto, parecendo não querer saber para não ter que enfrentar. Calei-me naquele momento, mas só descansarei quando me revelar inteiramente. Tenho paciência para aguardar o momento certo para me expor nesse sentido. Não quero que uma palavra não dita seja um problema amanhã.

Hoje sei que sou suscetível às suas vontades e ela às minhas; não há, portanto, necessidade de impor qualquer coisa. A Patrícia aceita tudo ao se entregar a mim e aos meus desejos. Tudo tem sido intenso quando estamos juntos e nossa relação acontece naturalmente, ela se entrega livremente à minha dominação sexual sem refletir a respeito disso. Nunca concordei com a máxima de alguns amigos dominadores de que uma relação D/s exclui amor e paixão, já que tais sentimentos poderiam tornar o Mestre dependente das vontades de sua submissa em vez de exercer o domínio que lhe é devido. Para mim, o importante é poder ouvir e sentir a alma e o coração da minha menina com emoção, prazer e muito amor. Não são os rótulos que definem um relacionamento. A maturidade da relação, quando ambos vibram na mesma sintonia, é que a aproxima da perfeição.

Quando chego em Guarulhos, vejo, de longe, no desembarque, um homem parecido com um armário de seis portas que me aguarda. O Nandão faz jus ao apelido: é mesmo todo "ão", destacando-se facilmente em meio às pessoas. Respondi uma mensagem sua sobre um relatório das investigações em andamento, informei que estava voltando e ali estava ele.

— E aí, Nandão? Esperou muito? Desculpe-me, houve um atraso na conexão em Curitiba.

Ele abre os braços como se fosse meu amante, chamando a atenção de todos à nossa volta. Divirto-me com a situação. Aquilo parece um ritual, sempre repetido por ele todas as vezes em que me busca. Como se não bastasse, ainda faz questão de dar uma requebrada, para chamar mais a atenção e me envergonhar. Se eu não o conhecesse desde sempre e soubesse de suas preferências sexuais, poderia até acreditar que era a fim de mim, de tão convincente que é. Pois é isso que deve parecer aos olhos alheios.

— Acabei de chegar. Fez boa viagem, amor?

Jogo a mala para ele e retribuo a brincadeira.

— Carrega para mim, bonequinha! Tenho uma ligação urgente a fazer.

Pego o celular e aperto o número um, no qual está salva minha primeira e única opção, enquanto caminho em direção ao seu Camaro amarelo que, a exemplo do seu dono, se destaca de todos os outros estacionados.

— Oi, garanhão! — fala, com voz baixa e dengosa.

— Oi, minha linda! Pelo jeito, você não melhorou, né?

— Não... Até resolvi ficar mais um pouco aqui com a D. Agnello. Também não consigo segurar nada no estômago! Tenho certeza de que o Dado não vai gostar nem um pouco de eu derramar meus fluidos nele...

— Evita tomar a água do poço do sítio, ela não deve estar fazendo bem a você — falo e ela ri.

— O senhor está enganado, doutor. Se fosse a água estaria no trono, sentada como uma rainha com cara muito feia e enrugada. Meu problema é olho gordo mesmo. Quero comer tudo o que vejo pela frente, mesmo que o estômago rejeite.

— Não é melhor procurar um médico?

— A D. Agnello fez um chá de boldo para mim. Vou melhorar logo, bonitão! — Sua voz manhosa aperta meu coração. — Já sinto saudades...

Fico feliz com suas palavras. Mostram que nossa relação já superou a fase das provocações e chegou na do carinho.

— Eu também, minha menina.

— Huuum! Minha menina... — O descarado do Nandão debocha ao abrir a porta do carro.

— O Nandão está desejando melhoras, também.

— Diga a ele que, assim que melhorar, darei um chute no traseiro dele por ser um invejoso ao imitar você falando carinhosamente comigo. Quem desdenha quer comprar.

Sorrio com a sua resposta espirituosa.

— Direi, sim. Não deixe de mandar notícias! Descanse e ligue-me antes de voltar para o sítio.

— Ligo. Até mais tarde.

— Beijos e cuide-se.

Desligo o telefone mais preocupado do que de costume; na verdade, até me sinto um pouco doente por causa dela. Saber que ela está assim tira meu chão, deixa-me inseguro e com medo de qualquer tipo de perda. Penso mesmo em dar meia-volta e cuidar dela até ficar boa.

— Quer comer algo antes de ir para a reunião? Faz tempo que você não me paga um almoço e, para falar a verdade, meu estômago está xingando muito você.

Olho no relógio e vejo que são 14h. Dou graças a Deus por estar adiantado, pois, devido ao atraso na conexão, pedi à minha secretária que transferisse a reunião para as 17h. Eu não iria chegar a tempo com esse imprevisto mesmo...

— Não sei o porquê, mas no fundo sempre soube que você era uma putinha cara. E a cada dia que passa convivendo ao seu lado, vou tendo ainda mais certeza de que isso é verdade.

Seguimos para a cervejaria parando rápido em um restaurante bem charmoso, na bandeirantes, onde muitas vezes paramos para almoçar.

— Um brinde ao ex-solteirão mais cobiçado de Cabreúva! — provoca, mas finjo nem perceber. A cerveja gelada desliza e limpa a minha garganta.

— Nem preciso perguntar como anda o romance... Dá para ver nos seus olhos, Carlão.

— Estamos nos conhecendo melhor. A propósito, quero lhe devolver o perfil do Dom Leon. Aquilo não é para mim! Além disso, já atingi o objetivo que tinha ao pedi-lo emprestado.

— Ele não é para você, mas foi bom enquanto durou, né? — diz, irônico. — Pelo que vejo, a experiência de ser o Dom Leon transformou-o mesmo em um Dom Miau apaixonado e meloso! Afinal, você correu atrás da mulher do Facebook.

— Ela não é a mulher do Facebook! — Irrito-me pela forma como se refere à Patrícia. — Ela é a mulher que conheci um dia e, por coincidência, virou sua amiga no perfil do Dom Leon. Vou apagar todas as nossas conversas no Messenger. E quero pedir a você, caso ela procure o Dom Leon, avise-me.

— Se tem tanta preocupação, por que não fica com o perfil? Já falei por que o criei e, particularmente, também não tenho interesse nenhum em mantê-lo.

Explico minhas razões e ele concorda com meu pedido. Por mais que aquele perfil tenha sido útil para me aproximar dela, não consigo mais continuar enganando-a a esse respeito. Ele prometeu não interagir com ela no Facebook e selamos nosso trato. Sei que ele manterá o combinado e me avisará caso ela mantenha contato com o Dom Leon.

Mudamos de assunto e, como sempre o considerei um irmão, menciono o projeto de restauração da frota. Ele fica animado, mas, embora apoie a ideia, confessa-se receoso. Essa conexão sempre foi fundamental para nossa amizade e cumplicidade.

Enquanto aguardamos nossos pedidos, o Nandão faz algumas ligações e eu, claro, aproveito para ligar novamente para minha menina, já que a reunião durará horas. E fico ainda mais preocupado: além das náuseas, ela teve outra vertigem. Quando desligo, o Nandão está olhando para mim, ciente de tudo o que conversamos.

— Agora deu para ouvir conversas telefônicas alheias?
— O que a Patrícia tem?

Conto a ele por cima, enquanto abro meu Outlook pelo celular. Ele faz perguntas esquisitas, que respondo no modo automático.

— Desde quando ela está doente? — pergunta, fulminante.
— Não estou entendendo tanto interesse...
— Já vai entender. Ela teve algum mal-estar e tonturas esses dias?
— Ontem pela manhã ela teve uma breve vertigem. — Mas omito os detalhes que antecederam a crise. Até porque ele me conhece muito bem e deve imaginar que tivemos uma noite intensa, regada a muito sexo. Todo engraçadinho, ele questiona:
— Vou ser padrinho?
— O quê?
— Isso mesmo que você ouviu, bonequinha!
— Você deve estar tendo alucinações ou desacostumou-se de ver seus amigos namorando.
— Não costumo me enganar quanto a esse assunto. Além disso, meus pais são ginecologistas, lembra-se? E tenho duas irmãs e uma ex-namorada que engravidaram na minha adolescência. Sei muito bem que a bonequinha aí tem um membro que cospe filhinhos pelo mundo. Então, se você e a sua namorada brincaram de médico algum dia sem proteção, a probabilidade de eu ser padrinho é grande, sim.
— Olha, Sr. Sabe Tudo, primeiro, sua arrogância me espanta. Segundo... — Fecho os olhos e lembro da noite em que fizemos amor, antes de ela viajar. *Não tem nada a ver*, penso comigo mesmo. Tem apenas uma

semana que isso aconteceu, logo, é improvável que já surjam sintomas de gravidez. Mas... Minha memória recua mais no tempo e chega àquele dia em Ilhabela, quando tomei-a sem proteção.

— Ei, cara, você está bem? Lembrou de algum detalhe comprometedor? — fala, sem perceber a brincadeira involuntária. — Você vacilou?

Balanço a cabeça. Que mania de querer saber tudo...

— Vacilou? Você fala como um adolescente! — ralho com ele, pensativo.

— Pode descontar sua fúria em mim! Não ligo... Compadres servem para isso...

— A possibilidade de uma gravidez está totalmente descartada e você está me torrando a paciência com esse papo-furado. Vamos ao que interessa.

Mudo bruscamente de assunto, perguntando detalhes da investigação. Ele adianta as possíveis falhas, sequer poupando seu próprio departamento de críticas, mostrando que não se isenta de suas culpas e responsabilidades. Mas não consigo prestar atenção em nada do que fala, minha cabeça chega a formigar. Quando os pratos chegam, o cheiro da comida quase me faz cair da cadeira. Devo ter soltado um suspiro longo, porque ele para de falar e fica me encarando.

— Cara, por que você não liga para ela e tira essa história a limpo? Pelo que te conheço, sei que não se concentrará em mais nada hoje. O que eu disse foi apenas uma suposição, mas o seguro morreu de velho.

— Não vou incomodá-la com essa história sem pé nem cabeça. Vamos comer, fechar a conta e seguir para a reunião. Temos algo mais urgente a tratar.

Mas ele tem razão, não vou conseguir me concentrar em mais nada hoje antes de falar com ela. Supondo que ela esteja mesmo grávida, mil situações passam pela minha cabeça. A primeira, logo de cara: sem saber como lidar com a situação e acreditando ser tudo muito precoce, resolve fugir mais uma vez de mim. Só de pensar nessa possibilidade, sinto minhas pernas bambas. Fico preocupado porque ela passou por desencontros a vida inteira, e agora que se reaproximou da família, aparece um novo integrante para desestabilizar tudo... Paro, respiro fundo e não quero pensar nas outras situações. Pergunto-me se esta bagunça em que estão meus pensamentos é reflexo de uma real preocupação com ela ou apenas dos meus próprios medos...

Preciso reorganizar meus pensamentos. Não posso ligar para ela e questioná-la assim do nada. Tudo é suposição. Mas, desde que chegamos à empresa, ando de um lado para outro, feito um animal enjaulado. Que se dane: pego o telefone, nervoso e trêmulo como nunca, e ligo para ela...

Capítulo 4

Patrícia Alencar Rochetty...

Tudo o que uma mulher quer é um homem que se preocupe com ela e trate-a com todo carinho e preocupação. Neste sentido, devo agradecer por ter ficado menstruada. No lugar de cólicas, que é o que sente toda mulher normal, eu tenho enjoos, dor de cabeça e tonturas. Hoje, quando acordei, meu relógio biológico sinalizou que o dia do meu fluxo estava chegando. Não tive coragem de dizer ao meu garanhão os verdadeiros motivos do meu mal-estar. Imagina a cena... Garanhão, estou assim porque vou menstruar! Parece muito simples, mas existem intimidades que não precisamos divulgar. Claro que eventualmente, um dia, ele saberá a época dos meus períodos, mas até lá, que fique tudo em segredo.

As minhas intimidades são exclusivas, não vou dividi-las com ninguém, muito menos com o homem mais charmoso que conheci. Dou graças a Deus por ter passado alguns anos ao lado da minha eterna amiga elegante, D. Agnello, que me repreendia e me ensinava que ser simples não é ser explícita a respeito de suas necessidades íntimas. Ela sempre dizia que dividir a rotina cotidiana com alguém vai além das delícias de assistir a um DVD juntinho no sofá ou de uma sessão de sexo quente. Quem convive conosco não precisa necessariamente conhecer todos os nossos odores, sons e visões pouco atraentes.

Por exemplo: nunca dividirei com o Carlos o meu momento de rainha, pois, quando estou sentada no trono, gosto de governar sem interferências e súditos. Ocorrências como unhas do pé compridas, depilação vencida, cabelo sem brilho, são detalhes impensáveis de se apresentar, tratam-se de cuidados básicos que toda mulher deve ter para se manter minimamente asseada.

Este negócio chamado relacionamento é muito complicado mesmo. Não quero ter um relacionamento de mentira, fingindo que não tenho necessidades fisiológicas básicas, porém ter bom senso para saber as que podem ser partilhadas ou não é uma boa pedida que se homens e mulheres observassem muitos casamentos nunca perderiam a "poesia"... A imagem do meu garanhão lindo, gostoso e limpinho é muito mais romântica do que a dele devolvendo à natureza tudo o que seu organismo não aproveitou, não é verdade? E acreditem, a recíproca é totalmente verdadeira, não se enganem!

Pensando friamente, com uma cólica danada, lembro-me da última ligação dele.

— Oi, minha menina! Melhorou?

— Oi, meu garanhão! Estou gostando desse paparico de me ligar a toda hora. Estou melhor, sua voz me acalma.

— Acho que não é cedo demais para dizer que a considero uma pessoa especial. — Que papo estranho! Ao mesmo tempo que se mostra romântico, sinto um tom preocupado na sua voz. — Saiba que, no que depender de mim, estaremos sempre juntos.

— Como assim? Até que a morte nos separe? — brinquei, achando a conversa sinistra.

— Acho que nem a morte poderá ser capaz de romper o que estou sentindo por você ou os vínculos que podemos vir a ter — disse sério, não gostando da minha brincadeira.

— Que carma o seu!! — Estava tão feliz que não resisti a continuar com o meu bom humor.

— Patrícia... — Que tensão! Ele disse meu nome e emudeceu.

— Carlos?

— Você confia em mim para dividir qualquer surpresa que a vida possa lhe trazer? — Que conversa maluca!

Claro que disse sim, confesso que realmente confio nele. Mas estava me sentindo em um interrogatório, sem sequer saber os motivos que me levaram até ali.

— Você diria para mim caso nosso amor apresentasse consequências inesperadas?

Volto ao presente e ponho as mãos na cabeça... Agora entendo... E não acredito!!!!

Claro! Agora tudo faz sentido. Um dia acordo com enjoos, no outro dia passo mal... Ele deve estar achando que estou grávida!

Dou uma gargalhada, mas rapidinho fico séria ao perceber as repercussões disso. Meu fluxo prova que não estou grávida, mas imaginá-lo todo preocupado com essa possibilidade deixa-me insegura.

— Pelo que vejo na sua expressão, essa ligação que você acabou de receber despertou sentimentos contraditórios — diz a D. Agnello olhando para mim.

— Acho que sim — respondo, ciente de que ela me conhece muito mais do que talvez eu conheça a mim mesma.

— Quer falar sobre isto?

— Acho que a senhora não entenderia. Sei de sua aversão a relacionamentos e seus desdobramentos.

Ela me encara divertida.

— Sério mesmo? E quais são suas conclusões quanto ao que eu penso a esse respeito?

Suspiro. O que vou dizer a ela? Que acho que ela não acredita nos homens e que a vida toda disse para eu tomar cuidado? No meu caso com o Carlos, não existe um problema, mas o um início de relacionamento em que não sei como agir. Quero muito que tudo dê certo, mas não sei como fazer isto acontecer. Respiro fundo e conto tudo a ela de forma simplificada, é claro! Relato desde a forma como o conheci até aquele presente momento, com o telefonema da manhã.

— Vamos lá, minha eterna aprendiz voraz. Quando lhe dizia que a sua carreira estava em primeiro lugar, que homens eram distrações das quais você não precisava, era porque queria que você chegasse aonde chegou. — Ela caminha pelo quarto onde estou descansando desde a hora que cheguei. — Tenho orgulho de saber que você venceu e, acima de tudo, sozinha e com muita raça.

— Desculpe-me se fui muito dura com a senhora.

— Não me interrompa, Patrícia! Não acabei ainda. — Estar ao lado dela é um eterno aprendizado! Sempre há algo a se aprender. — Hoje você é independente financeiramente, ajuda seus pais, realizou um sonho que sempre vislumbrei estar em suas lutas e em seus olhos. Tudo graças à sua determinação. Mas não quer dizer que precisa ficar solitária para o resto da vida. Estou feliz que tenha encontrado uma pessoa que está lhe fazendo bem, vejo isso nos seus olhos. Mas não se engane, não existe receita e nem fórmula para um relacionamento dar certo.

Quero falar, mas ela não deixa.

— O que determinei para minha vida diz respeito somente a mim. Jamais quis que você fizesse a mesma escolha que eu. Apenas procurei orientá-la de maneira a ser uma vencedora.

— Sou eternamente grata à senhora.

— Sei disso. — Ela acena positivamente. Acomodo-me mais confortavelmente na cama. Ela se senta ao meu lado e pega minha mão. — Quando você se apaixona por alguém de verdade e não por uma figura imaginária, o tal do "somos feitos um para o outro" é permeado por momentos tortuosos. E não projetar no outro a expectativa que se tem do homem ideal e dos sonhos é fundamental, entende?

— É tudo tão novo! Sinto coisas que nunca senti. Já errei tanto com ele, julgando-o e me escondendo. Mas agora, quero que ele me aceite como sou. Só que, contraditoriamente, me sinto incapaz de lhe mostrar quem sou! Até desejaria que ele fosse um leitor de mentes só para poder compreender meus sentimentos...

— Um relacionamento funciona assim mesmo, Patrícia, com um criando expectativas em relação ao outro. — Ela me lança aquele seu olhar sábio. — Tudo parece ser lindo, e na verdade, até pode ser mesmo... Mas é preciso haver sinceridade e transparência. Não queira fantasiar a situação, com ambos tentando de todas as formas possíveis manter a imagem perfeita que um tem do outro, ignorando a realidade. A consciência de que cada um de vocês é um ser independente, com características, educações e vivências próprias, é a chave para que aceitem a individualidade alheia. O amor deve ser sábio para contornar as diferenças que existem! A partir dessa premissa, colocar sua maneira de ser e defender seu ponto de vista torna-se algo saudável e até divertido, porque há respeito e aceitação. Não se trata de aceitar tudo passivamente, ao contrário, trata-se de lidar com as diferenças com respeito, sabendo que o amor existe e perdura, apesar delas.

Abraço-a emocionada. Como senti falta de seus conselhos!

— A senhora é tão sábia! Por que escolheu permanecer tão sozinha?

— Como acabei de dizer, um dia fui feliz ao lado de uma pessoa, só que as minhas projeções e expectativas falaram mais alto. Quando percebi isso, vi que havia massacrado a pessoa com minhas exigências infinitas. Não havia mais possibilidade de voltar a tê-la ao meu lado porque havia partido para um mundo no qual talvez um dia eu venha a reencontrá-la... Quem sabe eu possa agir diferente, com a consciência de que a essência de ser feliz é basicamente saber aceitar que o simples fato de estar com alguém é que nos causa felicidade... Agora vamos fazer companhia ao seu irmão e à Flávia, que estão proseando animadamente lá na varanda.

A D. Agnello não me deixou sozinha um minuto sequer desde que cheguei. Ela sabe o quanto sofro no meu período. Convenceu-me a passar o dia com ela. O que estranhei foi o Dado aparecer do nada no meio do dia com folhas de boldo-do-Chile, alegando que minha mãe mandou. Não tomei chá nenhum porque meu problema não é estomacal, mas fiquei comovida com a sua preocupação. Para quem não queria vir à casa da D. Agnello, ele está bem à vontade sentado nos fundos da casa, conversando com a nossa antiga professorinha. Eu os observo de longe. Não preciso ser sábia como a D. Agnello para ver que existe muita química entre aqueles dois.

A dona da casa se retira, dizendo que vai preparar um lanchinho para nós. Nesta hora, caminho até eles e observo-os se encarando. É flagrante que ali existe muito mais do que apenas amizade. Nunca vi os olhos do Dado brilharem tanto. Eu me aproximo e nem notam a minha presença. Quero confirmar o que deduzo, mesmo supondo que irei atrapalhar um suposto romance.

Ouço o Dado sussurrar algo para ela. Dou uma tossezinha discreta para anunciar minha presença.

— Melhorou, Patrícia? — pergunta a Flávia, vermelha como um tomate. Pelo que ouvi brevemente, meu irmão acabou de flertar com ela.

— Melhorei — respondo, agradecida. — Flávia, você não muda nunca! Sempre linda, não é verdade, Dado? — provoco.

— Trilinda!

— Obrigada. Assim vocês me deixam sem graça... — *Mais ainda, você quer dizer, né?*, penso comigo.

— O que tanto vocês estão conversando? — Tento descobrir.

— Estava dizendo ao Eduardo que vou a São Paulo depois de amanhã fazer um curso de seis meses.

Vejo nos olhos do mano um sinal de derrota. Ainda não sei o que acontece entre eles, mas ligo rapidinho os pontos e penso em uma forma de poder fazer alguma coisa boa pelo meu irmão.

— Nos primeiros dias, ficarei hospedada em um hotel próximo à Mackenzie. Depois, alugo um espaço temporário.

De jeito nenhum vou permitir isto! A tia dela me acolheu e me ajudou por anos, além de ela mesma ter ajudado a mim e a meu irmão no tempo em que não frequentávamos a escola, ensinando-nos tudo o que precisávamos aprender. Agora é minha vez de retribuir.

— Nem pensar!!! Flávia, esqueceu que eu moro em São Paulo? Além do que, é muita coincidência mesmo — exclamo, espantando até a mim mesma. — Eu e o Dado vamos para São Paulo daqui a três dias! Ele vai ver um emprego. — Pisco para ele, que arqueia as sobrancelhas sem entender nada. — Você ficará hospedada em minha casa pelo tempo que precisar e não aceitamos um não como resposta. Vai ser muito bom, né, Dado, ter a Flavinha com a gente em São Paulo.

Impulsiva. É o que sou. Como é que vou acomodar dois hóspedes em um apartamento de dois dormitórios? Mas é a oportunidade de fazer algo por meu irmão e não vou deixar passar.

Fico olhando para ele com a testa franzida, esperando uma resposta.

— Bah! — fala passando a mão no cabelo e o desarrumando todo. Nossa Senhora das Irmãs Orgulhosas, por que ele consegue ficar ainda mais lindo quando é pego desprevenido? — Vai ser excelente, sim!

— Acho melhor não... — Ela tenta escapar ao perceber minha cara travessa. — Não quero dar trabalho.

— Não será trabalho algum! Que ideia! Não se fala mais nisso! Está decidido!

— O que está decidido? — pergunta a D. Agnello aproximando-se com uma bandeja de suco.

Mais uma vez preciso agir por impulso, não posso deixá-la perceber minhas intenções. Só peço a Deus que me mande uma luz indicando que estou certa! Benzo-me internamente e jogo a notícia.

— Convidei a Flávia para ficar hospedada em minha casa enquanto faz o curso em São Paulo. Meu apartamento é próximo à Mackenzie, ela é bem-vinda — emendo rapidamente. — E acho mais seguro ela ficar comigo porque as coisas por lá não são tranquilas. A cidade virou um caos e o transporte público é uma loucura! Além disso, os aluguéis estão pela hora da morte. Olha, D. Agnello, para ser bem honesta, não teria cabimento algum a Flávia ou a senhora ficarem em hotéis já que eu moro lá, pelo amor de Deus!

Elas se encaram, e o fanfarrão do Dado finge indiferença, mas as pontinhas de suor em sua testa mostram o quanto ele está apreensivo com a resposta.

— Acho que vai ser bom, Flávia. Você nunca esteve em São Paulo, e a Patrícia pode ajudá-la até você decidir o que é melhor.

Isso, isso, isso... É isso aí, D. Agnello! Yes!!!

A Flávia ainda não aceitou, mas vejo-a procurar os olhos do Dado, que faz cara de paisagem, como se a decisão não o afetasse.

Lanchamos todos praticamente em silêncio, cada um perdido nos próprios pensamentos. Rezo para a D. Agnello não perceber o clima entre os dois, se bem que nem o mais inocente dos seres humanos seria capaz de ignorar o que há entre eles.

— Patrícia, você tem como acomodar a Flávia e o Eduardo na sua casa? Pelo que ouvi, ele também vai para São Paulo com vocês, não? Sei que comprou um apartamento maior alguns meses atrás, mas não ficará apertado?

— De jeito nenhum! D. Agnelo, morei com cinco amigas em um quarto minúsculo por anos enquanto estava na faculdade e ninguém morreu! Tenho dois quartos, além de um escritório, no qual coloquei um sofá-cama para as eventuais visitas em que o Dado acompanha meus pais. Se ele conseguir o emprego que tem em vista, praticamente ficará o dia todo fora, deixando tudo tranquilo para a Flavinha estudar sem barulho. Aliás, tenho espaço suficiente para hospedar até a senhora, se quiser ir também conosco.

Mulher do céu, como você tem a cara de pau de omitir os fatos? Sequer há colchão na cama do quarto de hóspedes, e só conto com duas trocas de roupa de cama para a minha própria! E o emprego do Carlos é só uma proposta, sem nada de concreto ainda! Nem averiguei com o Dado se ele quer isso mesmo! Ah, quer saber? Se não der certo, penso em algo depois. O que tenho em mente agora é apenas tentar contornar qualquer impedimento que possa surgir. O lance é conseguir levar os dois para lá. Para o resto eu convoco a Babby, que sei que vai entrar em ação rapidinho com aquele coração caridoso e romântico, e o meu garanhão, que vai fazer de tudo para me ajudar com meu irmão, mesmo que não seja com um emprego na empresa dele.

O telefone toca e a D. Agnello vai atender. Já planejando tudo o que tenho que fazer mentalmente, pego meu celular para tentar resolver um dos problemas que causei logo de cara.

Afasto-me da mesa, como sempre com um olho no peixe e outro no gato.

— Alô! Que estranho! Pensei que esse número de telefone estivesse programado apenas para enviar mensagens, já que faz uma semana que ele as envia assim: "Estou bem! Manda beijos para os meus príncipes".

— Que recepção calorosa! Também estou morrendo de saudades de você.

— Essa parte não conta, sua ingrata! Como você está? — Ela ralha comigo, mas, no fundo, sei que está preocupada, pois toda vez que venho para cá volto sempre chateada.

— Estou bem! Ajuricaba nunca foi tão hospitaleira e querida.

— Que bom, amiga! Pelo que vejo, tem muitas novidades.

— Sim! E desta vez, somente novidades maravilhosas.
— Como estão todos por aí? Já foi visitar seus pais?
— Não só fui, mas também estou hospedada na casa deles.
— Isto é perfeito, amiga. E seu irmão está bem?

Dada a proximidade dele, apenas confirmo que sim. Falamos brevemente sobre o escritório e digo que talvez precisarei que ela providencie um colchão e roupas de cama de casal e solteiro. Prometo contar as novidades mais tarde, até porque ainda nem sei se o Eduardo vai querer compactuar com o que eu propus a ele sem ao menos o consultar. Felizmente, a Babby entende que não posso entrar em detalhes e que algo grande e significativo está acontecendo.

Enquanto falo no telefone, vejo-os conversarem baixinho. Ambos balançam a cabeça, em negativa. Tento enrolar um pouco mais no celular, pedindo que a Babby providencie tudo o que peço, até que finalmente vejo o Eduardo sorrir de lado, como uma espécie de aprovação.

A Flávia diz que vai ficar na minha casa, mas deixa claro que será somente por algum tempo, até ajeitar as coisas e adaptar-se à cidade. O Dado dá um sorriso cúmplice e eu, pulinhos internos. Estou feliz demais, pois isto significa que ele também vai para São Paulo comigo. Antes de sair para o sítio, peço a meu irmão que espere eu me despedir da minha eterna amiga e aproveito para ligar para o meu garanhão.

Carlos Tavares Júnior...

Os relatórios deixados na minha mesa indicam não terem sido encontradas falhas na fabricação da cerveja, porém, a auditoria feita sobre o transporte ainda não foi conclusiva. Nos tempos atuais, para que sejam bem-sucedidas, as empresas não podem apenas se basear em suposições e ameaças do mercado. Embora tenhamos crescido muito nos últimos anos, todos os funcionários que hoje administram a Germânica são de quando ela era pequena, e juntos chegamos até aqui, aprendendo e errando. Claro que tivemos mais acertos, e justamente por isso não posso permitir que mudanças precipitadas nos comprometam. Precisamos detectar o problema tão logo ele apareça, mesmo que haja uma queda na lucratividade, porque manter a qualidade é essencial, é nossa marca registrada, nosso diferencial em relação aos nossos concorrentes. Quanto mais leio o relatório com informações de cada departamento, mais tenho certeza de que ainda não é o momento de fazer uma reunião geral. Assim, mando um e-mail circular cancelando o encontro e remarcando-o para daqui a alguns dias, quando o relatório da auditoria relativo ao transporte também estará concluído.

Quase saindo do escritório, meu celular toca. A foto dela aparece no visor e meu coração acelera.

— Oi, garanhão! Pensei que estaria em reunião. Liguei para deixar uma mensagem no seu celular. Tenho um monte de novidades.

— Que surpresa boa, minha menina! — A palavra novidade deixa-me curioso e inseguro. — Desmarcamos a reunião e estou livre agora, pode contar as novidades. Você melhorou? — pergunto, ansioso.

— Vou ser breve. Não quero atrapalhar. Estou saindo da casa da D. Agnello e indo para o sítio. — Ela parece tão ansiosa quanto eu e mil possibilidades passam pela minha cabeça, inclusive a de casar com ela e assumir o nosso fruto do desejo. Depois que conversei com o Nandão, peguei-me várias vezes fazendo planos e imaginando a carinha da nossa sementinha, enquanto lia os relatórios.

— Você nunca me atrapalha. Estou aqui inteiro à sua disposição, morrendo de saudades de tê-la enlaçada ao meu corpo. Os enjoos passaram?

— Fico lisonjeada com tamanha preocupação, mas vá se acostumando. Lamento informar que esses problemas serão recorrentes.

Meu coração dispara ainda mais e minhas pernas ficam bambas.

— Você foi ao médico? — pergunto apenas o que consigo. Ela ri, não sei se de nervosismo ou alegria.

— Não precisei ir. Ele diria que tenho o que já sei há muitos anos... — Não entendo o que ela está falando. Ela continua. — Há períodos do mês em que as mulheres têm sintomas específicos, determinados pela natureza e pelo Grandão lá de cima. Acho que vou morrer sem entender o motivo, mas, como não posso ser diferente de minhas companheiras de martírio...

— Por que está dizendo tudo isto, pequena?

— Porque minha menstruação chegou! Tenho enjoos e tonturas nesse período. Bem-vindo a meu mundo biológico, garanhão.

Não posso dizer que a confissão me alivia; meu peito aperta e no fundo sinto-me desiludido. Não acredito que em tão pouco tempo já tenho esses sentimentos em relação a ela! Porque imaginá-la com um filho meu na barriga preencheu uma necessidade primitiva que eu não desconhecia ter, a de constituir uma família com a mulher que já considero minha companheira. Ela continua contando as novidades e fico feliz com tudo o que ouço, principalmente com o fato de que faltam poucos dias para nos vermos novamente. Mas não estou tão entusiasmado quanto estaria se ela revelasse estar com um fruto meu no ventre.

— Não parece ter ficado animado com as novidades.

— Não é isso, é que o dia foi diferente do esperado. Gostei muito das novidades, principalmente porque terei você aqui em poucos dias.

— Agradeça a meu ciclo por ser curto... Quando chegar a São Paulo, compensarei cada minuto que estive longe de você.

— Animador! — A pequena provocadora arranca-me da tristeza com apenas uma frase.

— Animador é ouvir sua voz! Você nem imagina o que ela causa em mim...

— Hum, minha menina está ousada? Isso está fazendo minha cueca ficar apertada — digo a ela exatamente o que se passa comigo. — Alguém está crescendo desenfreadamente, imaginando você nos meus braços.

— Humm. Adoraria sentir esse alguém crescer entre meus lábios.

— Meus dedos estão coçando para puni-la por ser tão provocadora.

— Agora você é que está provocando, garanhão! Falando assim faz com que eu sinta o calor das suas mãos na minha pele quente... — Ela ri baixinho. Então é assim que vai ser? Quer brincar? Vamos brincar!

— Fico feliz em saber que gosta de sentir o ardido na sua pele macia. Acabo de fazer uma anotação mental.

— Promessas!

— Acredite em mim, quando se trata de satisfazê-la, faço questão de pagar minhas promessas da forma tão fervorosa quanto o Zé do Burro. Se é verdade o que ouvi, imagino que os dias de seu ciclo deixam você muito mais desejosa sexualmente.

— Nossa, Carlos! Nunca imaginei falar a respeito desse tipo de intimidade com um homem. Sinto-me envergonhada.

— Não se sinta. Não sou um homem qualquer, sou o seu homem... Onde você está? — pergunto, incitado pelo meu lado dominador.

— Estou na porta da casa da D. Agnello, a dois passos da rua, esperando o Eduardo aparecer para irmos embora.

— Então volte para dentro e vá a um lugar reservado. Vamos brincar um pouquinho.

— Não posso. Esqueceu? Estou na casa dos outros.

— Não importa. Não é um pedido. Vá e pronto. Está na hora de você aprender que é minha e que eu tenho prazer e obrigação de cuidar do que é meu, estando longe ou perto. Assim, quero fazê-la gozar mesmo à distância — friso as palavras. — Você me deve isto, afinal, a culpa é sua.

— Oras, você falou que meus orgasmos pertencem somente a você e que quando não são proporcionados por seu toque, você torna-se muito malvado. — provoca ela. Pelo tom ligeiramente ofegante de sua voz, percebo que está caminhando e me obedecendo. — Estou entrando no banheiro que fica nos fundos da casa.

— Muito bem, pequena! Seja obediente. Já estou fechando a porta da minha sala e abrindo o zíper da calça para liberar o meu membro, que está carente e necessitado da sua atenção. Ouvir os seus gemidos enquanto se toca já quebra o galho. E seu orgasmo, não se engane, será somente meu. Vou fazer com que tudo seja bem especial para você.

Ouvi-la respirar pelo celular causa-me fervor, minha insanidade impera ao imaginá-la tocando-se sem estar ao meu lado. O som de uma porta abrir e fechar me dá a certeza de que ela coloca meus desejos acima do seu pudor.

— Sinto-me como uma garotinha escondida para aprontar algo.

— Uma garotinha safadinha? Foi isto que você quis dizer? — questiono-a e sua risadinha sapeca entrega que está gostando. — Tire sua roupa e fique só de calcinha. Vi o quanto você estava deliciosa esta manhã, vestida com *lingerie* preta. Vim embora com meu pênis dolorido por não tê-la penetrado mais e mais vezes. Não me cansarei nunca de estar enterrado até o talo dentro de você, molhada e apertadinha.

— Você me quer seminua? — geme baixinho. — E o que eu ganho em troca?

— Se você estivesse aqui, eu mesmo tiraria sua roupa, ao mesmo tempo que desliziaria a minha língua por todo seu corpo gostoso. Como estamos longe, toque-se você mesma enquanto se despe. Meu desejo a acompanha daqui enquanto deslizo minha própria mão por todo o meu membro. Você é um tesão mesmo à distância, só de ouvir sua respiração ofegante já fico excitado e pingando de desejo.

— Quero ver... — sussurra, dengosa.

— Quer ver o quê, gostosa? — diga para mim.

— Quero que mande um vídeo seu deslizando as mãos por toda a sua extensão longa e deliciosa.

— Assim? — Ligo a câmera, filmo-me e envio o vídeo, que finaliza com um close da minha glande babando.

— Delicioso! Carlos, isso é muito quente!

— Agora é sua vez. Presta atenção! — Minha voz sai mais rouca e áspera do que pretendia. — Quero que prenda o bico pontudo e gostoso de um de seus seios entre os dedos de uma das mãos e massageie-o com a outra, imaginando que sou eu a fazê-lo. Posicione seu celular de forma a conseguir filmar isso.

Ouço sua respiração ofegante enquanto faz o que mando. Ela envia o vídeo e enlouqueço: está encostada na parede, com o queixo para cima e uma expressão de puro deleite enquanto acaricia seu seio gostoso e mais cheio, provavelmente por causa da menstruação. Intensifico meus movimentos por toda a minha extensão.

— Isto, bebê, desça suas mãos por seu ventre e abra sua vulva com elas para eu ver...

Ousada e deliciosa, ela envia novo vídeo, sua pinta evidente e os dentes cravados em seu lábio inferior, denotando sua excitação. Fico mais perverso e ousado.

— Quero que você puxe sua calcinha de lado e mostre para mim sua vulva gostosa e rosadinha. Tire uma foto e mande para mim, agora.

Essa menina é muito gostosa! Se continuar assim, vou gozar agora mesmo...

— Perfeito! Abra-se bem com os dedos de uma das mãos e introduza um deles da outra mão até ficar totalmente melado, quando deverá tirá-lo e chupá-lo gostoso, imaginando que é meu pau em sua boca. Filme isso e mande para mim. Rápido, Patrícia!

Ela envia o vídeo e eu fico alucinado de vez! Preciso acelerar isso, não aguento segurar-me por muito tempo.

— Aperte seu brotinho saliente e masturbe-se fortemente com os dedos. Delicioso! — exclamo. — Posso ouvir você se tocar, sua respiração e gemidinhos revelam o que está fazendo. Você está enfiando quantos dedos, minha gostosa?

— Hum... Hum... — Ela não responde, mas seus gemidos me levam à loucura.

— Hum... Hum... O quê? — questiono, morrendo de tesão, querendo ouvi-la dizer.

— Três...

— Então, enfie agora só um, bem fundo, e gire-o dentro de você... Sinta as glândulas de sua parede interna. Faça isso um pouquinho, depois enfie mais dois e bombeie-os rápido enquanto continua a estimular seu brotinho gostoso, filmando e fazendo com que eu possa sentir daqui você engolir os seus dedos. Provoque aquela glândula saliente que vibra dentro de você.

— Ahhh!!! — geme ela de maneira estrangulada. Eu chupo o ar perversamente.

— Assim você me mata, amor! Queria estar ao seu lado agora, enterrando-me fundo no seu buraquinho apertadinho. — Pressiono meu membro com mais força. — Diz para mim o quanto está gostoso!

— Muito gostoso e excitante. Nunca imaginei fazer isto, garanhão! É tão íntimo... Mas muito bom...

— É íntimo, muito íntimo! É delirante, mas é um momento sensual e gostoso, só nosso. Agora acelere seus movimentos e goze para mim, sua safadinha gostosa. Vou entrar em erupção, louco ouvindo você... Meus nervos estão dilatados, imaginando seu orifício melado apertando meu membro enquanto ele explode de prazer. Como eu queria estar aí, enterrando-me nessa delícia... — Recebo o vídeo em que ela faz tudo o que mandei. É uma imagem... Arrasadora.

— Ahhh! Carlos, está tão delicioso, não precisamos fazer isto...

Sinto-a tímida de repente, com a voz quebrada, mas ainda ofegante e excitada.

— Patrícia, isto não é um pedido, é uma ordem... Não há nada mais lindo neste mundo do que ver minha mulher se tocando, pensando em mim e prestes a gozar sob os meus comandos.

Ela fica em silêncio por instantes e outra imagem chega. Seus lábios vermelhos e inchados estão divididos por seus dedos. Vou gozar a qualquer momento.

— Você é muito gostosa! Estes lábios foram esculpidos pelos deuses! — incentivo-a, soltando gemidos de prazer no meio da minha respiração ofegante. — Diz para mim, pequena, como gosta que eu a chupe?

— De qualquer jeito... Você é o único homem da minha vida que sabe me chupar gostoso.

Sua confissão me inebria. Ela faz bem a meu sentimento de posse e leva-me à loucura.

— Adoro ser o único. Adoro preenchê-la fundo e forte. Adoro quando você rebola comigo enterrado no seu íntimo. Essa abertura é só minha, dona dos meus desejos?

— Sim! Vou gozar, garanhão, estou tão perto! Permita-me e vem comigo, meu senhor!

— Ainda não. Quero que goze só quando eu mandar. Estou adorando ouvir sua respiração enquanto me masturbo.

— Sua respiração está acabando comigo, soando aos meus ouvidos como algo pecaminoso. Estou tão perto, Carlos... — Puxo o ar forte e envio mais um vídeo de mim masturbando-me duro e rápido.

— Está vendo? É uma tortura muito gostosa. Não há limite ao que podemos fazer, mesmo estando longe. Goza, minha gostosa! Goza suspirando como está fazendo, metendo o dedo fundo dentro de você com força, assim como faço para seu delírio, fundo e forte, rasgando-a inteirinha. Isso... Assim... — Ouço-a gemer alto e acelero meus movimentos; em segundos, a mesa do meu escritório se cobre de uma grossa camada de um viscoso líquido branco.

— Isto foi... Uau!!! — diz ela, ofegante.

— Foi muito bom, pequena provocadora.

— Garanhão, será que fui muito escandalosa?

— Para mim, foi perfeita, mas não sei quão distante das outras pessoas da casa você está. Posso garantir que, se alguém ouviu, sentiu um tesão imenso...

— Você fala isto porque não sabe que as pessoas que estão lá fora são uma senhora de 65 anos, minha ex-professora, de quem possivelmente serei cunhada, e meu irmão!

— Pare de ser boba! Eles não ouviram nada, você gemeu baixinho e gostoso. Eu te amo, minha menina, e vou contar os minutos para você chegar. — Mal termino de falar e já sinto vontade de dizer mais.

— Também te amo, garanhão.

— Patrícia?

— Oi.

— Sou um sortudo feliz por ter encontrado você. — Ela tenta falar. — Deixe-me terminar de falar, linda. Quero dar só o meu melhor para você. Neste exato momento da minha vida, estou experimentando os melhores sentimentos que já tive e você é a razão! — Respiro fundo. — Quero ser seu porto seguro sempre, minha menina. Estarei aqui quando você mais precisar, não duvide disso nunca. Adorei saber das novidades. Cuide-se!

— Também estou feliz, Carlos! Cuide-se também, meu amor! Beijos.

Patrícia Alencar Rochetty...

Passamos os três dias seguintes juntinhos: eu, meu irmão e nossos pais. No início, eles estavam melancólicos e nostálgicos por ficarem sozinhos, mas animei-os, dizendo que, perto de mim, talvez o Eduardo tivesse mais oportunidades. Quase chorei ao ouvir a resposta deles.

— Bah! Sei que criamos os filhos para o mundo... Mas somos egoístas, temos o sentimento mesquinho e a vontade de trazer o mundo para os nossos filhos para que eles nunca saiam de perto da gente, e quando não conseguimos isto... nos sentimos impotentes.

— Mãe, nossa bonequinha tem razão, vai ser bom que o Dado tenha um novo recomeço — disse ele, sentado na sua cadeira de balanço, e abaixou a cabeça, pensativo. Este homem é e sempre será meu verdadeiro pai.

— Tu tens razão, pai! — concordou minha mãe, chorosa, limpando as lágrimas com o avental. — Nosso moleque cresceu e já é um homem barbado. Imaginamos que sempre seria frágil. O menino suportou a dor da culpa a vida inteira, talvez tenhamos errado em algum ponto protegendo-o demais, mas sei que, por outro lado, ele também sempre nos protegeu. Cuida de nós hoje em dia com carinho, é respeitoso e vejo em seu olhar o arrependimento por não ter sabido lidar com o que a vida lhe deu. Agora ele precisa descobrir sozinho que não existe felicidade pronta, algo que se guarda em um esconderijo. Ele vai ter que encontrá-la e tenho fé no Senhor Jesus Cristo que será bem-sucedido nisso.

Abracei-os com muito carinho e admiração. Não falamos sobre o passado, e nem sentimos falta. Uma ferida pode cicatrizar sozinha, basta deixá-la quieta. Sei que precisamos de ajuda e não medirei esforços para consegui-la, mas creio que ela deva vir de profissionais especializados. Eu e o Dado não podemos lidar com isso por conta própria.

— Não quero ver vocês tristes, quero vê-los orgulhosos. O Dado vai se sair muito bem em São Paulo. E vocês já estão intimados a nos visitar uma vez por mês. Mandarei passagens aéreas e não aceito não como resposta.

— Capaz que entro naquele monte de lata com asas. Gosto dos meus pés no chão, tchê!

— Pai, o senhor é forte, aguentou muitas turbulências na vida, não vai ter medo de um aviãozinho, né? Que raio de gaúcho macho é esse, tchê? — Brinco com ele. — Vamos combinar assim, um mês vocês vão, um mês a gente vem.

Tudo passou muito rápido! O Eduardo trabalhou arduamente no sítio todos os dias, sem parar um só minuto. Cortou lenha para meses, preservando o meu pai do serviço braçal. Pelo visto, voltou a abster-se do álcool e das drogas. De longe, ficávamos observando-o com sorrisos nos lábios, acreditando em um futuro melhor para ele. Reparando em suas roupas surradas, percebi que ele não tem qualquer vaidade, é um homem simples e esforçado, esperando apenas a sua hora chegar para vencer. Exausto, ele não saiu nenhuma noite, nem teve pesadelos, também. Conversamos muito sobre a sua ida para São Paulo e as suas expectativas. Expliquei que a empresa do Carlos tinha filiais por toda a parte e que, com o tempo, talvez ele pudesse vir para mais perto aqui de casa, o que o deixou mais animado ainda.

Voltando ao presente, vejo que ele parou de arrumar a mala.

— Tudo pronto? — pergunto, assim que ele fecha o zíper da mala.

— Não sei.

— Não sabe o quê?

— Não sei se é certo eu ir para um lugar desconhecido e depender de você até arrumar algo para me virar.

— Errado é você não acreditar que tudo vai dar certo.

— Tenho medo de decepcionar você, de não ser capaz... — Ele fecha os olhos, abaixa a cabeça e senta na cama.

— Ei! — Ajoelho-me na frente dele e levanto seu queixo com os dedos. — Pensamento positivo, ok? Você já conseguiu algo muito importante e difícil, que foi livrar-se de um vício ao qual muitos sucumbem. Só por isso eu já me sinto muito orgulhosa de você, meu irmão. Agora vamos tentar subir mais um degrau, e a simples tentativa, por si só, já é um excelente resultado. E vamos tentar quantas vezes forem necessárias, entendeu? Estaremos juntos nisso, um amparando o outro sempre. Topas?

Capítulo 5

Carlos Tavares Júnior...

Fiz bem em adiar a reunião por três dias. Foi o tempo exato para dispor de todos os relatórios acerca dos problemas que nos atingem. O Nandão assumiu toda a responsabilidade pelo que estava acontecendo porque ele havia desenvolvido um projeto arrojado terceirizando a distribuição internacional da empresa, mas, a despeito de todo o cuidado que teve, o esquema apresentou algumas falhas.

Abro a reunião cumprimentando a todos, ouvindo um coro unânime em resposta. Agradeço a presença dos funcionários, parabenizando-os pelo empenho na solução do problema. Passo a palavra para o Nandão, que também agradece a troca de ideias que teve com todos os diretores.

Ele explica, em linhas gerais, que foi detectado um problema nos contêineres de transporte, que eram simples e não climatizados, como constava no contrato de exportação. Debatemos por cerca de uma hora e, ao final, resolvemos cancelar o contrato com a atual transportadora, ficando cada departamento responsável por resolver suas questões internas neste sentido.

Encerro e me despeço rapidamente de todos. Dali a pouco, estarei no aeroporto, com a minha menina nos braços. Caminho apressado pelos corredores da empresa.

— Calma aí, bonequinha, não está pensando em me deixar para trás, né? Quero guiar aquela belezura, afinal, mereço uma recompensa por tê-lo ajudado nessa missão quase impossível — fala o Nandão, aproximando-se de mim.

— Cara, estou cheio de pressa! Preciso checar se está tudo bem antes de sair. Não posso falhar com um pedido tão especial da minha... — Paro de falar e completo. — ... Patrícia! — Não devo satisfação a ele, mas sei que se falar menina, ele vai começar com brincadeiras e insinuações e, definitivamente, não tenho tempo para isso agora.

— Opa! Não quero atrapalhar. Vamos embora logo, pois não existe um ser nesta Terra que vai tirar de mim o privilégio de ajudar no seu plano.

— Fanfarrão! — digo, divertido, mas concordando com ele. Havia solicitado um motorista, mas, conhecendo meu amigo como conheço, sei que ele é a melhor pessoa para transportar a encomenda.

Já no aeroporto, vejo que o painel anuncia a chegada do voo procedente de Porto Alegre. Apenas quatro dias longe dela pareceram uma eternidade. E meus milhares de planos terão de esperar um pouco, até ela acomodar os seus hóspedes primeiro. Para ajudá-la no que for necessário, desmarquei todos os meus compromissos pelos próximos dois dias.

Conto as batidas do meu coração até que as portas do desembarque se abrem e ela aparece linda e sorridente. Olha para todos os lados, procurando-me entre a multidão que espera seus parentes e amigos. Caminho lentamente e, quando nos identificamos, sinto minhas pernas ficarem trêmulas. Tenho a única reação possível no momento, ou seja, abro os braços para recebê-la. Ela não só corresponde, mas também enlaça-me pela cintura com as pernas.

— Que saudades desse cheiro!

Aperto-a em meus braços e dou um beijo cinematográfico. Penso que seremos expulsos do aeroporto, por atentado ao pudor... mas sua reação e seu beijo são tão enlouquecedores que não me importaria de ser preso. Depois de alguns segundos, ela me solta e diz:

— Hum, não seja por isso. Vou dar um frasco do meu perfume para você não sentir falta do cheiro da próxima vez que eu viajar.

— Só isso não basta... O que me fascina e faz falta é a combinação do perfume com seu cheiro especial. E este, tenho certeza de que não pode ser reproduzido e engarrafado, porque é único. Senti saudade do pacote completo, principalmente de seu sabor... — Passo a língua pelos lábios.

Ela ri deliciada, quando somos interrompidos pelos pigarros do irmão. Noto também uma moça tímida, que mantém os olhos abaixados diante da cena romântica à sua frente. Cumprimento ambos.

— Bem-vindo, Eduardo! Tenho planos para nós nos próximos dias. Vou levá-lo a alguns pontos interessantes de São Paulo.

— Obrigado, Carlos. Fico animado em conhecer um pouco mais desta cidade.

— Carlos, meu amor. — Como é bom ouvi-la chamando-me assim. — Esta é a Flávia, espero que o pacote turístico tenha mais uma vaga disponível.

— Prazer, Flávia! — Cumprimento-a, curioso por ver uma moça tão inibida. O Nandão terá de se conter. Ali é território proibido, ao menos por enquanto.
— O prazer é meu, Carlos!
— Mulheres bonitas sempre têm vaga no meu pacote.
A ciumenta tasca-me um beliscão e eu urro de dor.
— Da próxima vez, vou beliscar outra região do seu corpo, mais delicada e sensível — sussurra no meu ouvido, sorrindo para disfarçar a raiva.
— Vou me lembrar disso.
— Adoro meu poder de persuasão...
Caminhamos juntos na direção do estacionamento. A Flávia fica admirada com o tamanho do lugar. Ela conversa sem parar com o Eduardo, provocando-se o tempo todo. Noto que se esquiva de todas as sugestões de passeios apenas entre eles. Minha menina também deixa as anteninhas ligadas. Quando ela me ligou e contou brevemente a situação dos dois, explicou seu plano, que achei um pouco ousado, mas, se é de sua vontade, assim farei.
— Conseguiu o que pedi?
— Sim. Não foi muito difícil, só estou curioso para saber como é que você conseguiu.
— Quando quero uma coisa, garanhão, movo céus e terra para conseguir, mas no carro conto o quanto foi difícil. Quero ver os olhos dele quando souber. Estou muito ansiosa!
— Quero é ver os olhos dela quando souber dos seus planos, isto sim! — movo minha cabeça em direção ao casal, que parece não se acertar de jeito nenhum.
— Já pensei em tudo.
— Estou pagando para ver.
Chegamos ao local onde minha caminhonete está estacionada.
— Este é meu carro.
— Bah, como é que vamos para a casa da Patrícia em um carro de dois lugares? Vamos ficar todos espremidos.
— Nossa casa, Dado! Lembre-se sempre disso: nossa casa, ok? Mas... O que é que temos aqui? — Minha menina lança um olhar sapeca para mim e tira a capa da carroceria. — Não vamos espremidos, meu irmão, pois a sua melhor amiga também veio.
Ele olha para a sua Harley sem acreditar no que vê. Seus olhos chegam a brilhar, emocionados.

— A la pucha!!! Tu pensaste em tudo, bonequinha! Como é que tu fizeste essa loucura? Deves ter gastado um baita dinheiro com isso!

— Você merece recomeçar com algumas coisas que lhe são importantes, Dado.

— Como vocês conseguiram? Obrigado, Carlão! — Ele parece um menino de tão feliz, falando de forma íntima com meu garanhão. Fico animada ao ver que já estabeleceram uma ligação. — Tu nem imaginas como me senti por deixá-la para trás...

— Na verdade, os méritos são da sua irmã. Estou tão curioso quanto você para saber como a Patrícia conseguiu.

— Digamos que tenho pais maravilhosos — responde ela, piscando.

Carregamos a caminhonete com as malas, fazendo mil planos, enquanto a Flávia falante de minutos atrás fica muda e calada.

— Eduardo, acho melhor vocês seguirem a gente. — Minha pequena arteira inicia seu plano.

— Acho melhor, porque não conheço o caminho até o teu apartamento.

— E eu? — fala a Flávia, enfim. — Vou com quem? Vocês não estão pensando que eu vou subir nessa moto, estão? Nunca que eu vou jogar o pelego com o Eduardo desse jeito! — Ela arregala os olhos, mas acho que não acredita muito nesse nunca falhado que diz. Faço uma nota mental para perguntar depois o que é jogar pelego para minha menina.

— Sou muito prudente, Flávia! — diz ele, sério. — Mas, se tu preferes, tem uma fila de carros brancos com taxímetro logo ali na frente, que podem levar-te. Só ficas sabendo que os taxistas daqui de São Paulo costumam no trânsito, despertando uma adrenalina angustiante, muito pior do que a sentida com a liberdade de ir de encontro ao vento.

— Flávia, não sabia que você tinha medo de moto. Posso ir com o Dado. — Sorrio por dentro com a expressão inocente da Patrícia ao falar isso. — Eu e o Carlos matamos as saudades depois, né, garanhão? — Você nem imagina o quanto! — Fica tranquila! — Ela tem a cara de pau de piscar para mim.

— De jeito nenhum, tchê! Capaz que vou atrapalhar vocês! Posso ir de táxi como o Eduardo tão gentilmente indicou — diz a moça, vermelha, não sei se de raiva ou medo de admitir que está louca para se aventurar na garupa do rapaz.

— Até parece! Você não vai atrapalhar nada. Adoro andar na garupa do meu irmão. Ele pilota muito bem. Você pode ir com o Carlos.

Troco um olhar cúmplice com o Eduardo e fico de camarote olhando as duas encenando. Uma louca para subir na garupa dele e a outra fazendo o joguinho do "eu não sabia que você tinha problemas com isso"...

— Tudo bem, eu vou com o Eduardo.
— Você é quem sabe, porque para mim não tem problema nenhum ir com ele.

Agradeço aos céus por ela ter concordado e, pelo olhar de satisfação dos irmãos, acho que eles também ficaram satisfeitos. Dentro do carro, ela sussurra para mim.

— Acho que mereço um beijo.
— Talvez mais do que um, porque se mostrou uma atriz de primeira, digna de Oscar. Por onde começo?

Ela responde sorrindo:
— Pode começar pelos meus lábios ou onde mais desejar.

Sem ligar o carro, debruço-me sobre ela e sussurro:
— Meus desejos são tão intensos! Sinto saudades da sua boca... — Passo meus lábios pelos dela. — ... do seu pescoço... — Inalo seu cheiro. — ... da sua orelha... — Mordo-a ali, assoprando o ar quente preso nos meus pulmões. — Quero beijar cada parte do seu corpo e fazer você implorar por mais a cada beijo... — Desço minha mão livre por seu colo. — As próximas 48 horas serão de beijos molhados e sedentos. Serei somente seu.

— Garanhão, então comece a me beijar, pois isto é o que mais sonhei nos últimos dias!

Puxo-a para meus braços e, feito um mendigo faminto, tomo seus lábios macios e delicados. Nossas bocas encontram-se, nossas línguas entrelaçam-se uma na outra e nossas respirações aceleram no mesmo compasso doido. O lugar dela é na minha vida. Amo o seu gosto delicioso. Perdidos no tempo e na lascívia do desejo, somos interrompidos pelo ronco da Harley.

— Isto foi um aperitivo das próximas 48 horas ao seu lado ou o tempo já começou a contar?
— Senti falta dessa boca inteligente, minha menina impertinente.

Patrícia Alencar Rochetty

Fico admirada com a delicadeza que a Barbarella teve ao cuidar dos mínimos detalhes. Ela providenciou de colchão e roupa de cama até jogos de toalhas novos. A cumplicidade, carinho e amizade com os quais me brinda todos estes anos vão além de qualquer medida. Mesmo sabendo dos meus fantasmas, nunca me perguntou nada, limitou-se a ficar ao meu lado sem julgamentos, amando-me e aceitando me como sou. Feito gêmeas, sentimos o que a outra sente, pensamos o que o outra pensa e, se uma está triste, a outra sabe, se uma está alegre, a outra também fica.

Emocionada, mando a ela uma mensagem.

> *Amiga, adorei tudo, seu bom gosto é ímpar.*
> *Obrigada por ser esse anjo especial na minha vida.*
> *Te amo.*

Não demora e ela responde.

> *Pela declaração, acredito que tenha mais alguns pedidos... Brincadeirinha. Fiz por você o que tenho certeza de que faria por mim.*
> *Vamos marcar um jantar de boas-vindas esta semana com todos juntos. Mas, desta vez, não se engane, quem vai preparar o banquete é você...*
> *Também te amo.*

Bandida! Ela sabe que não tenho muito jeito na cozinha.

— Posso saber por que a minha menina está rindo para o celular? — pergunta ele, me abraçando por trás, de surpresa. Respiro fundo e sinto seu perfume amadeirado. Mesmo embriagada, tento responder algo coerente.

— Coisas de Bárbara!

— É? E o que ela disse para deixar você com esse sorriso lindo?

Seu rosto fica tão próximo ao meu pescoço que posso sentir seu hálito mentolado suave soprar as palavras. Meu amigo Sr. G acorda, fazendo-me cócegas.

— Ela me intimou a fazer um banquete de boas-vindas, mesmo sabendo que não será uma missão nada fácil para mim. — Sinto um movimento leve nos meus quadris. Como senti falta disso!

— Posso ajudá-la, afinal, podemos ser os anfitriões desta vez. O que acha? — Repito a pergunta mentalmente, soltando faíscas por todo corpo, sentindo-o falar raspando ligeiramente a aspereza da sua barba rala no meu pescoço.

— Acha que pode dar certo? — murmuro, totalmente afetada e incapaz de raciocinar por causa da sua proximidade, do seu cheiro.

— Claro que sim, pequena! Torno-me devoto de Héstia e peço inspirações para nós. — Desta vez, nossas coxas encostam e, se o danado do Sr. G estava fazendo apenas cócegas, agora começa a disparar mensagens elétricas ao meu corpo inteiro.

— Héstia, é? — provoco, arqueando um pouco meu tronco em seu peito. — Não sei se gosto dessa sua devoção a outra mulher.

Bruto e excitante, ele gira meu corpo, deixando-me de frente para ele, fazendo-me sentir que sou toda sua.

— Não existe outra mulher que me fascine mais do que você. Mesmo lisonjeado com tamanha demonstração de afeto possessivo! — O provocador de uma figa passa o rosto pelo meu pescoço, chegando perto da minha boca sem me beijar, e diz as palavras mais doces. — Você é única. Não existe deusa ou qualquer mulher no universo mais querida e venerada por mim do que você.

Seus lábios tão incrivelmente perto dos meus me motivam a lhe dar um delicioso beijo, mas ele esquiva-se para me provocar e continua a falar, apertando sua ereção na minha pelve, que centraliza todo o sangue do meu corpo na minha vulva excitadíssima.

— No que depender de mim, faço o que for para protegê-la do mundo, pequena! — Suas mãos descem aos meus quadris, ele puxa meu corpo mais próximo do seu, mostrando o quão ereto está. Minhas entranhas gritam de excitação! Como não amar um homem assim? Dou graças a Deus por estar no meu quarto, já que o Dado e a Flávia estão entretidos guardando seus pertences. — Vou fazer você se sentir a mulher mais forte e corajosa, capaz de enfrentar e vencer qualquer desafio. Estarei do seu lado, apoiando-a e segurando sua mão.

Tão envolvida estou por suas palavras e tão desejosa por seus carinhos, que exponho mais meu pescoço para incentivá-lo a continuar com sua declaração e o assalto ao meu corpo. E ele entende direitinho, roçando mais o rosto e passando a língua molhada enquanto fala.

— Quando precisar de colo, será o meu que terá.

Mesmo com camadas de tecido a nos separar, sinto seu membro duro e gostoso cutucar-me, aumentando a tensão dos meus sentidos.

— Uau! Tudo isto só para me convencer a cozinhar com você! Onde é a cozinha? — sussurro em tom de brincadeira.

— Aceite que seus problemas agora são meus também... — Fecho os olhos sentindo-me protegida, entregue e dominada, apenas curtindo-o inspirar e expirar sua respiração quente entre meu cabelo. — Quero que apenas confie em mim. — Sim, prometo. Imploro por dentro que me beije. — Sua entrega e devoção tem sido a minha perdição e levaram-me à descoberta do lindo amor que estou sentindo por você. — Ai, minha Nossa Senhora das Bocas Salivantes e das Namoradas Sexualmente Enfeitiçadas, ele está tão perto agora... — Então, aceite dividir a cozinha comigo e juntos vamos fazer um delicioso banquete.

— Aceito dividir a cozinha, a dispensa, a lavanderia e o cômodo que mais quiser, garanhão! Mas, por favor, beije-me, pois o que você está fazendo comigo é uma tortura...

Sem perder tempo, ele enlaça seus dedos no meu cabelo e puxa minha boca para a sua. Meus lábios entreabrem-se à espera do assalto da sua boca. Seus olhos claros como o céu iluminam meu corpo. Ele me provoca ainda mais.

— Quer que a beije? — Sua língua molha meus lábios.

— É o que mais quero!

— Não sei se sou capaz apenas de beijar... — Sensuais e molhados, seus lábios chupam meu lábio inferior.

— Então seja capaz do resto, também...

— Shhh!!! — Silencia-me com um beijo rápido e estalado. — Não peça o que não pode ter neste momento. Temos companhia... — Meu corpo grita para que a companhia desapareça. — Venho sonhando há dias em ter você em meus braços, mas os gritos que quero ouvir serão uma sinfonia de perversão para seus hóspedes. — Faço bico e ele dá um sorriso de lado.

— Sempre pensei que você gostasse de fazer loucuras!

— Gosto de loucuras, não de insanidades — sussurra, passando sua língua perto dos meus lábios. — Um beijo gostoso pode levar a loucuras insanas... Você acharia inesperado e louco eu fazer isto? — Não sei o que mais me afeta, ele chupar meu pescoço ou deslizar sua mão pelo meu corpo e invadir minha calça, levando o dedo à minha abertura. — Pelo seu suspiro, creio que esta não é uma loucura insana... — Ele descreve exatamente cada movimento seu no meu ouvido. — Meu dedo dentro de você é uma loucura sensata, sentindo o quão molhada e preparada está para mim — resmungo um sim, molenga nos seus braços. — Este som que acabou de sair dessa boquinha gostosa pode me levar a cometer uma loucura insana.

— Ah, pode? — Balanço a cabeça, entrando em combustão. Por favor, Santinho Protetor dos Namorados Loucos, abençoe as loucuras insanas de seus protegidos e vá descansar enquanto ele fica aqui um pouquinho sozinho comigo... Prometo ser tão insana quanto ele desejar.

— Não canso de querer provar o seu sabor. — Ele tira os dedos de dentro de mim e leva-o à boca. — Simplesmente delicioso! Adoro esta loucura sensata.

— Adoraria se você fosse insano neste momento.

— Ainda não. Como disse a você, adoro loucuras, mas no momento certo... — Ok, bonitão, você conseguiu deixar meu corpo insanamente louco por você.

— Um beijinho rápido pode ser sensato, não acha? — questiono com os lábios abertos, trêmulos e desejosos.

— Pode! — Ele me aperta mais e fala baixinho. — Sabe, Patrícia, neste exato momento, minha loucura sensata está chegando ao limite do que pode ser controlado.

O beijo é quente, sensual... é mesmo faminto, porque sou literalmente devorada por sua língua, que desliza sôfrega, como se fosse a última hora da vida dele. Nossos corpos se comprimem, nossas mãos enlouquecem em mil toques de forma intensa e ávida. Nossas bocas colam-se. Apenas o som das nossas respirações irregulares preenche o silêncio do ambiente. Saboreamos e sorvemos o prazer de cada movimento sensual e os suspiros saem no meio do beijo. Sua virilha pressiona minha pelve e acho que vou explodir de prazer em segundos. Ele abaixa um pouco o corpo e sobe esfregando sua rigidez contra mim, masturbando-me lentamente. Vou às raias do desejo, sentindo seu calor rígido que reivindica o meu. Sem resistir à força da sua ereção, ousadamente a agarro, cheia de desejo, com as pernas bambas quase a desabar.

Vejo-o parado à minha frente, um passo longe. Cada gota do meu sangue concentra-se no meu ponto mais íntimo, estou latejando, necessitando dele próximo de mim novamente. Meus seios doem sensíveis sob minha blusa. Faço uma careta para ele, com uma imensa vontade de lhe mostrar a língua, provando o quão doida de tesão posso ficar.

— Minha menina, meu autocontrole ainda está funcionando. Vamos fazer tudo certo. Você está conquistando o respeito do seu irmão e não serei eu a atrapalhar isso. Entenda e colabore comigo, por favor! Estou por um fio...

Seu pedido podia ser um balde de água fria, mas vibro como uma princesa apaixonada por seu príncipe encantado.

— Qual o telefone da imobiliária mais próxima? Preciso providenciar a mudança desses dois agora mesmo! — Brinco, abraçando-o e beliscando-o de leve.

— Ai! O que foi isso?

— Queria certificar-me de que você é real.
— Isto é muito real. — Ele leva minha mão à sua ereção.
— Agora quem vai dizer para não prometer o que não pode cumprir sou eu! — E gargalhamos juntos.
— Amanhã pretendo levar vocês para a fazenda, lá teremos muito espaço e privacidade. Se você for uma menina boazinha e silenciosa hoje à noite, vou recompensá-la pagando algumas promessas que venho fazendo até para mim.
— Promessas! Promessas! Promessas! Diga isto para os meus hormônios que estão esmagando minhas entranhas.
— Vamos, Patrícia, temos que levar seus convidados para almoçar. Você não vai querer que eles morram de inanição no primeiro dia em São Paulo! Já são 14h! — fala, puxando-me porta afora.
Todos sentados e acomodados na Speranza, ouvimos o Carlos falar.
— O Bixiga é um dos bairros mais tradicionais de São Paulo. É a colônia dos italianos. A variedade gastronômica daqui é maravilhosa. Flávia, você que estuda História da Arte vai ficar encantada, pois também é uma região conhecida por seus atrativos culturais e muitos teatros.
— Sim, eu pesquisei sobre o bairro antes de vir, e você tem razão: já me encantei só com o que li!
— Bah, tenho que reconhecer, cunhado, tu saíste-te muito bem ao nos trazer numa típica cantina italiana.
— Dado, aqui temos excelentes churrascarias, também. Vou levar você para conhecer duas de que gosto muito, a Fogo de Chão e a Jardineira Grill.
— Capaz! Vamos ver o quanto eles sabem fazer um belo churrasco.
— Vou levá-lo também para conhecer uma que fica na Rodovia Anhanguera, pertencente a dois gaúchos. Aí você verá que aqui comemos um bom churrasco.
— Para mim aqui está perfeito. Sou vegetariana, nem como carne.
— Bah! Tudo faz sentido agora... Flavinha, começo a entender-te melhor, guria! — Mordo os lábios para não rir da forma como fica vermelha e o fuzila com os olhos. Pelo pouco que conheço do meu irmão, entendi completamente o que quis dizer. — Tu não sabes como é bom um espeto de carne.
— Acho que também começo a te conhecer, Eduardo.
Eu e o meu garanhão assistimos a provocação de ambos os lados. Ela continua:
— Para falar tão bem de um espeto, acredito que já tenha provado muitos.

Não me contenho e caio na gargalhada. Vai, bobão, mexe com quem está quieta.

— Flavinha, não precisamos provar tudo para saber se é bom ou ruim. Não creio que tenha sido necessário tu pegares em uma aranha, por exemplo... Bah, tu tens que viver intensamente o que tens vontade e só rejeitar o que realmente não te atrai.

— Isto não vai prestar... — sussurro para o Carlos, que compreende a mensagem e muda drasticamente de assunto.

— Quero convidar vocês para passarem o final de semana na minha casa em Cabreúva. — Faço uma prece mental para eles aceitarem, caso contrário, eu e o meu garanhão não teremos um minuto sozinhos.

O garçom chega para anotar os pedidos e o convite fica sem resposta. Quando ele se afasta, retomo o assunto.

— A casa do Carlos é uma delícia, vocês vão adorar! — Ele me olha surpreso. Só estive lá uma vez, e ainda por cima cheguei à noite e fugi logo cedo. Dou de ombros e completo. — Vamos aproveitar estes últimos dias de férias em grande estilo. Na segunda-feira, vocês já começam a estudar e trabalhar. Este final de semana é perfeito! — Certo, o Dado ainda não tem emprego, mas passo por cima disso. Preciso ouvir apenas uma resposta afirmativa.

— Bem lembrado. Eduardo, temos alguns assuntos para conversar e tenho um escritório na fazenda, onde poderemos resolvê-los. Concordo que este final de semana pode ser bem proveitoso. — Pisco para ele, agradecendo o apoio.

— Bah! Começo a desconfiar se é um simples final de semana. É impressão minha ou vocês dois estão fazendo um complô para que nós aceitemos?

Levo os dedos cruzados aos lábios e digo:

— Nunca, nunquinha... Queremos apenas que vocês aproveitem um pouco antes de começar o corre-corre. E achei que você iria gostar de estar em um lugar parecido com o sítio dos nossos pais, Dado!

— Ora, ora, ora! Não é que resolveram abrir a porta do cemitério?

Empalideço e me viro na direção da voz de taquara rachada. Noto a boca de salsicha e confesso que sou capaz de doar todos os meus sapatos se essa mulher não tiver uma dose tripla de botox ali.

— Boa tarde, Carlos! Como sempre acompanhado de belos espécimes masculinos, o que não se observa quanto ao outro gênero...

Então a Srta. Narizinho Plastificado acha eu e a Flávia duas barangas? Espere para ver quem não é tão bela acompanhante assim.

— Mãe! — diz meu garanhão, com ironia e amargura na voz. — Boa tarde para a senhora também.

— O quê?

Certo, Patrícia, vamos recomeçar a avaliação do caráter dessa candura de mulher, afinal, nem tudo é o que parece, não é mesmo? Em termos de vestimenta, ela exala sofisticação em um tubinho preto que deve ter custado meu salário do mês. E olha que ele é até razoável, depois de anos de luta! Mas não tiro uma vírgula quanto à boca da distinta senhora. O nariz é bem desenhado, o cirurgião caprichou, só não combina com a expressão de quem chupou um limão azedo...

— Sim, querida, mãe. E você quem é?

Seu tom esnobe me incita a dizer que sou a dona dos orgasmos do filho que ela não amou como deveria, em uma voz bem afetada mesmo, para chocar. Mas, já me conhecendo bem, meu garanhão é mais rápido do que eu.

— Alícia Lazzuri Tavares — soletra ele com firmeza, em uma advertência. — Esta é Patrícia Alencar Rochetty, a dona do meu coração!

Pronto! Se os olhos dela já eram duas metralhadoras engatilhadas, agora é só apontar na minha direção e me fuzilar.

Estendo minha mão trêmula, que fica no vácuo, pois ela apenas acena com a cabeça.

— Como vai, Patrícia? — *Até agora bem*, penso comigo. A mulher é toda estudada em gestos e posturas.

— Bem...

Sorrio amarelo e me viro para o Dado para ver como ele está recebendo essa desfeita. Por sua feição, percebo que está detestando a arrogância da mulher. Em uma espécie de retribuição ao mau comportamento dela, o Carlos se mantém sentado, sem saudá-la, também com cara de poucos amigos, evidenciando que a surpresa foi bem desagradável para ele. Ainda por cima, por ela tentar me humilhar. Ele segura minha mão, em sinal de conforto e apoio.

— Carlos, meu querido! O que aconteceu com seus modos? Você poderia ter marcado um almoço ou jantar para me apresentar à tal mulher dona do seu coração. Não acha, meu querido?

— Poxa, que desfeita a minha! De fato a senhora merecia saber da minha vida pessoal com a mesma consideração como participou dela, não é mesmo? Deixe-me ver, quantas reuniões de pais e mestres já compareceu? Hum... está difícil... Ah, lembrei... nenhuma, estou certo?

Vibro internamente. No placar, 1x1.

— Menino, você já foi mais criterioso com suas obrigações! Vou entender sua resposta como um convite para um almoço com o feliz casal. — Não pense que estarei presente, megera! — Agora apresente-me seus outros amigos.

Ele apresenta primeiramente a Flávia, que recebe o mesmo cumprimento cheio de desprezo dedicado a mim, isto é, um aceno irônico. Já para o Eduardo a dondoca plastificada se derrama em mesuras.

— Encantada! — Ela segura a mão dele, toda sorridente, mas não contava com o arremate do Carlos.

— Ele é o irmão mais velho da Patrícia.

— Bah, tchê! Apesar de todo o respeito que aprendi a ter por pessoas idosas como a senhora, não consigo evitar de comentar que a senhora só tem carcaça de gente elegante, fazendo-me lembrar de um ditado que meu pai sempre fala para pessoas assim: "Por fora bela viola, por dentro pão bolorento"!

Ha ha. Não mexe com a caçula do Dado porque a senhora pode não gostar da reação dele, que complementa.

— Lamentamos não convidá-la para almoçar conosco, mas, como a senhora mesma já disse, o Carlos viveu muitos anos em má companhia feminina, já que tinha a senhora como mãe, e as meninas estão aqui para remediar isto. Não iremos submeter meu cunhado à tortura de passar por isso novamente.

— Hum, agora entendo... — Ela faz uma pausa, toda prepotente. Parece ter um ovo quente na boca quando se volta novamente para o meu garanhão — seu comportamento grosseiro, Carlos Tavares Júnior. Vou voltar à mesa das minhas amigas. Aguardo um telefonema seu.

Simples assim, ela dá as costas e se afasta. Com a graça de Deus, clamo para mim mesma.

Capítulo 6

Patrícia Alencar Rochetty...

O fatídico encontro com a malfeita caricatura de mãe do Carlos teve um aspecto positivo: serviu para que fortalecêssemos nosso relacionamento. A forma como ele se comportou depois da aparição da megera foi sublime, delicada e divertida como ele. Sem entrar em detalhes, apenas desfez o mal-estar com uma brincadeira sutil, mas visivelmente carregada de mágoa.

— Vocês pensaram que eu era perfeito? Todos temos um cadáver escondido no armário e, no meu caso, é essa senhora plastificada, que morreu e esqueceu de deitar... Está apodrecendo de dentro para fora, mas usa formol como perfume para durar mais. Sentiram o cheiro?

Desabafamos em sonoras gargalhadas, que já estavam entaladas desde o momento em que o Dado a chamou de idosa. Meu irmão acabou se desculpando com o Carlos, que o absolveu, dizendo que tinha sido até muito educado. Explicou também que a mulher não era sua mãe biológica, tampouco de criação, porque nunca lhe deu atenção. Então, era justo que recebesse exatamente o que oferecia às pessoas, porque ele também não iria mais tolerar sua prepotência.

No carro, foi ele quem me pediu desculpas.

— Não precisa se desculpar. Se aquela senhora não conseguiu dar amor a você, que é uma pessoa fantástica, não tinha mesmo como ser agradável conosco. Para ser sincera, tenho pena dela, uma perdedora infeliz que não soube aproveitar a oportunidade de ser amada por alguém lindo e completo como você.

Calado, com as mãos no volante, respondeu.

— Você é uma pessoa muito especial. Uma das únicas nesta vida que faz com que me sinta querido, amado e importante.

Suas palavras me dilaceraram e tive vontade de puxá-lo para meu colo, abraçá-lo e fazer com que esquecesse que um dia conheceu essa megera. Uma lágrima atrevida desceu pela minha face.

— Megera siliconada! — Tampei minha boca tarde demais. — Desculpe-me, Carlos, não devia ter dito isso.

Ele sorriu.

— Adoro essa sua boca atrevida que fala o que pensa. — Ele pôs a mão na minha perna e apertou. — Agora sou eu que digo que não precisa se desculpar. Aprenda, minha menina, que nunca precisará pedir desculpas por expor seus pensamentos. Gosto de você como é. Nunca mude, nem por mim, nem por ninguém.

Entendi o seu recado e admirei-o cada vez mais. Estava apaixonada e comovida por me fazer sentir especial, conquistando-me com atitudes simples, respeitando-me e, acima de tudo, valorizando-me como o seu bem mais precioso.

Acabamos não indo para a casa do Carlos no dia seguinte. A Flávia fez mil objeções, mais rápida do que eu ao apresentar argumentos válidos que não tive como rebater. Assim, resolvemos preparar um jantar de boas-vindas aos meus hóspedes, mas incluí também a Babby e sua família maravilhosa. Fiquei feliz do mesmo jeito, porque preparar o jantar com o meu garanhão foi algo diferente. Mesmo magoada por ter que aceitar a situação, ele me ensinou que realizarmos pequenas atividades juntos é importante para a união de um casal.

Ele se virou para mim enquanto eu fechava a panela de pressão com as batatas. Decidimos fazer uma massa para o jantar, nhoque ao sugo com frango e polenta frita. Segui suas orientações e vi que eram pratos simples de se preparar e que agradavam crianças e adultos.

— Está tudo bem? — perguntou, enquanto me abraçava. — Mudanças de planos nem sempre são bem-vindas, mas, desde que estejamos um ao lado do outro, não interessa o lugar, mas o que podemos e vamos fazer juntos.

Suas palavras mexeram tanto com minhas emoções que agarrei firme o cabo da panela. Como ele pode ser tão compreensivo com tudo? Não se frustra com quase nada, sempre ressaltando que estar ao meu lado é o mais importante de tudo. Sinto-me exatamente da mesma maneira em relação a ele, a diferença é que ele fala o que sente e eu apenas sinto.

— Está tudo bem! — respondi, encantada. — Já disse a você hoje o quanto te amo?

— Já, sim! Mas não me canso de ouvir. Pode dizer o tempo todo, a vida toda, que amarei todas as vezes que o fizer! — Ele me abraçou mais forte e desta vez o calor do seu corpo fez-me sentir querida. Minha mão aliviou o aperto em torno do cabo da panela. Ele virou-me para encará-lo. — Ainda temos coisas a serem acertadas e ditas. O tempo pode mostrar que nem

sempre aquilo que julgamos estar errado realmente está. Quero que saiba que já fiz de tudo para tê-la ao meu lado. E quando digo tudo, estou sendo literal, e continuarei a fazer o que for necessário para manter você comigo.
— Que alívio! Tive a impressão de que iria ouvir algo que não imaginava. Tentei dispersar os pensamentos dessa natureza, provocando-o ao esfregar meu ventre em seu belo pacote. Acho que se ele ia começar a me falar algo, desistiu porque seu corpo respondeu ao meu e ele apertou-me mais em seus braços. — Agora, mocinha, vamos começar a preparar o jantar e viver o momento, fazendo de cada instante juntos o mais prazeroso possível. — Seus lábios tocaram minha têmpora e um medo inexplicável tomou conta de mim. — Minha menina, tenha em mente que na vida não podemos nunca dizer o que é o certo ou errado... Nem eu, nem você, nem o mundo pode mensurar isso quando o amor está envolvido. Se aparecerem problemas em nossa relação, não precisamos ignorá-los, basta apenas procurarmos caminhos e soluções para resolvê-los. Combinado?

— Combinado! — Selamos nosso trato com um beijo.

Cozinhar com o Carlos não poderia ser mais divertido, sensual e desastroso. Um executivo deve ter pouca experiência culinária, e eu deveria saber disso, quando ele falou que me ajudaria. Ele entende qual é o ponto da massa tanto quanto eu, que visito a cozinha esporadicamente.

Se o Carlos teve segundas intenções, foi perfeito ao achar a desculpa certa para ficarmos a sós por algum tempo. O Dado e a Flávia apareceram encabulados na cozinha. Estavam dispostos a nos ajudar e o Carlos logo inventou umas tarefas para eles, pedindo para fossem comprar manjericão. Juro que eu não vi esse ingrediente na receita que pegamos na internet, deve ter sido só uma forma de afastá-los de nós por um tempo.

— A massa está grudenta — falei sorrindo ao levantar meu dedo cheio de batata, com ideias pecaminosas na cabeça, mal tendo acabado de ouvir a porta bater.

— Está no caminho certo, pequena. Vi muitas vezes a Maria Dolores fazer isso. — Ele me encarou como um lobo faminto. Tremi por dentro.

— Então você nunca fez isto? — Peguei um pouco da farinha com a mão e, divertida e presunçosamente, atirei nele. O que parecia uma provocação inocente tornou-se uma ameaça. Ele abriu a boca muda, em sinal de falsa indignação, e seu olhar intimidante prometia revanche ao me encarar cheio de promessa. Uma avalanche de excitação e luxúria deixou minhas pernas bambas.

— Vejo que gosta de brincar enquanto cozinha...

Provocador de uma figa! Começou a limpar a farinha do corpo, deslizando a mão sensualmente. Logo venceu a pequena distância entre nós e o calor do seu corpo me arrepiou. Só percebi o movimento da sua mão no saco de farinha.

Seus braços enlaçaram meu corpo e sua mão esquerda cheia de farinha deslizou para dentro da minha blusa. Meus seios doeram em antecipação quando ele esfregou a farinha neles.

— Delicioso manusear essa massa suave e macia... Esses biquinhos duros estão no ponto certo, vamos trabalhar nisso juntos.

— Assim o jantar vai atrasar — disse, fingindo estar preocupada com o tempo, quando na verdade não me importava nem um pouco. — Acho que você nunca preparou nada na cozinha e vai me abandonar com a mão na massa.

— Nunca mesmo, mas vamos aprender a fazer juntos. — Vislumbrei a protuberância por baixo do avental amarrado na cintura. — Poderia ficar a vida toda vendo você com a mão na massa... é tão sexy! Estava contando os segundos para ficarmos sozinhos.

Sua mão alcançou meu rosto e seus dedos percorreram minha bochecha, descendo eroticamente pelo meu pescoço. A forma que ele encaixou-se atrás de mim, sussurrando no meu ouvido e entrelaçando as mãos grandes em meus dedos, sovando a massa comigo, fez-me lembrar automaticamente daquela famosa cena de *Ghost – Do outro lado da vida*.

— Acho que falta um pouco de farinha nessa massa, não concorda, pequena? — Ele apertou minhas mãos de forma erótica e excitante ao manusear a massa.

— Concordo...

— Ainda não! — Sua perna dura e tesa separaram as minhas e ele encontrou o meu núcleo quente. — A massa ficará pronta logo, precisamos somente dos ingredientes certos para trabalhá-la um pouco mais.

Carinhosamente, esfregou-se entre minhas coxas e insinuou o que pretendia, o que me deu vontade de gritar de tesão. Os potes com o restante dos ingredientes estavam separados ao lado da tigela e, conforme ia adicionando algum na massa, ele descrevia suas pretensões libidinosas. Em uma sintonia perfeita, me mexi junto com ele.

— As claras e a gema ajudam a dar a liga.

O Carlos raspou o maxilar no meu pescoço, misturando os ovos junto comigo. Ofegante e gemendo baixinho, senti cada vez mais próxima a iminente explosão que estava sendo preparada dentro de mim apenas com os estímulos que ele intencionalmente enviava ao meu corpo.

— A massa chegou ao ponto em que necessita que o restante da farinha penetre-a bem... — Como se tivesse entendido meus anseios, largou minha mão, pegou o pacote de farinha ao lado da tigela e despejou o conteúdo. — Serei direto. Temos alguns minutos pela frente e não aguento mais um segundo sem estar dentro de você, penetrando fundo e forte assim como esta farinha na massa, unindo tudo em um só elemento.

A confissão penetrou meus poros, que gritavam para ele estar dentro de mim, umedecendo mais ainda o meio das minhas pernas.

— Continua amassando, pequena! — ordenou baixinho. — Vou lavar as mãos para pegar o meu amiguinho, que está sofrendo de saudades há dias, e colocá-lo em sua aberturinha apertada, de que ele sente falta a cada minuto que penso em você.

— Adoro quando você comete loucuras insanas... — Lembro-me do risco que corremos naquele dia. Tirando o excesso da massa dos seus dedos, ele aproximou mais sua boca do meu rosto e depositou o queixo no meu ombro.

— Você me faz insano! — Ele não se afastou muito de mim, minha cozinha é minúscula e a pia fica logo ao lado da bancada. Encarei-o e vi que não estava brincando. Agradeço aos céus por ter colocado uma calça de ginástica para ficar mais à vontade depois que chegamos do almoço, cuja lembrança deixa meu peito apertado por causa daquela mulher que o tratou com tão pouco-caso.

— Nunca entendi o motivo dessa porta na cozinha, mas agradeço ao arquiteto que a colocou — disse quando o vi trancá-la. Meu coração acelerou e pressionei minhas pernas uma contra a outra para conter a pulsação acelerada só por imaginar o que iria acontecer a seguir.

Ele aproximou-se rápido e decidido. Sorrateiramente abaixou minha calça e a calcinha. Senti-me incapaz de fazer qualquer outra coisa que não fosse respirar. Beijou-me nos ombros e as batidas do meu coração retumbaram em meus ouvidos. Um gemido escapou-me dos lábios quando, já nua e preparada, senti seu dedo penetrar em minha fenda em um único e firme movimento.

— Patrícia! — Adoro quando ele fala meu nome com aquela voz rouca. — Presta atenção nos meus movimentos e faça exatamente como eu, hoje à noite teremos a mais deliciosa massa servida. Não temos tempo e logo eles voltam. Estou muito perto de atingir o ápice e, pelo que sinto com meu dedo, você também. Não podemos ser interrompidos.

— Não espera... — Com o corpo prensado na bancada de mármore, ouvi seu zíper ser aberto e, em segundos, ele me penetrou fundo e forte, preenchendo-me por completo, suas mãos apertando minhas nádegas. Ele ditou o ritmo de cada movimento, uma das suas mãos abandonando meu traseiro e deslizando pelo meu ventre, para então subir por dentro da minha camiseta.

— Faça com a massa o mesmo que minha mão faz nos seus seios perfeitos. — Segui suas orientações, amassando do mesmo jeito que ele fazia comigo. — Cozinhar é uma arte! Você consegue perceber e sentir como é delicioso apertar assim? — Claro, percebi nitidamente e meu corpo também. Meus seios doíam de tesão e eu apertei a massa ao compasso do prazer que sua invasão causava, de maneira como nunca nenhum homem foi capaz, indo fundo e forte como só ele sabe fazer. — Vira seus lábios para mim, minha menina, e vamos depositar amor nessa massa.

E depositamos amor, felicidade e todas as emoções que estávamos sentindo até que juntos, contraídos e pulsantes, chegamos ao orgasmo. Acho que eu poderia virar cozinheira e experimentar infinitas receitas ao lado dele pelo resto da vida.

Não preciso dizer que o jantar foi um sucesso e recebemos os parabéns de todos. Matei as saudades dos pequenos, que crescem a cada dia. O Marco e a Babby foram doces com o Dado e com a Flávia. Os meninos combinaram um passeio de moto e nós, meninas, um dia no spa, embora a Babby garantisse que participaria dos dois.

— Amiga, nunca te vi tão feliz!

— E eu que não acreditava em contos de fadas, né? — Abraço minha amiga na despedida.

— Se não for almoçar comigo esta semana, destituo-a do posto de melhor amiga.

— Combinadíssimo, porque deste posto não abro mão nunca na minha vida.

— Ai... *amachô eu...*

Rimos juntas ao perceber que nosso abraço pressionou a Belinha, que estava no colo da Babby e ficou no meio de nós.

— É um uta de urso! — digo a ela, referindo-me ao abraço que nos damos desde que ela era pequena.

O meu pequeno príncipe estava desmaiado no colo do pai depois de ter ficado horas brincando de esconde-esconde com o Carlos. Acho que meu garanhão será um excelente pai. Este homem é o sonho de qualquer mulher.

Os dias seguintes foram de sintonia total entre nós quatro, com meu garanhão cumprindo todas as promessas que fez para as 48 horas, inclusive as mais quentes, que valeram por umas 120 horas, tão escaldantes foram. É fácil conviver com ele, mesmo que eu tenha hábitos noturnos e ele prefira acordar com as galinhas. Ele conseguiu driblar os problemas de nossos ruídos de prazer improvisando mordaças para mim, tudo muito sensual e erótico, sem imposições, enquanto me amou e me torturou dentro do quarto, no banheiro e até na garagem do prédio. Creio que este é um dos nossos segredos mais perversos. Não posso dizer que só houve sexo o tempo todo; seria injusto, uma vez que ele vem se empenhando em me mimar, cuidar de mim e me ajudar com meu irmão de todas as formas. Ambos se tornaram grandes amigos e, quando não está comigo, está fazendo algo com o Dado. Na segunda-feira, ele levou o Dado para conhecer a empresa. Na volta, meu irmão tinha um brilho nos olhos que foi o melhor presente que ele poderia me oferecer.

— Bah, bonequinha, tu não vais acreditar, mas eu estou empregado na Cervejaria Germânica! E não pensa que para por aí... — Ele vibra, pegando-me no colo e girando-me no ar. — Também fui muito bem tratado pelo RH, sem que o Carlos estivesse presente! — A empolgação ao contar os detalhes era flagrante, principalmente por querer mostrar que conquistou o cargo por si só. — Fui sincero com eles a respeito de meu problema com as drogas e as muitas recaídas, mas, em vez de me descartarem para o emprego, explicaram que a empresa conta com um programa de reabilitação, no qual eu já podia me inscrever desde já!

Emocionada e esperançosa, senti meus olhos se encherem de lágrimas. O amanhã seria diferente e melhor.

— Que bom, Dado!

— Ainda não acabou!

— Não? — exclamo, surpresa. — O que mais você conseguiu?

Vi o Carlos sorrindo em um canto da sala, observando-nos. Ele piscou para mim, que tive vontade de correr para seus braços e agradecê-lo pelo resto da vida.

— Amanhã passarei o dia fora com o Luiz Fernando, o diretor do Departamento de Logística, procurando peças, ferramentas e máquinas para botar em andamento o projeto para o qual me designaram.

Ele virou-se para a Flávia e fiquei ainda mais emocionada com o que ele disse.

— Aí, Flavinha... vais escolhendo a beca. Logo vou convidar-te para um jantar, desta vez pago com o meu próprio dinheiro.

Então era por isso que eles não aceitavam sair para jantar conosco. Não era uma forma de ficarem sozinhos, como pensei, mas sim, de evitar gastar meu dinheiro. Fiquei orgulhosa ao perceber o quanto ele mudou nestes anos.

— Depois combinamos, Eduardo. Parabéns pelo novo emprego, rapaz!

— Bah! E é assim que pretendes dar-me os parabéns?!?! Quando tu nos ensinavas, sempre que acertávamos os exercícios, tu dava-nos abraços e beijinhos! Por que fazer diferente agora? — Ele me pôs no chão e foi até ela, que recuava dois pés a cada passo dele.

— Patty, você pode me ajudar a levar esta mala para o quarto? — Adoro quando meu garanhão é mais esperto do que eu. Aqueles dois precisavam de privacidade.

Nunca havia qualquer rotina. Fiz questão de preparar o café para ele todos os dias. Claro que algumas vezes eu mesma fui o café. O Carlos parece ler meus pensamentos e acho que hoje conhece mais meu corpo do que eu mesma. Aliás, estou eu aqui, receosa de ele também conhecer muito bem minha mente, pois o que quero fazer não pode ser revelado ainda. Assim, coloco uma expressão ligeiramente impassível, querendo mostrar tranquilidade, e digo:

— Carlos, sei que combinamos de você vir aqui todas as noites durante minhas férias, mas hoje marquei um dia de meninas com o pessoal do escritório.

Seu olhar decepcionado e em dúvida faz com que quase eu entregue os meus planos para ele.

— Patrícia, não há problema algum em você ter seu espaço e privacidade e fazer o que bem entender. Mas não entendo no que o dia de meninas nos afeta. Mesmo que você chegue de madrugada ou até mesmo de manhã, não vejo empecilho no fato de eu estar aqui esperando por você.

Ele passa a mão no cabelo e me encara firme, aguardando minha resposta. Sinto vontade de jogar tudo para o alto, mas ele tem que entender que tenho direito aos meus pequenos segredos também, principalmente quando são planos que envolvem surpresas que quero fazer.

— Garanhão, eu também não veria problema em você ficar me esperando aqui, mas sei que, nesse caso, eu não vou relaxar!

Ele continua olhando firme e fixo para mim, como se estivesse em um conflito interno.

— Patrícia, sei que você não está falando a verdade, mas respeito que tenha outros planos ou não queira ficar comigo esta noite. Entretanto, quero deixar claro que certas coisas não são aceitáveis para mim! Uma delas é a falta de confiança. Outra é faltar com a verdade! Vou deixar passar desta vez porque tenho que entender o fato de que confiança conquista-se com o tempo e talvez eu ainda não tenha conquistado completamente a sua. Mas nunca me trate como se eu fosse um de seus antigos boys magias descerebrados. Prefiro que seja direta, clara e honesta, independentemente do que estiver ocorrendo.

Sinto arrepios e mãos frias apertando meu coração, junto com a dificuldade de respirar. O Carlos parece perceber, rapidamente suaviza sua expressão e diz:

— Jamais vou perder o controle a ponto de agredi-la fisicamente, Patrícia! Não vou tratá-la como seu pai tratava sua mãe. Mas é claro que ficarei bravo, contrariado e descontente com determinadas atitudes suas. — Ele beija minha testa suavemente e completa. — Esta noite, aproveitarei para ir em casa e ver como está tudo por lá. A Maria Dolores tem passado pelo escritório quase todas as tardes, chorona, dizendo que sente falta de mim. Confesso que também sinto falta do carinho e dos cuidados dela. — Ele ri com um olhar de menininho mimado.

— Manda beijos para ela. Diz que estou ansiosa para conhecê-la. — Entro rapidinho na suíte para não acabar entregando toda minha mentira... o Carlos mal desconfia o quanto já confio nele! E o pavor que senti não foi por medo de ele se tornar agressivo, mas de eu perdê-lo porque ele não aceita mentiras e percebeu que é o que estou fazendo...

— Por que não vai até lá um dia destes e dá o beijo você mesma? — pergunta de novo, bravo, rude e seco ao ver que não cedi à sua pressão. Ele nem desconfia que nós duas já somos quase íntimas. Ontem à tarde, quando liguei para ela contando meus planos, só faltou a mulher abraçar-me pelo telefone.

— Boa ideia, estou devendo mesmo uma visita. Mas você sabe que não fui ainda porque aconteceram pequenos contratempos.

— Sei... Não faltarão oportunidades.

Voz e respostas simples mostram o quanto está afetado. Meu lado peralta resolve provocar ainda mais.

— Garanhão, se me ligar à tarde e eu não atender, não se preocupe, estarei em um spa de beleza. Afinal, minha pele pede atenção e minhas unhas estão concorrendo com as do Zé do Caixão.

— Mulheres! — exclama. — Para mim sua pele está perfeita, e suas unhas, ótimas para arranhar minhas costas.

— Não posso encontrar minhas amigas de qualquer jeito! — Ponho a cabeça para fora do banheiro, sentindo-me uma atriz.

— Faça como quiser! — fala, sério. Sei que não é ciúmes o que ele está sentindo, mas percebe-se que está afetado por eu estar visivelmente escondendo algo. — Já estou indo. — Ele manda um beijo de longe. — Ligo para você à noite ou talvez amanhã, já que estará muito ocupada para falar comigo.

— Ei! Não está esquecendo nada?
— Não que me lembre... — Lindo! Tenho vontade de gritar de tesão ao vê-lo ajeitando a gravata com um bico enorme na boca.
— Está esquecendo, sim! Está indo embora sem me dar um beijo.
— É porque já tinha beijado você antes de entrar no banheiro.
— Aquele beijo não valeu, preciso de outro. Doce e apaixonante como você costuma dar. Você me viciou, agora sou dependente deles.

Ele me tasca um beijo morno e vai embora sem me dar chance de reclamar.

Corro para arrumar minhas malas. Estou indo passar meus últimos dez dias de férias ao seu lado e hoje será corrido. Já deixei tudo acertado com a Flávia e o Dado. Parece que eles estão combinando melhor, pelo menos aparentemente a política da boa vizinhança está funcionando. Ele contou para o Carlos que os dois já até se beijaram. Tentei persuadir meu garanhão para me contar mais, porém, talvez por conta de um acordo de cuecas, ele não disse mais nada além disso. Estou muito feliz por ver o Dado comprometido com o trabalho. Ele sai às 5h e volta às 19h todos os dias, o trabalho está fazendo muito bem para ele. Desde que começou a trabalhar, suas noites têm sido silenciosas. No fundo, tenho que agradecer à Flávia também, pois ela tem ajudado muito por ficar ao lado dele. Os dois praticamente fazem tudo juntos. Todas as vezes que ficamos sozinhas, falamos muito sobre ele, sua superação e abstinência. O mais importante é que ela acredita nele e isto já me basta. Vejo sinceridade nas suas ações e no seu jeito contido de amá-lo. Não a culpo por não admitir seus sentimentos para mim. Primeiro, porque sou irmã dele, e segundo, porque ela ainda não admitiu nem para si mesma, e respeito isso. Se tem uma coisa que aprendi nesta vida é que cada um tem o seu momento.

Ponho a última mala no carro e respiro fundo, feliz pela ideia da surpresa. Vejo a pequena mancha avermelhada na minha coxa e lembro das palavras que me marcaram na noite passada, enquanto estava entregue nos seus braços, amordaçada pela camisa dele, impedida de emitir os gemidos mais perversos.

— Tão linda e tão entregue a mim... — dizia, enquanto mordia meu corpo. — Adoro vê-la assim diante de mim, com este olhar de menina, e ao mesmo tempo de devassa, desejosa e excitada! Adoro marcar o seu corpo... sentir o cheiro que exala quando tem esse desejo de ser saciada. Isto, minha menina, mexa-se contra minha boca enquanto satisfaço os seus anseios mais libidinosos.

Carlos Tavares Júnior...

Passei o dia pensativo sobre algumas questões. Na verdade, posso dizer que até mesmo p. da vida! Hoje ela fez minhas emoções oscilarem quando veio com a desculpa de um suposto encontro.

Na hora quis discutir e fazê-la dizer a verdade, até mesmo tentei me impor, discordando da sua decisão. Mas seu comportamento deixou claro que o tal encontro com as amigas era uma mentira, e que era a pior desculpa que ela poderia dar, uma vez que preferiu esconder-se no banheiro ao tratar do assunto.

É verdade que tudo tem acontecido rapidamente, porém, de forma natural. Nunca impus a condição de estarmos juntos todos as noites. Isso foi algo que aconteceu e, até então, para mim parecia ser o que ela queria também! Porém, depois de hoje, começo a me questionar se ela está na mesma sintonia que eu, pois não posso negar que para mim o único futuro que prevejo para nós é a união das nossas vidas. Sinto sensações ao lado dela que às vezes me assustam, ao mesmo tempo que me encantam e me fazem sentir vivo. Ela me completa, mas será que eu também a completo? Começo a ter dúvidas quanto a isto. Talvez hoje ela tenha apresentado um pretexto apenas para ficar um pouco longe de mim, a fim de organizar os sentimentos...

Mesmo sofrendo com meu senso de possessão despertado pela mentira, não cedo aos fortes impulsos de ligar para ela e exigir que fale a verdade. Se é de um tempo que ela precisa, posso ser paciente... Porém, ela precisa ser honesta e me dizer isso. Admito que tenho meus pecados, também, afinal, nunca lhe contei que sou o Dom Leon, então, acho injusto cobrar uma postura leal dela. Enquanto não esclarecer isso, não me sinto, digamos, com moral para exigir nada neste sentido.

Mas amanhã é um novo dia. Não quero sentir-me inseguro ao lado dela. Uma relação amorosa precisa ser vivida em sintonia, com os mesmo ideais e sentimentos. Ser um dominador que aprendeu regras de convívio próprias ao BDSM tornou-me consciente de que imposições apenas afastam uma alma, em vez de conquistá-la. Estou muito bem resolvido quanto à dualidade de quem eu sou e sobre como venho adaptando nossa relação ao meu mundo. Sei o que me satisfaz.

Estaciono diante da varanda. Os últimos raios do crepúsculo me permitem divisar certa movimentação na casa. Há mais alguém lá dentro.

— Um bom filho sempre à casa torna! — diz minha eterna Maria Dolores, ao me receber de braços abertos. Hoje ela parece estar estranhamente mais feliz e radiante. — Diga que passará a noite em casa... Fiz um jantar especial.

— Hoje ficarei em casa — digo, mal fechando a porta do carro.

— Não era sem tempo! Você vive mais fora do que na sua própria casa! Ela fica parada na porta, impedindo-me de entrar.

— Maria Dolores, você está estranha! — Há anos não a vejo tão empolgada com algo. Acho que a última vez que foi na minha penúltima temporada de corrida, quando ganhei o campeonato. Tirando meus amigos, ela sempre foi a pessoa que mais me deu forças para eu fazer aquilo que amava, sempre torcendo por mim.

— Estranha nada... — Ela dá de ombros. — Esta velha aqui só está feliz por ver seu menino depois de dias fora de casa.

— Lar, doce lar! — Enfim consigo passar pela porta. — Vou tomar um banho rápido e já venho ver o que preparou para mim.

Ela torna-se falante, conta-me como andam as coisas na fazenda, faz perguntas indiscretas a respeito dos meus planos para aquela noite, parecendo querer ganhar tempo. Acho até engraçado.

— Deixei todas as suas correspondências em cima da sua mesa do escritório.

Ela sempre fez isto, portanto, não precisava avisar... Realmente está estranha.

— Maria Dolores, está tudo bem? Há algo que queira me dizer? Parece que está me escondendo algo.

— Imagina! — Mas sua feição não me engana. — Está tudo certo! Tenha o seu tempo no banho! — diz, sorridente.

Subo as escadas de madeira analisando a disparidade dos sentimentos expressos pelas mulheres da minha vida. Uma querendo afastar-me, e a outra de braços abertos querendo prender-me! A cada passo que dou em direção ao meu quarto, o som de uma música suave torna-se mais nítido. Abro a porta e, durante alguns segundos, tenho a impressão de estar em queda livre na montanha-russa emocional em que minha vida se transformou. De olhos esbugalhados, vislumbro a mais linda imagem que poderia ter no final da deliciosa descida vertiginosa.

— Surpreso, meu senhor? — diz, encarando-me e tocando os lábios com a ponta da língua. Fico duro no mesmo instante. — Sua menina quimera está pronta e louquinha para realizar nossas fantasias mais perversas...

Capítulo 7

Patrícia Alencar Rochetty...

Parada diante da imponente porteira, fico encantada com a majestosa fazenda, cuja magnitude nunca conseguiria manter na memória. Não que pudesse passar despercebida, mas, diante das circunstâncias do dia em que fugi daqui, não tive tempo suficiente para reter nem mesmo uma pequena parte dela.

Sou grata ao GPS e àquela pedra ali, no canto da porteira, por achar o local correto da fazenda. A pedra acabou sendo o ponto fundamental para que eu identificasse corretamente o local. Foi só no que consegui prestar atenção. Porque, naquela ocasião, só o que me interessava era segurar o touro à unha e conseguir ficar montada muito mais que os usuais oito segundos...

— Bom dia! — diz uma voz forte. Isto foi comigo? — Pois não, dona! — Claro que foi! Embora fique no meio do mato, a fazenda é provida de tecnologia, como câmeras de segurança. Havia duas sobre a porteira. Elas é que devem ter denunciado minha presença, razão pela qual o homem estava ali, me saudando.

— Bom dia! Sou Patrícia Alencar Rochetty. A D. Maria Dolores me aguarda.

O portão de madeira começa a abrir e logo me vem à lembrança o brasão da cervejaria esculpido nele.

Se é possível ficar encantada e revoltada ao mesmo tempo por não me lembrar da beleza deste paraíso, é exatamente assim que me sinto. Também, não tinha mesmo como reter muita coisa na memória, já que cheguei aqui hipnotizada e fui embora cega, guiada apenas pelo medo de não conseguir escapar a tempo! Observar e curtir a paisagem não eram nem de longe minhas prioridades...

Não tenho palavras para descrever a casa, que é simplesmente impactante! Toda de vidro, com varandas e um deque de madeira, situada no centro do vale do grande campo gramado. Espetacular! Um local em que é possível criar uma alma nova no meio do paraíso. Eu seria capaz de morar ali o resto da vida.

Não demora muito e uma bela senhora aparece, toda sorridente, na porta central. Como o Carlos mencionou, ela é simpática e receptiva. Tem cabelo negro e olhos azuis. Tenho a forte impressão de que já a vi em algum lugar.

— Bem-vinda! Estava contando os minutos para conhecê-la.
— Maria Dolores? — pergunto, só para descontrair. — Obrigada por permitir que eu venha sem o conhecimento do Carlos.
— Não precisa agradecer. Entre!

Como é meu hábito, e também pela impressão de já conhecê-la, talvez pelo tanto que o Carlos falou bem dela, abraço-a e beijo-a para cumprimentá-la. Ela demonstra timidez por um instante, mas logo diz:

— O Carlos não exagerou quando disse o quanto a senhora é bonita e simpática! — A confissão me faz recear que minha presença ali talvez não seja mais uma surpresa, o que comprometeria meus planos.

— Você contou para ele que eu viria?
— De jeito nenhum! Fiz exatamente como a senhora pediu. Pode sempre confiar em mim no que diz respeito a agradar meu menino!
— Obrigada, Maria Dolores! — falo, com carinho. — Sinto que seremos ótimas amigas.
— Fico feliz, D. Patrícia.
— Dona? O que é isso, Maria Dolores? Eu lá tenho cara de dona ou senhora? Sem essas frescuras comigo, por favor! Se vamos ser amigas, esqueçamos essas besteiras, porque aqui ninguém é melhor do que ninguém, apenas exercemos papéis diferenciados na ordem do dia, certo?
— Se prefere assim... — diz ela, sem jeito. — Preparei um lanche para você. Venha comer. Depois a levo para o quarto caso queira trocar de roupa ou tomar um banho.
— Como adivinhou que eu chegaria faminta? — Rimos em dupla e seguimos de braços dados como se fôssemos velhas amigas até a mesa em que está o lanche.

Na verdade, é um banquete! Ela aceita sentar e comer comigo, ao mesmo tempo que conta, com muito carinho, mas de forma superficial, um pouco da infância do Carlos. Seus olhos ficam marejados quando menciona o acidente que ele sofreu e a angústia que sentiu por não poder visitá-lo no hospital, já que apenas a família dispunha de tal prerrogativa.

— Mas por que você não insistiu com os pais dele?

— Dona Patrícia... — Ela se corrige ao me ver levantar uma sobrancelha. — Patrícia, como diz o ditado, não é necessário dar um segundo gole quando já se conhece o sabor amargo de uma bebida!

Fico sem entender a real profundidade do que ela diz, mas logo muda de assunto. Conta da felicidade dela ao se mudar para a fazenda com o Carlos logo que ele saiu do hospital. Impressiona-me como uma mulher tão encantadora, sábia e refinada nunca encontrou alguém que desejasse como companheiro. Não quis construir uma vida em família? Porque qualidades para fazer felizes um homem e uma família ela parece ter de sobra!

— Bom, este é o quarto do Carlos, no qual você vai ficar. Conhecendo-o como eu, ele não vai aceitar que você fique em outro cômodo — fala, com uma aura de comando que não me é estranha! Mas não consigo identificar em que circunstâncias e de quem ouvi algo parecido...

— Maria Dolores, mais uma vez quero agradecer pela hospitalidade. Vou tomar uma ducha. O calor está de matar.

Ela se vai e fico admirando o quarto do meu garanhão, cuja decoração é imponente como ele. A imensa cama abrigaria uma família inteira. Os móveis são todos de madeira maciça, em estilo rústico com um toque de elegância, tudo provençal. Subitamente, me ponho a imaginar as outras mulheres que estiveram neste quarto! Será que, diferente de mim, elas se lembram dos detalhes que eu não captei?

— Ei, quem está aqui agora é você! Portanto, vamos esquecer o passado e viver o presente? — ralho em voz alta comigo mesma, recuperando minha felicidade anterior por estar ali.

Tomo um banho relaxante e cada metro quadrado do quarto fica impregnado pelo perfume que uso. Deito-me de bruços na cama com o rosto apoiado nas mãos e passo a analisar o painel gigante cheio de fotos dele. Cada uma delas desperta minha imaginação quanto ao que as envolve, como os sentimentos dele no momento em que foram tiradas, onde e com quem estava, por que estava naquele local naquele dado momento, enfim, tento conhecê-lo a partir dali. Levanto-me para dar uma volta pela fazenda e averiguar tudo o que o fascina. Tiro uma das minhas malas de cima da cama e separo uma muda de roupa para vestir agora e a minha surpresa para ele mais tarde.

— Patrícia Alencar Rochetty, dá uma olhada na bagunça em que você transformou este quarto em segundos! — Repreendo a mim mesma enquanto guardo todas as roupas que tirei da mala. — Ele é tão organizado e eu tão bagunceira! — Suspiro ao me lembrar de seu comportamento perfeito durante os dias que passou comigo no meu apartamento. Até pediu para que eu arranjasse um espaço no meu armário para guardar seus pertences. Mas não por folga ou já querer ir marcando território; apenas não quis invadir minha privacidade, deixando suas roupas espalhadas pela casa toda.

Desajeitada como sempre, pego minhas malas... hum, sim, minhas malas, pois vim preparada para a guerra. Incluí pequenos detalhes relacionados às surpresas que planejei, até um chapéu de *cowgirl*! Arrasto as malas pelo quarto e paro em frente ao closet.

— Uau!!! Simplesmente perfeito! Quando crescer vou querer um desse! — Rio da minha própria piadinha. O closet é maior do que meu apartamento! Curiosa e fascinada, percorro todo o espaço, passando meus dedos nas camisas dispostas de acordo com as cores.

— Isto é a perdição!

Na verdade, é como caminhar por uma loja de roupas masculinas. Ele simplesmente tem de tudo! Gravatas de todas as estampas e uma quantidade de calçados de dar inveja à mulher mais fanática. Também fico deslumbrada com os diversos tipos e modelos de relógios. Mas é algo na prateleira acima deles que me chama a atenção.

Ao ver aquilo, fico estática por segundos ou minutos, não sei, entrando em um debate interno entre razão e emoção. Analiso comigo mesma o que é certo e errado, invasivo ou não, curiosidade legítima ou não, entre outros sentimentos conflitantes. Meu coração acelerado ganha a batalha. Mando a razão para o espaço e, nas pontas dos pés, puxo uma maleta preta escondida no meio de outras com cores vivas. É a mesma que me deixou muito curiosa em Ajuricaba.

Minha empolgação e falta de controle, aliadas ao peso do objeto, fazem com que a maleta caia no chão, abrindo-se e espalhando quase todo seu conteúdo! Preocupada, tento recolher e guardar tudo rapidamente, sem nem mesmo registrar o que são as coisas que vou pegando. Mas, quando vou fechá-la novamente, só então minha mente toma consciência de tudo o que está ali dentro. Minhas mãos congelam e meu corpo fica paralisado; o único som é a batida do meu coração, que acelera dolorosamente enquanto observo. Se não tivesse convivido com o Carlos nos últimos meses, certamente sairia correndo loucamente.

Será que ele é um dominador? Mas como? Um dominador seria tão paciente e carinhoso como ele sempre foi comigo? Não conheço nem entendo muito desse assunto, mas parece-me contraditório haver paciência e ternura em relações com um dominador. Ao menos para mim que não conheço nada além do que o Dom Leon explicou ou do que li em vários livros que eram, na verdade, romances, não manuais técnicos relativos ao universo BDSM!

Repasso mentalmente os momentos em que ele insistiu para que eu confiasse nele, sempre me garantindo que nunca faria absolutamente nada que eu não quisesse. Um dominador agiria assim? Ah, quantas dúvidas!

Vamos, Patrícia, respire fundo e seja sábia! A vida já te mostrou muitas coisas, você pode se considerar escolada o suficiente para saber que, antes de tirar qualquer conclusão baseada em superficialidades, deve primeiro assimilar o que está à sua frente, tentar agir de forma imparcial, sem tecer qualquer juízo de valor antes de se aprofundar, refletir e analisar tudo o que está envolvido.

Por mais que tente evitar, um pavor angustiante me invade!

— O que é que eu faço agora?

Sinto um gosto amargo na boca, uma náusea horrível, parece haver fogo dentro de mim, pela primeira vez não provocado por desejos ou luxúria, mas provindo de labaredas que me queimam dolorosamente. Essa espécie de combustão interna me impulsiona para longe do quarto e, quando dou por mim, vejo-me sentada debaixo de uma mangueira... Só Deus sabe como cheguei até aqui. Acho que meu subconsciente conduziu-me até um cantinho familiar para mim, como era a mangueira do sítio dos meus pais durante a minha infância, para a qual eu corria, a fim de me refugiar quando me sentia perdida, confusa, triste e, principalmente, acuada. Era o meu recanto acolhedor e que parecia propiciar todo o clima favorável para que eu resolvesse o que quer que me afetasse.

Respiro fundo para me acalmar e equilibrar minhas emoções, a fim de poder achar um ponto de partida para as minhas reflexões. De imediato lembro de uma afirmação que ele fez hoje cedo para mim quando quis deixar claro que nem sempre estaríamos de acordo a respeito de tudo e que poderíamos, sim, discutir e alterarmo-nos um com o outro, sem que isso descambasse em tragédia:

Não vou tratá-la como seu pai tratava sua mãe.

Deixo as lágrimas que enchem meus olhos caírem e digo a mim mesma:

— Não mesmo, garanhão!

Sei que nossa relação nada tem a ver com a dos meus pais, mas, por outro lado, também é difícil compreender e aceitar que a dor de alguém é justamente o prazer do parceiro!

Suspiro alto, recriminando-me e achando-me estúpida. Como posso afirmar que é isso que dá prazer ao Carlos se até hoje ele me amou e cuidou de mim com tanto carinho, delicadeza, sem qualquer ameaça física? Além disso, sempre priorizou meus desejos e sentimentos, consultando-me e respeitando minhas opiniões. Não, tem que haver uma explicação aceitável e convincente. Não posso me deixar dominar por medos e pré-julgamentos.

Mesmo que a menininha assustada que presenciou violência de forma tão crua queira correr gritando, a mulher que me tornei, principalmente graças aos esforços incansáveis do Carlos, alerta-me fortemente a aquietar meus medos e traumas, considerando não só o grande amor que sinto por ele, mas também, principalmente, aquele que ele me dedicou sempre e sempre, sem qualquer expectativa ou cobrança. Eu devo a ele a chance de me mostrar melhor, sem esconder nem reprimir nada. Só assim serei justa, verdadeira e terei condições de avaliar para onde irá nosso relacionamento.

O que mais deve nortear minha conduta daqui por diante é meu amor por ele, e, portanto, todos os "pré-conceitos" que eu carrego dentro de mim devem se manter afastados desse sentimento. Corri levada por um medo inconsciente, e não vou permitir que minhas ações sejam governadas por esse tipo de postura.

— Levante-se, mulher, e tome uma atitude!

Mais calma e equilibrada, volto para a casa. A única forma de esclarecer minhas dúvidas mais básicas é entrar em contado com o meu amigo Dom Leon, com o qual não falo há tempos... Como ele sempre foi extremamente gentil e paciente comigo, creio que não se negará a me ajudar a entender algumas coisas, e mesmo me orientará nos rumos da surpresa que quero fazer ao meu garanhão. Entro e encontro a Maria Dolores com um semblante preocupado.

— Está tudo bem, Patrícia?

— Sim, tudo ótimo, Maria Dolores... Se ainda não completamente, cuidarei para que fique.

Pego meu celular e percebo que acabou a bateria. Impaciente, lembro que trouxe meu laptop. Enquanto subo apressadamente as escadas, pergunto para Maria Dolores estática e confusa se a rede da internet tem senha.

— Sim, Patrícia. É quimera, em minúscula.

Sorrio por dentro com a resposta.

Enquanto o laptop inicializa, faço uma prece mental para que eu consiga desmistificar o conceito fixado na minha cabeça de que uma submissa é a mesma coisa que uma boneca inflável: não fala, não reclama, recebe chicotadas e é depósito de esperma, aceitando tudo isso com um sorriso no rosto.

Abro meu perfil do Facebook e vejo que tenho diversas solicitações de amizade, mensagens, notificações de atividades recentes, mas nada disso me interessa. Quero e preciso falar com o Dom Leon. Vasculho rapidamente sua linha do tempo e percebo que seu perfil está meio abandonado, aliás, como o meu, também. Mas, na barra do Messenger, verifico que ele está on-line. Mando uma saudação.

Patrícia Alencar Rochetty: *Olá, Dom Leon!*

Ele não responde e eu fico aflita, com medo de não conseguir elucidar minhas dúvidas mais básicas antes de o Carlos chegar.

Cadê você, Dom Leon? Preciso tanto de você agora!

Vejo, então, que a mensagem acabou de ser visualizada, só que ele demora uma eternidade para responder. Ansiosa, envio outra mensagem.

Patrícia Alencar Rochetty: *Está muito ocupado???*
Dom Leon: *Olá, menina! Um pouco, mas pode falar. Tenho uns cinco minutinhos, não mais.*

Estranho ele estar seco, a forma como responde não é a que normalmente usa comigo. Mas, considerando que não nos falamos há semanas, é compreensível.

Patrícia Alencar Rochetty: *Dom Leon, sabe que costumo ser objetiva e por este motivo vou direto ao ponto, principalmente por vc estar ocupado. Descobri que o melhor amigo do meu namorado é um dominador. Ao saber disso, fiquei curiosa a respeito de algumas questões. Pode esclarecê-las para mim, também rápida e objetivamente, uma vez que seu tempo é curto?*

Ele visualiza e não responde... Cadê meu amigo ligeirinho que sempre foi rápido no gatilho? Nem parece a mesma pessoa. É a segunda diferença que noto no Dom Leon com quem sempre conversei.

Muito tempo depois, chega a resposta:

Dom Leon: *Ah! Amigo do seu namorado... Ok! Embora não consiga entender o que a condição de dominador do amigo dele tenha a ver com você, de qualquer forma, diga-me quais dúvidas você quer esclarecer?*

Definitivamente, há algo errado! Não é o Dom Leon de sempre. Só faltou ele dizer que o assunto não me diz respeito! Fico até temerosa de perguntar alguma coisa, em dúvida se estou fazendo o certo.

Patrícia Alencar Rochetty: *Vou colocar todas as perguntas para ganharmos tempo, ok?*
1) Em um relacionamento D/s é preciso haver dor? Ou é possível manter um relacionamento assim sem que dores e surras estejam envolvidas?
2) Em uma relação D/s podem existir sentimentos como o amor entre o Mestre e a submissa? Em caso positivo, como funcionaria?
3) Você acredita que uma mulher pode ser uma submissa nessas condições (ou seja, sem dores, surras e em que haja amor entre os envolvidos) entre quatro paredes, mesmo sendo extremamente independente, dominadora e voluntariosa na vida normal?
4) Uma mulher que testemunhou violência doméstica na infância por anos tem condições de aceitar e ser uma submissa sem pirar, em decorrência de seus traumas, quando práticas que remetam à situação traumatizante sejam utilizadas?
5) A fim de ter um relacionamento verdadeiro e feliz com o amor de sua vida, vale a pena uma mulher arriscar-se a conhecer e viver uma experiência D/s, mesmo sabendo das restrições expostas nas perguntas acima?
6) Como ficar segura de que não sairá violentada e machucada por tentar o exposto na pergunta acima, inclusive a ponto de a consequência ser o término do namoro, sem chance de volta?

Enquanto aguardo bastante ansiosa pelas respostas, ponho-me a procurar e a ler os perfis dos amigos dominadores do Dom Leon. Um deles esclarece a uma mulher que apanhar e sentir dor são apenas dois aspectos que podem estar ou não presentes em uma relação D/s, portanto, não são indispensáveis. De acordo com ele, cada dominador deve construir um relacionamento único e próprio com sua submissa e, com ela, decidir quais acessórios e técnicas utilizar, de acordo com as vontades e limites da submissa.

Confesso que só essa resposta já me dá um alívio e tanto! Se o cara souber do que está falando e realmente for isso mesmo, então eu e o Carlos não somos definitivamente um caso perdido! Minhas dúvidas em relação a isso começam a ser sanadas e penso que o tal clube do chicotinho pode ter outros elementos, que até podem me agradar. Continuo pesquisando, mas concluo que o que encontro ou é inútil ou confirma a resposta do dominador quanto a uma relação D/s ser algo consensual.

Cansada de pesquisar e de esperar as respostas do Dom Leon, deixo o Mac de lado e vou de novo fuçar a tal maleta, que continua caída no chão. Analiso cada objeto, imaginando ou concluindo para que servem e quais eu poderia não querer que fossem usados comigo. Alguns falam por si e não me causam estranhamento ou rejeição, como uma linda venda de cetim vermelho e preto; fitas das mesmas cores; plugues e vibradores de vários tamanhos, cores, dimensões e texturas; alguns artigos bonitinhos de plástico com controle remoto, que penso funcionarem à base de vibração; um par de algemas com pelúcia também de cor preta e vermelha; uma espécie de espátula fina e estranha, preta; um cabo com várias tiras de couro preto bem grossas; bolinhas de inox ou prata, sei lá, ligadas por um fio quase invisível; um par de prendedores interligados por uma corrente; alguns frascos com líquidos dentro e, finalmente... o famoso e temível "chicotinho"...

Ao ver este último, sinto vontade de empunhá-lo e sair usando nos malditos que gostam de espancar mulheres. Admito que se o Carlos tentar fazer isso comigo, acho que perderei a cabeça e eu é que vou agredi-lo sem qualquer limite... Não estou pronta para isso. Na verdade, não sei se algum dia estarei.

O que me mantém calma é a certeza de que o Carlos me ama profundamente, já que nunca falou dessas preferências e, mesmo assim, se mostrou muito feliz com nossas interações sexuais. Percebo que no quebra-cabeças que é nosso relacionamento, a última peça que falta é justamente minha disposição em tentar ingressar nesse mundo dele.

Resolvo olhar o Mac de novo e eis que lá estão as respostas do Dom Leon.

Dom Leon: *Cara Patrícia, antes de responder, quero deixar bem claro que todas elas, para perfeito esclarecimento, deveriam ser inseridas em um contexto específico a toda a liturgia que envolve o BDSM, o que, obviamente, não é possível fazer aqui, agora e em tão pouco tempo. Sendo assim, procurarei responder de forma genérica. Procure aprofundar as questões quando tiver condições para tal, OBRIGATORIAMENTE, com pessoas SÉRIAS E COMPROMETIDAS com o mundo BDSM. São questões complexas e que envolvem aspectos muito importantes para nós, que as tratamos com a devida seriedade e importância.*

Noto que ele continua curto e grosso comigo. O antigo gatinho transformou-se em um leão.

1) Em um relacionamento D/s é preciso haver dor? Ou é possível manter um relacionamento assim sem que dores e surras estejam envolvidas?
Patrícia, que fique claro: nem sempre o chicote, as dores e as surras devem ser entendidos como um castigo! Esta é uma ideia errada de um relacionamento D/s, que vai, na verdade, muito além do que apenas umas palmadinhas no bumbum... A dor, devo dizer, não passa de um complemento do prazer, é algo a mais que a submissa quer com a finalidade de prolongar o próprio prazer, como, por exemplo, uma chicotada, um apertão mais forte nos seios, uma estocada mais bruta, entre outros. E o dominador, por sua vez, sente prazer em infligir essa dor, porque é isso que atende ao que sua submissa, digamos, precisa para ficar feliz no sentido de achar prazeroso o ato dos dois. Nesse caso, o que é entendido, em condições normais, como desconforto, é o que justamente gera o prazer na(s) parte(s) do corpo da submissa que está(ão) sendo trabalhada(s) pelo dominador. Se não causar prazer, significa que tal ação não é a mais adequada, e o dominador e a submissa devem rever o que foi acordado entre eles nesse sentido; se for o caso, a submissa precisa fazer concessões ao dominador e confiar piamente para que teste quais os limites e os atos que causam prazer a ambos.

Assim, na verdade, o que é importante é que ambos descubram e estabeleçam juntos o que lhes dá prazer enquanto casal, envolvendo práticas mais agressivas no sentido de causar dor, inclusive por meio de surras, entre outros, ou, diferente disso, coisas que levem a submissa ao extremo da espera para poder ter um prazer muito mais forte quando finalmente o dominador atender suas expectativas.
Para finalizar, digo que sim, é possível um relacionamento D/s sem os atos que você citou, desde que haja consenso entre o dominador e a submissa. Porém, assim como cabe ao dominador tentar ir além para demonstrar todo o potencial que a submissa tem dentro de si mesma, esta, por sua vez, deve ser flexível no sentido de permitir que ele explore os limites de sua capacidade de sentir prazer. No que me diz respeito, não seria feliz em um relacionamento assim, porque não abro mão do prazer de infligir dor à minha menina, nem do imenso prazer que ela mesma sente com isso. Mas, assim como seu namorado, eu também tenho um grande amigo que é dominador, que ficaria completamente satisfeito em construir um relacionamento com uma mulher assim se acreditar que vai valer a pena... Há dominadores e dominadores...

2) Em uma relação D/s podem existir sentimentos como o amor entre o Mestre e a submissa? Em caso positivo, como funcionaria?
Com certeza absoluta digo que sem a troca de sentimentos não há como existir uma relação D/s. É preciso que haja sentimento, embora não necessariamente o amor propriamente dito. Veja bem, se a submissa impedir a todo o momento qualquer ação do dominador, não vai haver troca, mas apenas uma relação sexual casual normal, com cada um seguindo para seu canto após o término do ato. Ela tem, então, que permitir ao dominador usar seus conhecimentos para chegarem a um consenso quanto ao que lhe causa prazer. Convenhamos, isso envolve sentimentos da parte de cada um deles, mesmo que não seja especificamente de um pelo outro. O dominador precisa ser dotado de grande

sensibilidade para não ultrapassar os limites da submissa, os quais estão ligados aos sentimentos dela, sem dúvida! Quanto à existência de amor entre eles, já vi casos em que dominador e submissa são inclusive casados, têm família e mantêm perfeitamente sua relação D/s. Eu nunca vivi esse tipo de situação, embora, obviamente, em alguns relacionamentos, tenha nutrido outros tipos de sentimentos menos intensos por uma ou outra submissa.

3) Você acredita que uma mulher pode ser uma submissa nessas condições (ou seja, sem dores, surras e em que haja amor entre os envolvidos) entre quatro paredes, mesmo sendo extremamente independente, dominadora e voluntariosa na vida normal?
Sim, é possível essa dualidade. Justamente por ser independente, dominadora e voluntariosa na vida real, ela pode buscar algo que lhe vai no íntimo, isto é, uma pessoa que a domine e a faça dobrar-se às suas demandas, pois o contrário ela tem todos os dias. Em uma relação D/s, ao menos a responsabilidade é tirada de suas mãos e ela pode concentrar-se apenas no prazer que lhe é proporcionado, mesmo que, muito provavelmente, ela nunca vá ser aquela submissa que aceita determinadas imposições, porque o traço dominador de sua personalidade é muito forte.
Entretanto, mais uma vez, vale o que o dominador e a submissa pactuam para deixarem ambos satisfeitos com o relacionamento.

4) Uma mulher que testemunhou violência doméstica na infância por anos tem condições de aceitar e ser uma submissa sem pirar, em decorrência de seus traumas, quando práticas que remetam à situação traumatizante sejam utilizadas?
Em diversos casos de violência doméstica, denunciados ou não, há a crença, geralmente por parte do agressor, de que a vítima já seria uma submissa, porque aceita aquela situação. Mas, que fique claro: particularmente, NÃO aceito esse determinismo, nem sou a favor desse tipo de re-

lacionamento, que julgo, este sim, doentio, porque forçado. Veja bem, o homem que agride uma mulher não é dominador, mas sim o típico machão covarde, que só consegue se impor mediante violência. Mas não creio que a mulher que não denuncia confirme uma submissão por si só, porque violência doméstica é uma coisa e relacionamento BDSM é outra, não havendo conceitos que poderiam ser aplicados às duas situações com todo o sentido que carregam.

Caso a mulher que sofreu ou presenciou violência doméstica encontre um dominador de verdade, primeiro terá que vivenciar uma relação de carinho e de confiança com ele, a fim de que ambos atinjam seus objetivos, que é viverem uma relação D/s plena e que proporcione o máximo de prazer a ambos. O fundamental nessa situação, como em qualquer relação dessa natureza, é o estabelecimento de uma relação consensual.

Para uma mulher que presenciou violência doméstica, é muito complicado superar seus traumas, porque muitas vezes ela acaba se envolvendo justamente em situações parecidas quando se torna adulta. Mas, ressalto novamente, Patrícia, os artifícios, atos e técnicas do BDSM não devem ser vistos sob a égide da violência, pois tudo se trata de algo estritamente voltado para a satisfação dos sentidos e para se alcançar o maior prazer possível de acordo com as preferências e, volto a dizer, escolhas e consenso dos envolvidos.

Nessas condições, é perfeitamente possível, sim, haver uma relação D/s, porque um dominador deve ter calma e paciência para lapidar aquela pedra bruta e transformá-la em uma joia com suas próprias mãos. Mas é imprescindível, igualmente, que a mulher envolvida esteja preparada e disposta a fazer concessões quando isso for importante para o relacionamento de ambos.

5) A fim de ter um relacionamento verdadeiro e feliz com o amor de sua vida, vale a pena uma mulher arriscar-se a conhecer e viver uma experiência D/s, mesmo sabendo das restrições expostas nas perguntas acima?

Bem, em minha opinião, da parte do dominador deve haver discernimento e percepção para averiguar a personalidade de sua possível submissa. A menos que ela seja fútil e seu interesse esteja apenas na aparência, dinheiro e outros aspectos, uma relação assim pode não funcionar, porque ela não terá conteúdo suficiente para entender as, digamos, nuances de um relacionamento D/s. Mas se, ao contrário, a mulher seja minimamente inteligente para se permitir viver em harmonia com o homem que ama, ela vai certamente querer fazer um pouco mais no sentido de fazê-lo feliz. Porém, não adianta a mulher simplesmente dizer ao seu companheiro que está disposta a apanhar para que ele fique satisfeito e que ela quer que seja assim daquele momento em diante. Não existe isso! Uma relação D/s deve ser construída tijolinho por tijolinho, cujo alicerce precisa ser a confiança que um tem no outro e em ambos juntos.

6) Como ficar segura de que não sairá violentada e machucada por tentar o exposto na pergunta acima, inclusive a ponto de a consequência ser o término do namoro, sem chance de volta?
Patrícia, esse é um risco que todos corremos em qualquer relacionamento ou namoro, sejam eles D/s ou não... Portanto, não há qualquer garantia ou segurança. O que vale, a meu ver, é o quanto cada um não só está disposto a arriscar, mas também, principalmente, o quanto tem CONDIÇÕES *de arriscar e o que pode* AGUENTAR COMO CONSEQUÊNCIA *desse tipo de tentativa, seja o sucesso ou o fracasso. Você não é mais uma menininha e sabe que todas as nossas ações e decisões carregam respectivas e incertas consequências. Você é a única pessoa que pode verdadeiramente responder para si mesma esta última pergunta que fez.*

Espero ter esclarecido minimamente suas dúvidas. Em qualquer caso, aconselho essa mulher a se aprofundar e refletir bastante a respeito do assunto, de preferência com o homem que diz amar.

Não saio do quarto nem para almoçar, fico refletindo a respeito de todas as novidades do dia e do que vou fazer daqui para a frente diante disso tudo. Exatamente às 17h, ouço baterem na porta. Ainda bem que não entra, pois ainda estou com todos os objetos espalhados em cima da cama.

— Quem é?

— Oi, é a Maria Dolores. Você não desceu para almoçar, então subi. Quer comer alguma coisa?

Dou-me por satisfeita com minhas reflexões e resoluções após ter lido as respostas do Dom Leon, do qual me despedi de vez. Expliquei que não poderia manter nossa amizade sem o conhecimento do meu garanhão, para que não se sentisse traído por mim. Agradeci muito por ele ter sido um bom amigo, sempre esclarecendo minhas dúvidas e incentivando-me a ir além em meus relacionamentos; foi este, aliás, um dos fatores que me ajudou a resolver dar brecha para as investidas do Carlos. Ele compreendeu e concordou com minha posição, desejou muitas felicidades a mim e também à "mulher que está interessada no amigo dominador do meu namorado", a fim de que ela tenha muita sorte, sucesso e sabedoria ao tentar um relacionamento D/s com ele. No fundo, deve saber que tudo gira em torno de mim e do meu namorado, mas é elegante o suficiente para omitir este conhecimento. Também não excluí o Dom Leon dos meus contatos do Facebook, mas desconfio que ficarei longe do mundo virtual durante um longo período...

Preciso mesmo é me alimentar bem, porque vislumbro uma maratona animadora pela frente. Ora, desde a hora em que descobri aquele plugue anal vibratório, eu e o Sr. G tivemos a certeza de que devo dispor de muita energia para gastar na missão de descobrir na pele para que servem alguns dos itens da maleta. Afinal, sexo duro e cru eu posso ter com qualquer homem, mas este desejo de me entregar e de dizer que sou exclusiva pertence apenas ao Carlos. Nunca ninguém chegará comigo a este patamar que ele chegou.

Não chego ao exagero de dizer que prefiro, agora, viver intensamente uma relação D/s. Para mim, a submissão total é algo a ser trabalhado, mesmo que restrita a quatro paredes. Mas é possível experimentá-la de vez em quando e com muitos, muitos limites rígidos. Aprendi a diferenciá-la do relacionamento dos meus pais, que era abusivo, doentio, cheio de imposições e no qual as punições não eram castigos de prazer. O Carlos já me provou não ser como meu pai e, por este motivo, vou permitir que ele teste e expanda meus limites.

Cheguei a esta conclusão depois de muito pesquisar na internet a respeito da violência doméstica. Tive de fazer isso para ver a diferença entre os relatos dessas mulheres e aqueles feitos por submissas. As primeiras só mostram o quanto sofreram e ainda carregam muitas dores e traumas, cuja cura requer um longo caminho a ser percorrido. Já as segundas deixam clara a satisfação que têm em seus relacionamentos não ortodoxos. No fundo, tenho temores, afinal, não é de uma hora para outra que irei me desfazer de medos que estavam escondidos em meu subconsciente a vida toda e que só recentemente vieram à tona.

Por outro lado, tudo o que vivi com o Carlos até agora é um encorajamento para ao menos tentar. Sei e sinto que cada beijo que recebo dele não se resume apenas ao encontro de nossos lábios, mas traz uma carga emocional oriunda do encontro de nossas almas. Meu corpo está sempre pronto para o seu toque, estando ele perto ou longe de mim, sabendo que ele rege-o onde quer que esteja! Desejo sempre suas carícias maravilhosas e carregadas de sentimentos intensos. Já não posso mais viver sem elas.

— Maria Dolores, descerei em dez minutos — respondo rápido, para evitar que ela entre no quarto. Antes, separo tudo o que acho que vou precisar, juntamente com a minha surpresa.

Mal consigo comer, tamanho meu nervosismo. É uma decisão bastante radical, isto é, permitir colocar-me em situações totalmente opostas ao que sempre dei como certas e diante das quais sempre me posicionei contra. Volto para o quarto, a fim de pôr meu plano em ação. Quando tudo está quase pronto, desço de novo para dar as últimas instruções à Maria Dolores. Mal termino de falar, toca o interfone, e o segurança, atendendo ao nosso pedido, nos informa da chegada dele.

— Maria Dolores, preciso de apenas mais dez minutinhos! Confio em você para segurar o Carlos aqui embaixo durante esse tempo.

Subo as escadas correndo, preparando o que falta em tempo recorde. O timing é perfeito, porque assim que finalmente dou tudo como pronto, ouço seus passos no corredor. Fecho os olhos e respiro fundo, rezando para que Nossa Senhora das Mulheres que são Loucas por seus Homens ajude que tudo dê certo. A porta se abre. Em seus olhos, vejo espanto, admiração, mas, sobretudo, amor... e muito calor...

Capítulo 8

Carlos Tavares Júnior...

    Desanimado e meio decepcionado pela provável mentira de minha menina, abro a porta do quarto e me deparo com a visão mais linda da minha vida. Lá está ela, usando uma *lingerie* transparente, cinta-liga e meias pretas, ajoelhada sobre os calcanhares, com as costas retas, a cabeça baixa e as mãos descansando sobre o colo. Tão ou mais linda do que nos meus sonhos, pronta, provocadora e entregue. Imediatamente sinto minha ereção pulsando e os instintos mais primitivos se apossam de mim...
    A chama das velas recorta sua silhueta na penumbra do quarto, destacando sua bela e etérea figura, que mexe com todos os meus sentidos. Mais do que surpreso, estou perplexo, porque, junto da felicidade, alguns porquês se formam nos meus pensamentos... Porque, ao redor dela, estão alguns acessórios que gosto de usar e que sempre lhe escondi. Sobre a cama, vejo uma das maletas pretas em que guardo alguns deles, o que responde em parte à minha primeira pergunta.
    Sua iniciativa sugere que ela está disposta a me conhecer melhor, que confia em mim e aceitará o meu domínio. Encaro-a fixamente, antes de conseguir falar.
    — Você é simplesmente a mais bela visão que tive o privilégio de admirar e a melhor surpresa que recebi na minha vida.
    — Verdade? — diz, sensual e provocante, parecendo mover suas articulações faciais para evidenciar sua pinta "possua-me" que tanto me hipnotiza. — Ora, então por que continua parado como dois de paus nessa porta? Passei a tarde toda procurando conhecer aspectos do senhor dos meus desejos que ainda não conhecia.
    A menção à palavra senhor mais uma vez funciona como um apelo ao meu desejo de dominação sobre seu corpo e alma.

— E o que foi que a minha menina-mulher descobriu do seu senhor? — Basta isso. Suas conduta e palavras mostram que ela está bem consciente de algumas de minhas preferências sexuais... Movo-me na direção da cama, tirando a gravata que aperta meu pescoço, e sem perdê-la de vista.

— Descobri que ele tem muito bom gosto, que ele não exagerou nem uma vírgula quando falou da Maria Dolores e que sua casa é esplêndida. Quanto ao restante, ele terá de descobrir sozinho...

— Então, isto significa que a minha menina-mulher está aqui há bastante tempo? — pergunto, cautelosamente sondando-a, circulando a cama.

— Acho que quase o dia todo. Afinal, precisava precaver-me e deixar o trator preparado e prontinho para fugir, caso não fosse bem-aceita pelo senhor dos meus desejos. — Ela brinca, mas, no fundo, nota-se a incerteza quanto ao que esta noite poderá significar.

— Caso não fosse bem-aceita? — Deslizo a seda da gravata por seu dorso e as luzes bruxuleantes das velas realçam seus pelos arrepiados. — Não nesta vida! — acrescento, feliz por seu corpo responder a mim tão prontamente. — Aliás, você será bem-aceita em todas as vidas que eu tiver.

Nas últimas semanas, convivemos como amantes, aproveitando todos os momentos possíveis para nos conhecermos um pouco mais. Ela se abriu para mim quanto ao seu passado traumático e trágico, cujos efeitos pude compreender e absolver. Nunca imaginei o quanto isso tudo seria importante! Na verdade, foi um verdadeiro presente, pois me deu condições de ter o discernimento necessário e adequado para conciliar os meus desejos e inclinações sexuais à pessoa que ela é, para que tudo seja prazeroso para ambos no tempo devido.

— Fiquei em dúvida... — continua me provocando, mordendo os lábios. — Você me deixou solitária e carente esta manhã ao desprezar meus lábios.

— E foi por isto que mudou de ideia quanto aos seus planos para esta noite?

Toco levemente seu ombro com a gravata, descendo-a até seu colo, louco de vontade de substituí-la por minhas mãos. Seus arrepios se intensificam e percebo que ela se contorce disfarçadamente devido à seda. Preciso ganhar tempo. A emoção de encontrá-la na posição de uma submissa foi grande demais, porém, o fato de ela ter achado e aberto a maleta é muito significativo, faz-me oscilar entre o aborrecimento pela invasão de privacidade e o alívio por se mostrar receptiva ao que encontrou. É fundamental que eu consiga detectar e compreender bem o que ela está sentindo e imaginando quanto ao significado de cada item. Considerando suas experiências de infância, ela pode detonar uma bomba de pavor ou criar suposições infundadas.

— Não houve mudanças de planos, meu senhor... — sussurra entre gemidos e com a respiração acelerada. — Meus planos de hoje estão definidos desde a noite passada.

— Sabia que não falava a verdade hoje pela manhã! — Debruço-me sobre ela, com a expressão bem séria, e toco seus lábios com os meus. Ela entreabre a boca, receptiva, mas eu recuso a oferta e me afasto.

— Uma mentirinha boba, não acha? — Ela lança um olhar sensual, deslizando sua mão pelo próprio corpo, em movimentos sedutores.

— Mesmo que boba, não gosto de mentiras, Patrícia! — digo severamente, observando sua reação às minhas palavras. — Hoje está tudo bem, porque vejo que foi apenas uma estratégia para não estragar a surpresa que me faria, mas quando se tratar verdadeiramente de uma mentira, farei com que arque com as consequências.

— Huuum... Bem, então, como se trata de uma... digamos... travessura, significa que receberei grandes gostosuras? — Ela desliza a mão pelo meu peito sobre a camisa. Seguro seu pulso com força, imobilizando-o, mas sem machucar.

— Não, minha menina! Essa travessura vai lhe render uma punição, sem você ter garantia de que será prazerosa, porque a decisão está irrevogavelmente em minhas mãos.

Brinco com a gravata agora por sua barriga, subindo até um seio e passando para o outro, deixando-a ansiosa e incerta quanto ao que serei capaz de fazer. Para enfatizar o que digo, afasto a renda que cobre seu seio direito, levo minha boca até ele, sopro várias vezes, deixando o bico ainda mais enrugado do que já estava. Toco-o muito levemente apenas com a ponta da minha língua, mas ela empurra-o contra minha boca para que o tome completamente. Levanto a cabeça para fitá-la e digo.

— Eu decido quando e como a degustarei. Você deve limitar-se a aguardar o que estou lhe reservando. — Desço minha boca novamente ao mesmo seio e o mordo delicadamente, chupando em seguida; ela não se contém e geme alto.

— Ah, meu senhor... Muito má esta punição... porque me faz desejar muito mais disso!

Minha menina, você não faz nem ideia das coisas que lhe farei desejar hoje, diante da variedade de acessórios que você escolheu, penso comigo.

Ela está aqui para mim, na minha cama, esperando-me totalmente entregue. Seus olhos brilham a ponto de ofuscar qualquer incerteza. Esta menina-mulher é somente minha! E hoje serei dono dos seus desejos mais profundos. Amanhã ela terá a exata consciência de que sou o seu senhor. E, se ela me aceitar e permanecer ao meu lado, nunca mais sairá da minha vida. Não quero mais viver inseguro quanto ao futuro de nossa relação após o impacto das revelações que ainda não fiz. Ela merece saber toda a verdade. A maleta foi apenas o primeiro passo. Logicamente, não é apenas isso que determinará se seguiremos em frente ou não, mas sim, o tempo, o fator principal que precisamos ter.

Respiro fundo para afastar o nervosismo e poder me concentrar em fazer aquilo que faço de melhor. Sei que nada será como antes após esta noite, mas moverei céus e Terra para fazer com que cada momento seu ao meu lado valha a pena.

— Está tudo bem? — pergunta, ao perceber meu silêncio.

— Tudo certo!

Vagueio meus dedos lentamente por seus braços, já antevendo no que a bela cabeceira da cama, desenhada e esculpida com desenhos provençais vazados, vai ser útil. Percebo que seu corpo dá mostras de prazer diante das minhas provocações. E, mesmo adorando vê-la sentada sobre os calcanhares, necessito dela em posição ainda mais vulnerável. Então, deito-a de costas na cama, amarro seus pulsos com a gravata e levanto-os acima da sua cabeça de maneira a prendê-la à cabeceira da cama.

— Perfeita! Linda! — exclamo, sentindo meus testículos doerem diante de sua passividade. Fico uns momentos apenas admirando-a como a uma obra de arte. Minha obra de arte!

Só há um detalhe conspurcando a perfeição do momento. Preciso ser completamente honesto e verdadeiro com ela.

— Sou o Dom Leon! — falo na lata porque não há como amenizar uma revelação dessas.

Silêncio total. Meu coração acelera. Seus olhos estão imensos em seu rosto lindo, mas não me deixam perceber seus pensamentos a respeito do que lhe disse.

— Você é o Dom Le...

Ela não consegue terminar de falar porque cai na maior gargalhada, daquelas incontroláveis, mas extremamente prazerosas. Confesso que fico espantado, não entendo a reação. Esperava tudo, menos isso! Será que ela está rindo de nervoso? Apesar da aparente alegria, vejo deslizar uma lágrima por seu rosto e meu coração fica apertado, muito inseguro e, admito, com medo do que ela possa estar sentindo algo bem diferente, que a gargalhada mascara...

— Leôncio... — fala entre as risadas. — Eu imaginei... — Mais altas, que me contagiam e me levam a esquecer tudo, rindo com ela. — Você me enganou mesmo... isto não se faz... — As palavras começam a sair mais claras, mesmo que ainda entre risos. — Eu cheguei a imaginar o Dom Leon parecido com o amigo do Pica... — Ri mais alto, interrompendo as palavras. Desisto de entender sua reação. Então, falo eu.

— Minha tão desejada e escorregadia quimera, esta foi a única maneira que encontrei de me aproximar de você sem que fugisse de mim que nem o diabo da cruz. Na verdade, eu não sou o Dom Leon exatamente. Esse perfil foi criado pelo Nandão. Descobri que ele tinha esse *fake* no mesmo dia em que você o adicionou como amigo. Foi muita coincidência, mesmo, mais uma forma que o destino encontrou para entrelaçar nossos caminhos. — Enquanto conto os detalhes de como tudo aconteceu, percebo que suas risadas vão diminuindo e ela tenta puxar os braços. — Não a imobilizei para impedi-la de fugir novamente, mas porque quero lhe dar o maior prazer possível em situações diferentes das que está habituada. E precisava fazer esta confissão, pois nosso relacionamento, a partir de agora, exige total transparência e honestidade de ambas as partes.

Ela parou de rir e sua expressão torna-se uma incógnita para mim. Sem me sentir intimidado, porém, continuo contando cada detalhe. Esclareço que as conversas que tivemos por lá foram fundamentais para conhecermos um ao outro. Ela me encara fixamente e me surpreende com suas palavras firmes.

— Carlos Tavares Júnior, se eu contar as coisas que imaginei a respeito do Dom Leon, você vai rir tanto quanto eu. Que bom que confessou isso agora, e percebo que lhe fez muito bem, devia estar entalado em sua garganta. Imagino o quanto foi difícil para você manter essa situação escondida de mim! Admito que foi, sim, uma traquinagem muito inteligente de sua parte. Mas chego a me sentir lisonjeada por você ter ido contra seus princípios mais radicais para me conquistar! Assim, tenho certeza da intensidade do seu amor por mim, meu Dom Garanhão! Sou toda sua para fazer de mim o que desejar, meu senhor!

Nunca, em toda a minha vida, fui do medo total à felicidade suprema tão rapidamente! Essa mulher é uma Pandora às avessas, que abriu para mim uma caixa cheia de surpresas maravilhosas e me tirou do vazio emocional em que vivia. Agora me resta o prazer de lapidar minha joia bruta e rara, a fim de que conciliemos nossos desejos e prazeres. Minhas mãos voltam a passear por todo o seu corpo, proporcionando a ela a maior satisfação do mundo.

— Patrícia Alencar Rochetty — pronuncio seu nome completo. — Preciso que me prometa que, a partir desta noite, vai conversar comigo sobre qualquer dúvida que tiver a meu respeito. Quero que você tenha total e irrestrita confiança em mim e conheça tudo o que tenho de melhor e pior até o fundo da minha alma.

— Pior? — Ela arqueja e puxa o ar com força, em um claro sinal de apreensão, mesmo que de brincadeira.

— Sim, pior! Mas, primeiro, preciso que prometa isso! — Deslizo minha língua da sua face até a orelha, meu hálito quente causando arrepios em sua pele. — Tenho certeza de que você vai gostar de tudo o que vier depois disso.

— Dom Garanhão, o que já conheço do fundo da sua alma já me basta. Mas, se há algo mais a acrescentar, vou receber tudo de braços abertos... Ops! — Ela levanta a cabeça, divertida. — Quero dizer, de braços levantados e fechados.

Ela não me promete nada e eu busco dentro de mim o autocontrole, a paciência e a tolerância necessárias para lidar com a questão, porque desta vez sua audácia não me amolece. Preciso deixar claro que levo tudo isto muito a sério e com responsabilidade total. Ela dizer que quer se entregar é apenas uma frase. Importante é compreender a dimensão dessa entrega, em que um simples toque meu significa a posse da sua alma sem eu ter que pedir licença. Por isso a confiança é o pilar fundamental desse tipo de relacionamento: ela precisa estar segura de que não ultrapassarei seus limites.

— Prometa-me, Patrícia! Trata-se da base de um relacionamento como este!

— Dom Garanhão, prometo, prometo e prometo... — enfatiza, com voz firme. — Porque tenho total e absoluta confiança em você, meu senhor! — O olhar que me lança é a prova de que, de fato, está assumindo o compromisso de cumprir o que está a prometer.

— Nunca se esqueça disso — falo, já com voz de comando. — Estarei com você hoje aqui... — Toco sua testa e depois espalmo minha mão do lado esquerdo de seu peito, para mostrar bem o que a verdadeira entrega significa. — ... e aqui... sempre!

— Se a insistência por eu prometer alguma coisa tem o objetivo de me assustar, informo que começa a fazer efeito.

— Não é! Jamais farei intencionalmente nada que a machuque ou a magoe. O alicerce da confiança é a verdade, que não deve deixar brechas para a invasão do talvez. Confie em mim, minha menina, tudo o que mais quero é que você crie asas para voar, porém, com a certeza de que tem um porto seguro. Sempre lhe darei motivos para querer estar comigo. — Minha ereção torna-se grande demais para o espaço justo da minha calça.

Um ponto resolvido, fico admirado pelos itens que ela tirou da maleta, achei que fosse pirar quando se deparasse com eles. Agora é hora de testá--los, aprová-los e descobrirmos o que mais ela tolerará.

A luz das velas me permite divisar algumas fitas pretas e vermelhas, um plugue anal um pouco maior do que eu usei nela em outra ocasião, com um rubi na parte externa, bolinhas tailandesas cromadas — levanto a sobrancelha admirado por sua ousadia — e um vibrador. Não sei se consciente ou inconscientemente, mas ela selecionou acessórios indolores, optando por aqueles usados mais para apimentar o sexo baunilha. Mesmo assim, foi um grande passo para desmistificar a noção equivocada que ela tem de relações D/s, que acredita necessariamente incluírem dor.

Enquanto me dispo peça por peça, nossos olhos, que não se desviam nem por um momento, parecem conter um mundo de significados. Os dela refletem a insegurança e as dúvidas que vagam por sua cabeça; os meus demonstram que ela pode e deve confiar em mim para inseri-la nesse mundo. Não adianta eu ficar com longas e detalhadas explicações técnicas: isso quebraria o clima, além do que, certas coisas ela só vai entender na prática.

Uma relação D/s é bem particular e específica, sendo construída a partir do consenso a que ambos, dominador e submissa, chegam juntos, baseados na experiência de ambos um com o outro e não naquelas que porventura tiveram com outros parceiros. Apetrechos específicos e indumentária adequada são importantes para criar um clima, entretanto, para mim, o mais interessante em um relacionamento dessa natureza não é o que se faz, mas o que o outro pensa que poderá ser feito. Tortura psicológica é, de longe, muito mais eficiente do que qualquer tortura física, desde que, logicamente, proporcione prazer mútuo. E agora, com todo esse amor entre eu e minha quimera, a experiência torna-se ainda mais intensa e quente.

Monto sobre seus quadris, prendendo-a entre as minhas pernas, espalmo minhas mãos em seu baixo ventre e vou subindo-as, sempre pressionando os locais por onde passam, até chegarem aos seus pulsos dos quais solto a gravata, cheirando, lambendo e beijando eles. Dou nela um beijo profundo, forte e exigente. Quero deixá-la bem excitada para o que vou fazer.

— Minha menina surpreendente, você viverá sensações que nunca viveu antes.

Pego o plugue anal, passando-o por seu braço nu, fazendo com que cada pelo de seu corpo arrepie-se em contato do acessório e por causa do medo que sente por não saber onde e como vou usá-lo. Ponho o objeto em sua boca e ordeno.

— Chupe-o bem gostoso como se estivesse saboreando meu próprio pau e encharque-o com sua saliva! — Ela obedece sem qualquer hesitação ou protesto, provando que sua entrega é real. — Perfeita! Não esperava menos de você, quimera!

Vê-la chupando o plugue leva-me à loucura e quase perco o controle ali mesmo. Levo minhas mãos trêmulas aos bojos de seu sutiã, acariciando seus seios, ao que ela responde levantando os quadris contra mim, roçando-os em minha ereção. Inicio um movimento de vaivém com meu membro na extensão do seu monte de Vênus. Excitada, ela aumenta a velocidade de seu roçar em mim. Em um átimo, puxo seu sutiã com força, rasgando-o ao meio e tirando-o pelos seus braços com violência. Sua única reação é uma rápida interrupção dos movimentos. Logo a seguir, porém, arqueja contra o plugue e recomeça, ainda mais rápido.

Desço minha boca para seus seios, mordiscando cada um deles. Saio de cima dela, viro-a de bruços e começo a dar leves mordidas em suas costas, até chegar ao seu bumbum delicioso! Mordo igualmente ambos os lados de suas nádegas e a ponho de joelhos, porém, com a cabeça e os braços colados à cama.

Começa o período de testes dos acessórios. Rasgo sua calcinha sem qualquer aviso e lambo sua vagina, também mordiscando de leve, intercalando tudo com chupadinhas e palavras. Coloco o braço na maleta e caço uma das garrafinhas com óleo, que, quando espalhado sobre o corpo e friccionado, aquece e transmite uma sensação deliciosa. Pelo tato, localizo o recipiente em forma de cupido.

— Menina gostosa e com sabor inebriante, você gosta de sentir minha língua provando você e penetrando-a em cada recanto deste lugar simplesmente enlouquecedor, não é?

Ela apenas balança a cabeça em sinal afirmativo. Estremeço de tesão ao vê-la chupando o plugue. Besunto os dedos de minhas duas mãos com o óleo e dedilho delicadamente seu traseiro, de cima para baixo e de baixo para cima, sempre fazendo uma leve pausa ao passar por seu lindo orifício enrugado. Ao mesmo tempo, começo a penetrar sua vagina com um dedo, depois dois. Ela grunhe e eu digo.

— Quietinha! Não permiti que gemesse.

Começo a aprofundar a ponta de um dedo em seu ânus, devagar, entrando um pouco mais enquanto continuo masturbando-a com a outra mão. Ela fica bem excitada, e intensifico mais os movimentos, até penetrá-la com um dedo depois do outro. Como não lhe permiti gemer, ela se mexe de maneira alucinada. Percebo que ela está quase gozando, o que não quero que aconteça agora. Retiro meus dedos de dentro dela, puxo-a pelo cabelo contra mim com força.

Chego minha boca pertinho de seu ouvido e sussurro:

— Está gostando do que teve até agora, minha menina? — Diante do silêncio, exulto pelo fato de ela ter entendido que só deve falar quando eu permitir. Ela faz um movimento afirmativo com a cabeça, os olhos cerrados de tanto prazer. Coloco minha língua em seu ouvido e exploro-o, enquanto retiro o plugue de sua boca, substituindo pelos dedos que estavam em sua grutinha quente. — Prove o seu sabor gostoso, menina! Então você entenderá por que eu gosto tanto de prová-la e lambê-la...

Coloco o plugue em minha própria boca, pego as bolinhas tailandesas cromadas e troco meus dedos em sua boca por elas.

— Mantenha-as aí até que eu as tire, entendeu?

Ela novamente balança a cabeça em sinal positivo, porém, não sem antes mostrar um ar gozador que me deixa intrigado. Faço-a voltar à posição anterior, com seu belo *derrière* voltado para cima, usando meus dedos outra vez em ambos os locais. Após alguns minutos, tiro o plugue da minha boca e, vagarosamente, vou inserindo-o onde meus dedos estavam. O movimento de minha outra mão fica mais acelerado e digo.

— Vai, menina, monta gostoso em minha mão que você está encharcando de tanto prazer.

Ao mesmo tempo, enfio o plugue completamente no seu outro orifício. A visão do rubi piscando em seu traseiro é de abalar o mundo de um pobre mortal como eu! Nunca imaginei que seria tão difícil manter o controle em uma situação dessas com a Patrícia. O que era brincadeira de criança com outras submissas, com ela é um duro teste de resistência! Preciso desacelerar, senão, acabarei possuindo-a com violência e loucura, feito um troglodita.

Tiro meus dedos de sua vagina, levo minha mão até sua boca e ordeno:

— Abra a boca e me dê as bolinhas, Patrícia! Agora!

Ela obedece prontamente e libera as três pequeninas bolas, que pego e seguro em minha mão. Novamente estampa uma expressão de riso em sua face que, por minha vez, ignoro. Volto à sua vagina após lamber toda sua espinha e meto minha língua o mais fundo possível em sua grutinha encharcada. Passo a chupar seu brotinho e vou enfiando, uma a uma, as bolinhas em sua vagina, desejando que fosse meu membro. Em um primeiro instante, ela se arrepia e fica tensa, mas logo se distrai e relaxa. Devidamente preenchida, ponho-a novamente ajoelhada, sentada sobre seus calcanhares. Ele olha para mim como se não acreditando que eu parei com as carícias. Eu me aproximo de sua boca, passo a língua por seus lábios e digo contra eles:

— Minha menina linda, a partir de agora vou exigir um pouco mais de você... — Ela arqueja, ansiosa. — Como sabe, trabalhei o dia todo e desejo tomar um banho. Enquanto isso, quero que fique aqui quietinha, exatamente nessa posição. Use esse tempo para pensar no que sente com esses acessórios dentro de você, invadindo-a. Quando eu voltar, nem imagina o que farei com você.

Ela morde os lábios e seus olhos brilham. Faço uma trança com seu cabelo reluzente como caramelo, para tirá-lo de frente do seu rosto. Coloco-a para o lado e mordisco sua nuca exposta. Ela estremece todinha, mas, seguindo minha ordem, não geme. Estou realmente muito fascinado com sua resposta tão pronta à submissão que lhe imponho. Embora esteja impaciente para tomá-la e entrar com tudo em seu corpo, hoje não se trata dos meus desejos, mas dos dela. Sussurro em seus ouvidos o que acho que estou dizendo mais para mim do que para ela.

— A paciência é um ponto fundamental para o que lhe espera. — Mordisco sua orelha e seu corpo estremece outra vez. — Fique assim, nessa posição, e espere-me o tempo que for preciso. Não me desobedeça, porque só quem sairá perdendo é você...

Levanto-me da cama e, sorrindo, dirijo-me ao banheiro.

Abro a água gelada para acalmar minha tremenda excitação, o que é quase impossível. Acho que foi mesmo o banho mais rápido que tomei na vida. Mal termino, percebo que meu celular vibra sem parar. Obviamente não irei atender, tenho outros assuntos com que me ocupar. Não posso sobrecarregá-la com a espera logo em nossa primeira vez. Mas as vibrações continuam, intermináveis. Enrolo a toalha na cintura e vejo o nome do Nandão no visor. Resolvo atender, porque não é do feitio dele insistir.

— Espero que seja algo muito importante, caso contrário, da próxima vez que nos encontrarmos, você será um homem morto.

— Cara, tentei falar com você a tarde toda!

— Passei praticamente o dia todo nas adegas, onde não pega sinal de celular, você sabe. O que aconteceu para você ficar tão preocupado?

— Aconteceu a sua Patrícia, seu dom fujão! Ela enviou mensagem ao Dom Leon hoje e imediatamente tentei falar com você. Agora ficou claro que não teria como atender!

— Ela está comigo agora e já sabe do lance do Dom Leon.

— Isto é bom, porque você me deve mais uma. E a conta vai aumentar quando eu enviar todo o papo que rolou para você. Vou encaminhar inbox mesmo, ok? E, cara, confesso, fiquei revoltado ao descobrir que ela foi vítima de violência doméstica!

Dou um longo suspiro e resolvo explicar alguns pontos ao Nandão. Acho justo, já que o perfil era dele e fui eu que me beneficiei. Conto a história resumidamente e, no fim, para aliviar, digo em tom de brincadeira:

— Reconheço que te devo uma. Prepare seu traseiro para receber uma forte e profunda estocada como agradecimento...

— Não nesta vida, bonequinha! Vai lá, cara, vou enviar a conversa e acho importante você ler. Relaxa, nunca falarei disso com ninguém.

Despedimo-nos e não consigo deixar de sorrir com nossas brincadeiras. As mensagens começam a chegar sem parar. Embora com pressa de voltar ao quarto, leio tudo atentamente e impressiono-me com a coragem dela em se expor tanto apenas para me agradar. Não tenho dúvida de que essa mulher é perfeita para mim!

De volta ao quarto, vestido apenas com um jeans surrado que peguei no closet, observo-a aparentemente calma aguardando-me. O que para mim durou um instante, para ela representou um longo tempo.

— Estou orgulhoso de você! — Pego o vibrador que ela escolheu, ligo-o e deslizo-o lentamente por seu corpo até chegar aos seios, alternando os toques do brinquedo erótico entre um e outro. Sua garganta estremece com sua respiração acelerada. — É adorável ver seu corpo arrepiado! Levante-se, Patrícia! — Ela morde os lábios, solta um longo suspiro e levanta-se com muita dificuldade, comprimindo uma coxa na outra. Eu a ajudo, temendo que ela sofra algum desconforto. O líquido viscoso que desce por suas pernas deixa-me ao mesmo tempo satisfeito e sedento. Novamente me esforço para me conter e encosto o vibrador próximo à sua vagina. Sei que isso agita as bolinhas dentro dela, o que lhe causa um prazer enorme.

— Pode gemer, menina! Mas ainda não tem permissão para gozar.

Para minha surpresa, o primeiro pedido que ela faz é por água, pois está com sede. Abro o frigobar e pego uma garrafa de água gelada, exibindo-me para ela no caminho, porque sei o quanto ela adora meu corpo. Levo a garrafa até ela e faço-a beber. Ela está tão vulnerável e emocionalmente afetada que não consegue beber direito. Sensibilizado, resolvo facilitar sua vida. Ingiro um grande gole de água gelada e, feito passarinho apaixonado, passo de minha boca para a dela, que não só aceita, mas também agradece.

— Obrigada, senhor!

Minha ereção volta a pulsar dura e pungente ao ouvi-la me chamar de senhor de uma forma tão doce!

— Acho que você não assimilou bem minhas ordens... — Puxo-a pela trança até que seu rosto fique próximo a mim. — Não lembro de tê-la permitido falar, mesmo que fosse para agradecer.

Ela resiste bravamente e não responde à minha provocação, embora eu veja sua usual e maravilhosa chama de rebeldia brilhar em seus olhos. Sem soltar sua trança, busco seus seios e meus dentes trabalham sobre eles. Sugo de forma firme, sentindo o calor do seu sangue a cada chupada, o que me leva à loucura. Meus testículos parecem cristalizar-se em pedras, meu membro dói de encontro ao jeans justo. Ela murmura alguma coisa e mais uma vez não consigo decifrar, apenas vejo em seus lábios a insinuação de algum desabafo.

— Patrícia, vou lhe dar permissão para dizer agora tudo o que lhe vai na alma, em alto e bom som! Quero saber tudo o que sentiu e pensou desde que começamos este jogo. — Ela me fita com uma expressão de dúvida irônica, como se estivesse em dúvida sobre falar ou não. — Tem algo a dizer?

Sua reação me surpreende, outra vez. Ela explode em gargalhadas intermináveis, não sei se porque realmente está se divertindo ou como uma reação a tanta sobrecarga emocional que lhe está sendo imposta. Se bem conheço minha menina, o nervoso pesa mais na balança, mas preciso confirmar minhas impressões. Tenho que deixar claro para ela que sou um dominador, sim, mas, antes de me denominar como qualquer coisa que seja, ela tem que estar segura de que sou um homem honrado que a respeita acima de tudo.

Massageio e belisco seus seios duros com ambas as mãos, e ela imediatamente para de gargalhar e geme alto, mostrando-se tremendamente excitada com a dor que a ação lhe causa. Faço uma anotação mental de que, mesmo sob dor, seu corpo responde e aceita muito bem.

— Agora fale tudo o que está sentindo, sem me desrespeitar com suas gargalhadas. Por que riu tanto?

— Tenho permissão para rir e falar livremente, senhor Dom Garanhão? — De certa forma, fico aliviado ao ver que ela continua brincalhona, estava com receio de que ela estivesse apavorada com o que estava acontecendo. Aceno de forma afirmativa com a cabeça e ela continua, rindo, perceptivelmente aliviada por poder falar e agir sem ter que se policiar. — Se você soubesse no que pensei quando vi algumas dessas coisas, estaria rindo comigo, Carlos! — ela passa a falar entre risos. — Sabe essas bolinhas bonitinhas? Eu achei que eram aquele brinquedinho que a gente balança uma bolinha para bater na outra, esqueci o nome agora, sendo que até tentei brincar com ele. — Ela ri muito e não consigo evitar de gargalhar com ela ao imaginar a cena

— Bom, lógico que não consegui, então, pensei que seriam usadas como uma espécie de açoite em mim. Entre elas e o abominável chicote, aqueles prendedores esquisitos ou aquele negócio que parece uma espátula, preferi escolher as bolinhas, mesmo porque fiquei super curiosa para ver como você brincaria com elas! Aí pensei comigo, Nossa Senhora dos Brinquedinhos Esquisitos, não deixe que minha curiosidade volte-se contra mim, por favor! Já pensou você me açoitando com isso? Quem diria que, ao contrário do que pensei, a sensação dessas bolinhas dentro de mim me levaria à loucura!

Rio desavergonhadamente. Imagino-a pegando cada um dos acessórios e deixando sua imaginação fértil correr solta! Não posso negar que deve ter sido uma cena muito divertida. Gargalhamos até quase perder o fôlego. Quando por fim nos acalmamos, resolvo deixar claro para ela o que penso.

— Patrícia, não quero correr o risco de apresentar esses objetos a você de maneira precipitada. Tudo faz parte de um processo de entrega, que vai além do que seus olhos veem, porque não é meramente física. É, principalmente, uma união de almas para caminharem como se estivessem ligadas uma a outra por toda a eternidade.

— Você é tão profundo! — diz ela, em um sussurro. — Faz tudo parecer tão simples. Mas eu tenho muitos limites e, no fundo, confesso estar com um pouco... não, com bastante medo. Se bem que, do que vi e tive até agora, pode continuar me apresentando ao seu mundo, porque estou gostando muito...

— Já lhe disse com outras palavras que o limite rígido de cada um é algo a ser descoberto por meio de tentativas, desde que haja honestidade mútua. — Paro de falar, solto seus seios e pego as algemas. — Posso garantir que esse é um caminho longo considerando-se todas as possibilidades que temos à nossa disposição... — Abraço-a por trás, roço minha ereção em seu traseiro, pego seus braços, afasto-me um pouco e prendo-os nas algemas. — Teremos altos e baixos nessa caminhada, até descobrirmos seus limites brandos e rígidos. — Ela inspira forte. — Fique certa de que nada vai mudar o que vivemos até agora. Não vou considerá-la menor ou inferior por não aceitar acessórios. Nenhuma de minhas preferências neste momento é verdadeira, porque elas serão descobertas de acordo com o que você vier a aceitar, uma vez que a premissa para eu ter prazer é que haja reciprocidade. Nada deve lhe causar desconforto. Para você entender melhor, é como se eu fosse algo que foi desmontado e que será reconstruído da maneira que você achar melhor para poder funcionar, sendo que é você aquela que encaixará minhas peças de acordo com o que julgar aceitável e correto. É assim que funciono, entende? — Pego a venda que ela também deixou separada. — Não vivo de ideias preconcebidas e imutáveis, muito pelo contrário, estou aqui para lhe dar prazer e respeito. — Amarro a venda em seus olhos enquanto sussurro. — É quase um crime ocultar o brilho dos seus olhos, mas hoje é importante que você sinta tudo também com seus sentidos que não a visão. — Pego o vibrador que deixei na cama, posiciono-me à sua frente, toco sua boca com a minha e seus lábios sugam os meus como se ela fosse uma gladiadora sedenta. — Gosto de ver como você responde a mim... Abra as pernas!

Obediente, ela afasta as coxas, gemendo muito. Continua muito molhada, e sem aviso, encosto o vibrador em seu brotinho, enlaço sua cintura com o braço livre e levanto seu corpo até conseguir chupar, lamber e mordiscar seus seios.

— Por muitos anos, vivi em um mundo que respeito e aprecio, mas você tem de acreditar que não há nada nesta existência que seja mais prazeroso e amado por mim do que viver ao seu lado. — Percebo que, embora extremamente excitada, ela me ouve com atenção. Tal gesto me emociona. É a maior e mais linda demonstração de que ela quer dar a oportunidade de eu dividir a mim mesmo com ela. Motivado, continuo. — Todos esses acessórios significam muito para mim, e é claro que não vou lhe impor nada que não queira. Esta cabecinha deve estar fervilhando com suposições e medos diante de um mundo desconhecido. Mas temos uma vida toda pela frente. Não vamos diminuir a importância e a dimensão do que estamos vivendo, rotulando e enquadrando nossas experiências em rituais ou regras que foram construídas por outras pessoas. — Não quero que se sinta horrorizada caso um dia eu coloque prendedores em seus mamilos ou dê pequenos golpes em sua vagina com a chibata, que ela chamou de "algo parecido com uma espátula"...

Para provar que não é necessário haver dor ao experimentar o que gosto, torço o bico de um de seus seios até ouvir seu gemido de dor. Paro e digo:

— Isto pode vir a ser muito prazeroso para ambos, porém, a condição imprescindível para tal é que agrade tanto a você quanto a mim. Entende o que estou dizendo?

— Entendendo ou não, digo que se for doer mais do que nessa demonstração, prefiro nem experimentar nada parecido... Seguro a risada. Preciso permanecer sério para que ela entenda como tudo funciona.

— Sou um dominador, minha menina, não um sádico! E há uma diferença muito grande entre ambos! Meu prazer não é infligir dor, mas cuidar de minha menina, que, por sua vez, deve não só gostar de tudo o que faço, mas também chegar ao ponto de assumir que não pode viver sem meus cuidados, aceitando isso sem medo e sem perder sua identidade. Para um dominador, a dor só gera prazer se for exatamente isso que a submissa sente. Se não, sairemos de uma relação D/s para uma sadomasoquista, em que o dominador é um sádico e a submissa uma masoquista, e na qual ambos têm prazer com a dor, um em infligir, a outra em sentir. Entendeu bem a diferença?

— Entendi...

Não tudo, o que percebo pelo repuxar de lado de seus lábios. Mas o importante é que ela compreenda a essência, o resto ela assimilará apenas com a prática. Mas não posso negar que é muito estimulante ver o quanto ela está se esforçando! E tudo porque me ama! Mas voltemos à ação. É hora de lhe permitir sentir o tal prazer do qual tanto lhe falo.

Posiciono-me novamente atrás dela, desligo e jogo o vibrador na cama, tiro suas algemas e massageio seus pulsos com carinho, beijando-os e lambendo-os. Começo a mordiscar sua nuca, sugando-a após cada mordida. Levo uma de minhas mãos até seu brotinho e começo a massageá-lo em movimentos circulares, até vê-la completamente louca de excitação. Então paro, pego-a no colo e conduzo-a até uma namoradeira, na qual a acomodo de joelhos, com a parte do tronco abaixado e apoiado em seus braços. A visão de seu traseiro é tão linda e tentadora que não me contenho: dou um tapa de mão bem aberta, mas não muito forte. Ela geme alto como se estivesse prestes a gozar. Naturalmente, o tapa só intensifica as sensações causadas pelas bolinhas e o plugue.

Ajoelho-me na namoradeira, por trás de seu traseiro gostoso, debruço-me sobre suas costas, volto a lamber e a mordiscar sua nuca e a masturbá-la, até senti-la bastante excitada. Ergo meu tronco, sem deixar de masturbá-la; fico retirando e introduzindo o plugue em seu ânus.

— Se você soubesse como está linda! Sua resposta a tudo o que lhe faço é tão gostosa e excitante que minha vontade é mandar todas as minhas intenções para o inferno e possuí-la sem piedade!

Ela não aguenta e, diante daquela tortura, solta um uivo delicioso de se ouvir, rebola suavemente e se contorce, já nem sei mais se de prazer ou se para intensificar os movimentos que faço nela. Vejo que ela está pronta para me receber. Deixo o plugue de lado, pego novamente o frasquinho de cupido no meu bolso traseiro, abro minha calça e retiro-a com pressa e violência. Ajoelho-me novamente atrás dela e besunto toda a extensão do meu membro duríssimo.

— Está difícil se conter para não gozar, minha pequena? — Ela suspira, mas não responde à minha provocação, o que me incentiva a continuar. Incrível o quanto ela está desempenhando bem seu papel de submissa. —

Você tem sido brilhante, fazendo por merecer a recompensa que logo receberá. — Volto a acariciar seu brotinho com mais pressão.
— Por favor, meu senhor! — implora ela, e me excita ainda mais.
— Por favor o quê, minha linda? — Seu corpo mostra o quanto está no limite, vejo que ela atingiu um patamar de entrega e confiança surpreendentes. Vagarosamente volto a inserir um dedo em seu ânus, depois dois, massageando-o, afastando os dedos em movimentos de tesoura. Belisco-a no clitóris e digo: — Fiz uma pergunta, minha menina.
— Fez? — sussurra, parecendo desnorteada diante de tanta excitação. Não tenho a intenção de castigá-la, apenas preciso ter certeza do que ela pede e necessita. — Ah, sim! — Mais gemidos e gritinhos. — Por favor, enfie seu membro gostoso em vez dos dedos e faça-me gozar na mesma intensidade da minha excitação, senhor dos meus desejos...
A verbalização do que ela quer é tudo o que eu preciso. Atendo ao seu pedido, começando por inserir a ponta do meu pênis em seu orifício proibido, lindo, enrugado e rosado. Ele geme e rebola de forma cada vez mais intensa, testando todo o meu autocontrole. Devagar, mantendo suas nádegas separadas com ambas as mãos, vou introduzindo meu membro. Encontro certa resistência no começo, mas logo deslizo todo para dentro dela, que geme de forma desconexa. Junto-me a ela naquela sinfonia de excitação.
— Consegue sentir o quanto você me excita, minha menina? — pergunto, massageando com força seus grandes lábios e segurando sua garganta com a outra mão. Ela balança vigorosamente a cabeça. Começo a movimentar-me dentro dela, bem devagar, para que aprecie o ato. — Isto a excita? — Ela responde de forma afirmativa com a cabeça, grunhindo algo incompreensível. É meu incentivo para entrar e sair de seu ânus furiosamente, duas, três vezes... até perder a conta! Ela grita, urra, geme e empurra seu traseiro de encontro ao meu pênis, como se pedindo mais. — Deliciosa! Você vai me matar por ser tão gostosa e me despertar-me tanto tesão — falo, com a voz grossa e totalmente estremecida. Suas pernas tremem quando começo a bombear forte e rapidamente, até perceber que estamos ambos naquele ponto em que não há mais volta. Então, seguro o fio das bolinhas para puxá-las de sua vagina, intensifico meus movimentos e praticamente sussurro em seu ouvido. — Goza agora, minha menina!
Mal termino de falar e ela geme alucinadamente. Então, puxo as bolinhas de sua vagina em um movimento forte e único, o que faz com que ela grite mais alto, gozando e rebolando. Acho que foi o orgasmo mais intenso da minha vida. Sinto-me transportado para um universo de delícias imateriais onde só o prazer impera.

Após o que parece uma eternidade, volto ao mundo real e dou-me conta do quanto ela deve estar cansada e sobrecarregada por tantas emoções e novidades. Carinhosamente, deito-a de costas na cama. Vou beijando todo o seu corpo até chegar à sua vagina; então, sorvo todo o líquido que ela produziu.

— Você tem o mais delicioso néctar dos deuses. É impossível resistir a tomar todo o mel que você estiver disposta a me dar.

Chupo com força, como um homem faminto, até ouvi-la gemer novamente, evidenciando que sua excitação não terminou. Então, intensifico o ato de sucção. Abro seu grelinho com os dedos, substituo minha língua por outro dedo em seu clitóris, massageando-o com vigor, e enfio fundo minha língua em sua vulva, colocando e tirando, colocando e tirando... até que a ouço novamente gritar enquanto goza, liberando muito mais de seu mel para eu saborear... mulher gostosa, Deus do céu!

Posiciono-me sobre sua pelve, que encaixo entre minhas pernas. Retiro sua venda e seus olhos demoram a se acostumar com a claridade que as velas proporcionam. Ela pisca algumas vezes até focalizá-los em mim. E o que vejo neles me surpreende: confiança, amor, carinho e... gratidão! Meu coração dispara e só consigo dizer, com a voz embargada:

— Você está bem?

Ela apenas acena positivamente com a cabeça. Seu gesto me sensibiliza, mas também me desafia, porque seu olhar de safada parece querer transmitir algo mais. Cubro-a com meu corpo e sussurro delicadamente.

— Como viu, deixar marcas físicas não é do meu interesse... — Ela morde os lábios, compreendendo minhas palavras. — E é exatamente esse tipo de assinatura que pretendo deixar em você, minha menina! — Encosto meus lábios nos dela. Ficamos assim por segundos, até que eu digo. — Viu? Não há nada de degradante em ser uma menina que se entrega a seu senhor. Você sentiu muito prazer, sem dor nenhuma.

Como dois ímãs, nossas bocas unem-se em um beijo gostoso e lento, que reflete nossa lassidão pós-sexo.

— Preciso que confie plenamente em mim, minha amada quimera, nada de se retrair... — Desta vez, é ela quem me cala com seus lábios para dizer contra eles.

— Você já tem a minha total e irrestrita confiança, meu senhor! Você foi perfeito para mim, não só derrubou meus medos um a um, mas também me criou muita expectativa quanto ao que poderemos fazer nesse seu mundo de dominação. Eu me senti flutuando em direção ao paraíso, meu Dom Garanhão.

Ela afasta a boca da minha e completa.

— Aliás, com relação aos orgasmos que me proporciona, preciso lhe confessar algo. Tenho um grande, fiel e inseparável amigo, o Sr. G. Ele gostaria de agradecê-lo muito por todo o prazer que você tem me proporcionado. Na sua avaliação, tudo isso está sendo muito positivo para mim e espero continuar desfrutando desse prazer pelo resto da vida.

Opa! Que raio de agradecimento é esse? Quem é o desgraçado que ousa conhecer nossa intimidade e, ainda por cima, manda me agradecer por também desfrutar de tudo o que vivemos? Sinto que uma raiva enorme formar-se em todas as minhas terminações, um barulho surdo martela em meus ouvidos. Explodo com a voz sufocada.

— Patrícia, o que está me dizendo? Acho um profundo desrespeito de sua parte expor nossa intimidade para outro dominador e até mesmo pensar que eu poderia tolerar esse tipo de atitude abominável. Sou capaz de matar esse desgraçado!

Respiro fundo várias vezes para tentar me acalmar, o que é difícil; imaginá-la com outro, praticando tudo que aprendeu comigo, me faz enxergar vermelho. E o que a minha louca menina faz? Claro: dispara a gargalhar! Nunca estive tão próximo de cometer uma atrocidade! De repente, um estalo forte pipoca em minha cabeça. Não há qualquer possibilidade de minha menina ter outro homem, pois sua entrega a mim é total e inegável. Além disso, tampouco gargalharia diante da minha expressão assassina. Se peço que confie em mim, tenho que fazer o mesmo com ela.

Mas é claro que há uma história aí e preciso esperar que ela desembuche. Ela passa carinhosamente a mão pela minha testa, beija-me carinhosamente na face e diz:

— Que reação mais infantil, meu amor! O Sr. G é seu maior fã, o que mais torceu para ficarmos juntos, porque você foi a única pessoa que atendeu aos seus anseios e proporcionou o que ele nunca tinha alcançado com mais ninguém, a não ser comigo. — Rosno agressivamente diante dessa última informação. Não me interessam os outros homens para quem ela deu prazer, sou capaz de exterminar um a um da face da Terra. Mas me contenho e continuo ouvindo o que ela diz. — Carlos, em toda a minha vida, nunca atingi o orgasmo com homem nenhum. Você foi o primeiro e único. — Meu coração estremece com tal revelação, embora ainda não entenda o que esse babaca do Sr. G tenha a ver com a história. Ela continua falando enquanto faz carinho em meu cabelo. — Eu só conseguia gozar com essas mãozinhas aqui ou então com aquele vibrador que você viu em ação comigo naquela varanda. Aliás, o coitadinho foi enterrado naquele dia!

Essa mulher vai definitivamente fundir meus parafusos! O que diabos está falando?

— Patrícia, seja mais objetiva e clara! Não estou entendendo nada do que está falando. Quem é esse Sr. G cretino que fica me mandando recados?

— Ai, Carlos, não seja ingrato! Ele só tem elogios a lhe fazer. Antes de você, meu amor, eu só atingia o orgasmo quando me masturbava, fosse com as mãos, fosse com o vibrador que carinhosamente chamava de pink. O Sr. G é como chamo o meu ponto G, que só se abriu para uma única pessoa além de mim mesma: você, meu garanhão! Com quase 30 anos, depois de... Bom, sei que não gosta, mas é a última vez que vou falar nisso, para que você entenda a importância do que estou contando. Depois de ter transado com não sei quantos boys magias, fiquei surpresa ao encontrar um homem que conseguiu facilmente me levar às nuvens! É claro que após a surpresa, veio o pânico! Fiquei aterrorizada com a situação, acho que inconscientemente já percebia que você seria o único a conseguir derrubar todas as barreiras que ergui. O resultado foi eu fugir o mais rápido possível, senão, você teria simplesmente implodido todas as minhas defesas... Como fez de fato, meu amor! Assim, quero lhe mostrar a magnitude dos meus sentimentos em relação a você: eu a-mo mui-to vo-cê, meu senhor!

Putz! Se essa mulher não me matar de prazer, vai fazê-lo pela emoção que me faz sentir com suas palavras reveladoras. É tanta que até me sufoca, não sei se conseguirei falar muito no momento. Não quero estragar uma ocasião tão linda bancando o menininho chorão. Teremos muito tempo para conversar sobre isso. O importante é que ela confiou em mim e me contou. E ainda dizem que quem manda na relação é o dominador! Rio por dentro, eu é que sou submisso aos desejos dessa mulher! Vê-la feliz, lépida e em estado de satisfação sexual e emocional permanentes é meu maior objetivo.

— Você é maravilhosa também, minha menina!

— Bem... Estou aprendendo com o melhor, não é?

Ela dá uma piscadinha safada e mais uma vez me nocauteia de emoção. Para não agarrá-la e começar tudo de novo, obrigo-me a levantar e digo:

— Agora a princesa dos meus sonhos vai aguardar aqui enquanto eu preparo a banheira para lhe dar os devidos cuidados. Afinal, ela precisa de uma pausa e de muito carinho para poder usufruir de tudo o que a noite ainda lhe reserva. Também imagino que preciso ser devidamente apresentado a um certo amigo dela.

Ela volta a me dar o seu velho e tentador sorriso safado! Como amo essa mulher!

Capítulo 9

Patrícia Alencar Rochetty...

Cinco dias após nossa linda noite de descobertas e prazeres, depois de revelar tudo o que era necessário para não haver qualquer mal-entendido entre nós, percebo que nossos sentimentos se intensificaram em escala ascendente. Apaixono-me cada vez mais pelo meu Dom Garanhão. Diferente do que sempre pensei, ou até mesmo acreditei, o poder de negar qualquer ato está sempre nas minhas mãos. A impressão que tenho é a de que, antes de conhecê-lo, fui uma espécie de manequim exposto na vitrine de uma loja situada em uma rua movimentada; embora observado por várias pessoas, somente um único homem enxergou que sob a opaca resina daquele boneco inanimado existia uma alma... Alma esta que, na verdade, esperava justamente para ser despertada por ele... Porque o Carlos conseguiu encontrá-la e convencê-la a se abrir para uma vida de felicidade, alegrias e muitos prazeres, não só do corpo, mas também do coração.

Embora eu mantenha minhas restrições quanto a certas práticas sexuais, percebo que devagar meu garanhão vai derrubando alguns de meus bloqueios menos rígidos. Definitivamente, já me convenci de que quando estou nos braços dele sou fácil demais e acabo por realizar todos os seus desejos. O Carlos sempre está em sintonia comigo, nunca sugere ou exige algo que eu não possa suportar.

O melhor de tudo é que o bom humor está sempre presente. Várias vezes eu o provoco dizendo que ele me deve uma. E que ele não deve ter dúvidas quanto a isso, pois quase morri quando ele contou que era o Dom Leon. Se ele tivesse feito isso em uma ocasião anterior, talvez eu não aceitasse da mesma forma como foi na nossa Noite D, como me refiro à nossa noite mágica, porque teria tempo de pensar e acharia inadmissível. Mas, como pensar naquele momento em que apenas minhas terminações nervosas assanhadas estavam governando meu corpo?

Na quarta-feira, depois do trabalho, o Carlos me levou a um piquenique às margens de um lago perdido na imensidão das terras da fazenda. Tudo muito romântico e, mais uma vez, muito intenso. Vivi como uma daquelas cenas de filmes, onde a cesta de alimentos e a toalha xadrez serviram mais como adereços, já que acabamos sendo o lanche principal um do outro.

Primeiro, conversamos muito sobre vários assuntos, sem qualquer restrição ou censura. Foi quando ele me contou como teve contato com o BDSM, o que ele entende ser um dominador e várias expectativas que tem do nosso relacionamento. Mas houve um momento particularmente tenso. Foi quando ele citou algumas experiências que, pelo aspecto muito íntimo de cada uma, só gostaria de fazer com sua esposa, ao mesmo tempo que gostaria de fazê-las em mim... e esperava que isso ocorresse o mais rápido possível!!! Santa Mãe de Deus!!! O que eu poderia dizer? Preferi entender que ele estava fazendo uma linda declaração de amor para mim do que me pedindo em casamento... Ora, ele não foi claro e direto, então, para não parecer pretensiosa, preferi esperar e deixar rolar.

— Já está anoitecendo! Que tal cairmos n'água? Ela deve estar deliciosa.

— Não acho uma boa ideia. Ela parece convidativa, mas deve estar geladérrima e eu não suporto água muito gelada. Minha praia é um bom banho quente...

— Ah, minha quimera, vamos lá! Se a água estiver mesmo gelada, eu esquentarei você com o fogo que me consome só de olhar para você... E seus tremores serão de excitação, não de frio! Garanto que nem prestará muita atenção à temperatura do lago.

Ouvi-lo dizer isso enquanto o via se despir com movimentos provocantes, exibindo toda a magnitude de sua nudez e aquele mastro ereto, foi de matar. Ainda por cima, para me enlouquecer de vez, começou a bombear seu membro maravilhoso com a mão, me chamando.

Tentei achar a minha voz. Após um longo momento, enquanto admirava seus movimentos — o que sempre me deixa com muito tesão —, finalmente consegui dizer:

— Já pensou que pode aparecer alguém por aqui?

— Pouco provável, sua escorregadia. — Ele estendeu a mão para me levantar, com um olhar malicioso e sem interromper os movimentos da outra mão. — O máximo que pode acontecer é alguém ficar escondido atrás de uma moita e nos observar tomar banho no lago.

Argumento errado, meu bem!! Aí é que não quis entrar mesmo! Mas, ele ficou sério e disse que não havia qualquer perigo porque ele deixou ordens expressas para que ninguém se aproximasse da região do rio em que estávamos. E disse tudo isso com o calor de seu corpo irradiando para o meu. Ele foi tão convincente que permaneci estática quando ele começou a tirar peça por peça da minha roupa. Inesperadamente ele me pegou no colo e entrou correndo comigo no lago. Soltei um grito ao sentir o choque térmico do meu corpo quente com a água fria.

— Definitivamente, esta não é uma boa ideia. Esta água deve vir lá do Polo Norte! Ela está mais para pinguins do que para quimeras...

Tentei sair, mas ele foi mais rápido e afundou a ambos. Quando voltamos à tona, ele disse:

— Logo este lago estará mais quente do que você pode suportar, minha pequena.

Esperneando a ponto de meu corpo nu colidir com a muralha do seu peito quente e musculoso, eu disse, tremendo dentro da água fria:

— Por favor, meu senhor, vamos pular este banho!

— Hum... Você acabou de atiçar a onça com vara curta.

Dito e feito: o que eram arrepios de frio em segundos transformaram-se em laivos de excitação. O lago virou uma verdadeira sauna, devido à quentura de nossos corpos. Posso dizer que foi o melhor banho frio que já experimentei!

Depois dessa inesperada sessão de banho turco, fomos dormir em uma espécie de rancho, digamos assim, próximo dali. É muito próprio do Carlos fazer com que eu me sinta a mulher mais especial de todas, independentemente do lugar onde estejamos, seja no meio do luxo de sua casa ou em um casebre perdido no meio da fazenda. Nunca na minha vida imaginaria dormir em uma casinha iluminada apenas por lampiões, tendo apenas o voo dos insetos, os sons dos animais e meus gemidos para quebrarem o silêncio. E olha que morei grande parte da minha vida em um sítio! Mas aquele cenário ali era totalmente diferente, tudo era muito rústico, longe de tudo e de todos.

Quando entramos no casebre, tive uma baita surpresa.

— Meu gostoso, vou fazer minhas as suas palavras: você não para de me surpreender! Como foi que preparou tudo isto?

Seus braços enlaçaram-me e seu hálito quente excitou-me.

— Digamos que tenho um bom administrador na fazenda.

Ele me explicou aquele engenho. Havia vários cordões pendendo do teto, e eu ficaria pendurada neles, nua. Disse que o nome daquilo era suspensão. Consenti que ele me amarrasse como queria, e o que era para ser excitante acabou tornando-se cômico, porque é claro que não pude conter risadas e piadinhas. Mas, convenhamos, como ficar séria em uma situação dessas? Admito que, depois de levar uns tapas no bumbum pela minha impertinência, o riso transformou-se em puro tesão. A verdade é que adorei a experiência, acho que agora terei sempre umas cordinhas à mão. Nunca mais vou ver um balanço da mesma forma!

Na quinta-feira ele me levou para conhecer a cervejaria e, entre um almoxarifado e um estoque esquecido por Deus, fizemos amor para coroar minha visita ao local. O dia foi perfeito! Consegui até matar as saudades do Dado, pois fui ao seu cantinho e fiquei admirando-o de longe, toda orgulhosa, até que ele percebeu e veio me abraçar, muito feliz por me ver. Já com o Carlos ele foi totalmente profissional, cumprimentando-o como um funcionário e respondendo suas perguntas a respeito do andamento do projeto.

Ao me mostrar um pouco da cidade, novamente mencionou alguma coisa relativa a um compromisso mais sério, sugerindo que, quando nos casássemos, eu fizesse algumas alterações na minha vida para estar mais próxima dele. Permaneci calada. Embora eu não consiga ser muito sutil, mostrei que não pretendo mudar nada da minha vida para poder ficar junto dele. Amo minha profissão. Além disso, não preciso abdicar da minha vida como está para vir trabalhar com ele e ficarmos mais próximos. Viver no mundo do outro é uma via de mão dupla e, assim como estou disposta a conhecer e fazer parte do dele, a recíproca deve ser verdadeira, sem nenhum de nós perder a própria independência.

À noite jantamos em um restaurante da cidade, que é muito diferente de São Paulo, onde há mais trânsito por metro quadrado do que estacionamento para comportar a quantidade de veículos. Cabreúva é tranquila, muito acolhedora, e os moradores, extremamente hospitaleiros. O Carlos praticamente conhece todo mundo da cidade. Um pequeno ataque de nostalgia me invadiu quando me lembrei das minhas raízes. No fundo, acho que conseguiria me adaptar a uma cidade pequena como Ajuricaba. São Paulo é uma metrópole e aspectos importantes acabam sendo suprimidos pelos medos e inseguranças que sentimos. Diferente daqui, onde ainda vemos crianças brincando nas ruas e senhores de idade sentados na praça, jogando conversa fora.

Consigo me imaginar vivendo numa cidade como Cabreúva, sim. Portanto, a ideia dele não me assusta nem um pouco, ao contrário. Quando estamos juntos, são justamente os pequenos gestos de carinho que me provam seu amor, como o roçar do dorso da sua mão no meu rosto, a forma como seus olhos encontram os meus enquanto me penetra, os beijos castos na minha testa toda vez que vai sair, enfim, posso enumerar várias maneiras pelas quais ele demonstra que me ama. E pensar que eu não pretendia investir nem um centavo emocional quando tudo isso começou...! Para mim havia sido apenas mais uma noite com um boy magia insistente. Definitivamente, eu não acreditava que seria algo diferente do normal, passageiro e fugaz, mas hoje não só tenho a plena certeza de que o nosso caso de amor é verdadeiro, mas também quero muito que esse amor continue crescendo cada vez mais.

Foi assim o resto do tempo, ambos curtindo todos os momentos sem pressa e sem expectativas. Sempre que falávamos do Dado, ele citava o progresso do projeto em que ele estava envolvido e sua evolução como profissional. Conversei com meu irmão todas as noites pelo telefone, e constatei que ele está progredindo também na vida emocional. Ele me contou dos encontros que vem tendo com a Flávia, as vezes em que saíram para ir ao cinema, passear no Parque do Ibirapuera e até degustar os jantares preparados por ela. Além disso, também está participando do programa voltado para dependentes químicos, que incluem sessões com psicólogas.

Fico repassando tudo isso na mente enquanto estou na varanda, descansando da cavalgada daquela manhã. Ao longe, vejo o Carlos ainda na atividade, parecendo um menininho apaixonado por cavalos. Ele é um felizardo por viver dentro desta paisagem linda.

— Você faz muito bem a ele! — diz a Maria Dolores, que se aproxima sorrindo com uma bandeja de suco.

Neste momento, foi como se eu tivesse uma epifania. Claro! Se não tomei sol demais na cabeça, devo estar certa nas minhas conclusões. Não é para menos que eu a achava tão familiar... Sem pensar, solto no meu jeito Patrícia sutil de ser:

— Por que você nunca contou para ele?

Ela empalidece ao meu lado.

— Contei o quê? — Deposita a bandeja na mesinha da varanda, trêmula.

— Que você é mãe dele, oras!!!

Obviamente ela tem seus motivos para mantê-lo na ignorância a respeito disso, e eu é que não vou julgá-los. Mesmo porque não sou eu quem precisa saber da história. E meu garanhão merece saber a verdade. A reação dela confirma minhas suspeitas.

— A vida é cruel... — Não tenho dúvidas disso, respondo para mim mesma em minha cabeça. — Nem sempre os justos são tratados com a justiça que lhes é devida. — Seu olhar se perde na imensidão de seus pensamentos.

— Maria Dolores, não é para mim que você precisa explicar algo, é para o Carlos! Você o conhece há muito mais tempo do que eu, então, sabe que ele não é preso a convenções pré-estabelecidas. O que você fez por ele todos estes anos foram demonstrações absolutas de afeto. O verdadeiro amor materno está ligado muito mais à pessoa que o fornece do que à pessoa que leva o nome de mãe. E pelo único contato que tive com aquela que se diz mãe do Carlos, imagino todo o sofrimento que a megera causou a vocês dois. É claro que há muita coisa envolvida... Aliás, eu também não sei quem é a mãe biológica dele, nem o motivo pelo qual ela o desprezou, mas sei que isso o machuca muito! Você deve sentir isso muito melhor do que eu, não é?

— Não sei como revelar tudo sem correr o risco de perdê-lo.

— Eu também não... Mas, se você está disposta a contar a verdade, tem o meu apoio total e irrestrito.

— Sempre quis revelar isso tudo, desde o momento em que abri mão dele, minha filha! — Suas lágrimas escorrem por seu rosto, simbolizando um mar de dor. Ficamos abraçadas de forma tão cúmplice que somente percebemos o mundo ao redor quando ouvimos o relinchar do cavalo, seguido de uma voz brusca e preocupada.

— O que está acontecendo?

Ambas o olhamos. A expressão de espanto dela mais o pavor que sinto emanar do seu corpo trêmulo não me permitem fazer nada mais do que lhe dar a chance e a privacidade de dizer a ele o que julgar mais conveniente.

— Preciso de um banho! O calor está escaldante! Acho que vocês precisam caminhar um pouco. Isto vai fazer bem a Maria Dolores, não acha, amor? — Pisco para ele ao mesmo tempo que aperto a mão dela, transmitindo forças para que tenha coragem de aproveitar esta oportunidade.

Ele grita para alguém vir pegar seu cavalo e oferece o braço para ela, convidando-a para uma caminhada.

Carlos Tavares Júnior...

O silêncio é nosso companheiro enquanto caminhamos. Ela continua chorando muito, como se alguém amado tivesse falecido. Já a vi triste e emocionada em várias situações. Quando consegui voltar a andar após o acidente, por exemplo, ela vibrou tanto quanto se eu estivesse dando os primeiros passos. Se existe uma referência de figura materna para mim, seguramente é ela.

— Estou um pouco nervosa!

— Percebi. Quer falar a respeito disso?

Ela apenas balança a cabeça em sinal afirmativo e aponta um pergolado de madeira, com móveis de vime, que fica próximo à casa. Caminhamos até lá e nos sentamos lado a lado.

— Na verdade, acho que nunca quis falar tanto sobre isto como agora.

— Estou aqui para ouvi-la. Só não diga que vai abandonar este filho postiço aqui! — Brinco com ela e acrescento. — O Juarez veio falar comigo a respeito de vocês dois... Eu disse para ele que não tenho nada contra vocês namorarem, contanto que seja debaixo dos meus olhos. Mas, se foi ele que fez você ficar deste jeito, juro que capo aquele jumento!

Ela ri um pouco, entre lágrimas.

— Não, meu menino, estas lágrimas não são por causa dele. Elas têm origem em uma vida cheia de medos e culpa. São de medo de perder você.

— Isto não vai acontecer nunca! Acalme-se e depois conte o que causa essa sua angústia.

E ela começa.

— Quando eu tinha de 12 para 13 anos, meus pais perderam tudo o que tinham. Como você sabe, tenho mais seis irmãos, todos perdidos pelo mundo. E, por mais que você já tenha me ajudado a procurá-los, nunca foi encontrada uma só pista do paradeiro de qualquer um deles.

— Eu sei de todos os seus esforços empreendidos nesse sentido, mas você nunca me permitiu ajudar mais efetivamente.

— Sei disto, meu menino, somente me ouça... Caso contrário não sei se conseguirei concluir tudo o que preciso lhe contar.

Acato seu pedido e seguro as mãos dela, frias como pedras de gelo.

— Eu era muito inocente quando seus pais me empregaram. Aos 13 anos, ainda nem tinha menstruado! — Tímida, ela abaixa a cabeça. Apenas aperto suas mãos para indicar que sua confissão não me constrange. — Não sei se por causa da desnutrição dos meus tempos de infância, ou se foi desequilíbrio hormonal, mesmo, o fato é que só despertei para a vida quando cheguei aqui. Em um dia eu era criança e no outro, à frente do espelho, vi que já era uma mulher! Isso mexeu com a minha cabeça, porque, do dia para a noite vários homens começaram a mexer comigo, alguns até falando gracinhas. Como você sabe, seus pais davam festas por qualquer pretexto. Naquela época eles só tinham a mim para cuidar da limpeza e de todos os outros afazeres domésticos. A casa era gigante e eu acordava muito cedo para dar conta de tudo. Assim, naturalmente à noite eu desmaiava na cama, morta de cansaço. Na minha casa, não tinha nada e assim foi que cresci, sem qualquer informação de nada e sem ter contato com o mundo. Carlos, eu era um bichinho do mato! Para você ter uma ideia, até sermos obrigados a sair de casa da primeira vez, eu imaginava que só existíamos nós no mundo! Por aí você pode ter uma ideia da minha ignorância a respeito de tudo. As únicas pessoas que tinha como referência eram seus pais, mesmo que sua mãe...

Ela para de falar e ergue as sobrancelhas. Fico mortificado por dentro ao constatar como meus pais a exploravam ainda tão menina! Ela não consegue continuar por causa do choro.

— Maria Dolores, eu sinto muito! — Desta vez, é ela quem aperta a mão sobre a minha. Então, parecendo dali retirar a força que precisa, continua a falar:

— Não tenha pena de mim! Seus pais me deram teto e comida, por isso, não tenha raiva deles. Tudo era baseado em trocas. O meu trabalho não era nada comparado ao sofrimento que tive na infância, sem ter o que comer, cercada de berros e discussões. Muitas vezes eu e meus irmãos dormíamos ao relento, porque meus pais sempre eram despejados dos imóveis em que morávamos. Quando eles tiveram que fugir, minha mãe encontrou um abrigo para cada um de nós. Eu fui para a casa dos seus pais. Admirava muito sua mãe pela beleza e imponência. — Começo a desconfiar de que o desfecho dessa história não vai ser legal. — Depois de algum tempo, seu pai se aproximou de mim. Algumas vezes eles discutiam porque ele achava que eu precisava de mais alguém para me ajudar com os afazeres, mas sua mãe, por outro lado, sempre foi contrária à ideia. Com o passar dos meses, nós dois fomos ficando amigos, sempre houve muito respeito entre nós. Algumas vezes, quando ia me deitar, encontrava uma surpresa em cima da minha cama, como um batom, um chocolate, uma blusa nova... Eu comecei a me sentir feliz com isso e quando o via.

— Você se apaixonou pelo meu pai? — Pergunta idiota, qualquer um pode deduzir o que acontece quando um homem adulto banca tantas gentilezas para uma menina inocente!

— Sim... — confessa, baixinho. Fico indignado e solto um palavrão, passando as mãos repetidas vezes no meu rosto e cabelo. Acho que se meu pai estivesse vivo ainda seria capaz de matá-lo.

— Diga que foi apenas uma paixonite e que ele não se aproveitou de você! — Levanto e caminho de um lado para outro.

— Carlos, não contarei mais nada se for para você ficar desse jeito. Esta história é minha e não houve um culpado. Eu quis seu pai na mesma intensidade que ele quis a mim.

— Você o quê, Maria Dolores? — questiono-a, desferindo um murro na coluna do pergolado. — O que você sabia da vida? — Sento-me ao seu lado novamente, erguendo seu rosto. Não posso mudar o que já passou. — Até quando você vai assumir a responsabilidade pelos problemas do mundo? Lembro muito bem disso. Se eu quebrava algum brinquedo ou algum aparelho, você assumia a culpa para me poupar de punições. Pare! Não pode fazer isto com si mesma. Ele foi um pedófilo desgraçado que se aproveitou de você e desgraçou sua vida!

— Não fala assim, meu menino! — Ela chora copiosamente e fala em meio aos soluços. — O que tivemos foi lindo, verdadeiro e dessa louca paixão nasceu a melhor pessoa do mundo para mim.

Uma dor profunda vara meu corpo, o sangue que corre nas minhas veias centraliza-se nos meus olhos, que parecem querer saltar das órbitas quando capto o que ela acaba de dizer. Fico tão absorto na intensidade do momento que, involuntariamente, quebro a primeira cadeira de vime que vejo na minha frente.

— Não queria que fosse assim! — argumenta, melancólica. — Você merecia saber de outra forma.

— Que nobre da sua parte, mamãe! E como é que você acha que seu filhinho aqui deveria saber dessa história? — ironizo, irracional. Lanço a ela um olhar de rancor, que o sustenta apesar de as lágrimas escorrerem pelas linhas que vincam seu rosto. — Por que você me entregou para a... Alícia, Mari...? — Nem sei mais como chamá-la. — Eu mereço saber de minha história completa, você me deve isto.

— Teoricamente, eu só entreguei você a ela no papel. Na prática, nunca deixei de ser sua mãe. Doei-me a você pela vida toda e nunca o abandonei por um só segundo, como toda boa mãe que se preza faz.

— Espera que eu a parabenize por esse gesto de altruísmo? — pergunto, ironicamente, sem conseguir conter minha amargura. — Então, cada vez que esteve ao meu lado, não era por amor ao pobre menino rico, mas pela remissão dos pecados. Como posso agradecê-la por isso agora? Com um abraço? Dizendo: "Obrigado, mamãe, por ter cuidado de mim a vida toda"?

— Não tive outra opção! — fala, alterada, cortando meu desabafo carregado de fel. — Tudo aconteceu como tinha que ser! Como é que eu poderia ter planejado algo para quando você chegasse se só descobri que o carregava no meu ventre um dia antes de você nascer? — Não tenho estômago para ouvir mais nada. É tudo muito revoltante!

Prefiro me afastar, definitivamente não é um bom momento! Meu coração fica surdo às suas palavras, ditas aos berros quando ela me vê sair e tomar o caminho da casa.

— Você não sabe o que é ser uma adolescente grávida, sentir enjoos, vomitar sem parar, sentir-se indisposta para realizar as tarefas habituais, sem poder falar nada com ninguém, por medo de perder o único teto que a acolheu e impediu que passasse fome! Eu pensava que estava apenas doente, mas não tinha nem como confirmar isso com ninguém! Não imaginava o que foi aquela única noite de amor que eu e seu pai tivemos. Nem sabia que aquele ato era chamado de sexo! Essa era eu, meu menino! Hoje você me vê como uma mulher esclarecida e consciente, mas eu comecei a estudar e a fazer de tudo para saber como eram as coisas porque queria estar à altura do meu filho. Fui me educando e conhecendo o mundo exatamente no seu compasso, porque, como você, não sabia nada de coisa nenhuma que fosse!

Suas palavras me alcançam; paro e vejo que ela está bastante emocionada e abalada. Apesar da raiva que sinto, fico preocupado, temendo por sua saúde. Ela continua vomitando aquela história sórdida, como se não conseguisse mais parar. De repente, o meu anjo da guarda desde sempre, calmo e elegante no modo de falar, expressa-se com uma voz rude e rancorosa, parecendo despejar o que está sufocado há muito tempo em seu peito.

— Bastou você nascer para a minha vida virar um inferno. O único pecado que cometi na vida foi o da luxúria, e só por ele perdi o que tinha de mais valioso. Seus pais achavam que os empregados eram invisíveis, então, discutiam na nossa frente sem pudores. Foi assim que fiquei sabendo que aquela mulher não conseguia engravidar, apesar dos muitos tratamentos a que se submetia. Ela, por sua vez, o acusava de ser estéril. Em um par de horas fui do céu ao inferno. Minutos depois de você nascer, a Alícia foi ao meu quarto e me coagiu a lhe contar quem era o pai, ameaçando nos jogar na rua, sem dinheiro ou comida! Eu não sabia o que dizer, não tinha ideia de como se engravidava, como ia saber quem era o pai? Ela ficou me pressionando até que entendeu o que houve. Ainda lembro do seu olhar de júbilo e vitória.

Ela respira fundo. Lágrimas rolam por sua face, apertando ainda mais meu coração.

— Você imagina que em uma situação dessa a mulher traída ficaria muito brava e revoltada! Mas não a maquiavélica da Alícia! Ela logo entendeu que a estéril era ela, que o marido conseguiu um filho de seu próprio sangue e que ela poderia ter a criança que precisava para atender às demandas da alta-sociedade que tanto considera até hoje. Ela simplesmente aproveitou-se de toda a situação e da ignorância da covarde que eu fui! Eu nem entendia bem o que estava acontecendo, porque ela disparou a falar enquanto eu segurava você nos braços e o amamentava, dizendo que me daria uma opção de permanecer a vida toda ao seu lado. Caso eu não aceitasse a proposta, teria que brigar na justiça por sua guarda, o que provavelmente não conseguiria, porque ela e seu pai eram muito ricos e influentes, dificilmente sairiam perdendo. O que eu pude entender foi que dependia de mim a decisão de manter você alimentado, sadio, junto a mim e com a oportunidade de ter um futuro garantido. Então, aceitei tudo o que ela disse. Claro que só depois fui realmente entender o que aquilo significava... Mas, embora ela não tenha conseguido criar um laço emocional com você, também nunca o maltratou ou desprezou, era apenas fria e ausente. Só que eu achava que minha presença ao seu lado e o meu imenso amor compensava isso. Vejo agora que me enganei...

Ela balança a cabeça com um ar de derrota, como se carregasse o peso do mundo nas costas. Nunca imaginei que veria uma cena dessa. Ela toma fôlego por alguns minutos, depois ergue a cabeça, mira-me nos olhos e, muito amorosa, diz:

— Carlos... — Sinto como se estivesse sendo esfaqueado, tamanha é a dor que me invade, porque ela nunca me chama assim, nem quando finge zangar-se comigo. Ou sou "meu filho", "meu menino" ou "Carlito" para ela; Carlos nunca! — Não precisa ouvir mais nada de minha triste história. Vejo que me considera culpada. Não tenho o direito nem de ficar surpresa nem mesmo triste com sua reação porque eu mesma me condenei no exato momento em que consegui finalmente entender que meu filho foi vergonhosamente roubado de mim e eu não fiz nada! Peço perdão! Vou embora ainda hoje, fique tranquilo, e prometo não incomodá-lo novamente.

Desabo de joelhos no chão, perdido em meio à dor excruciante e a sentimentos que nem sei identificar. Não sei como agir diante disso tudo, porque sou tomado de sofrimento e ódio. Claro que este não é direcionado a ela, porque imagino muito bem o que deve ter passado e como foi brutalmente manipulada. O alvo são meus pais. Dela sinto apenas raiva, por querer assumir toda a responsabilidade pelo que houve, como se fosse a culpada! Mas, acima de todas as sensações, domina-me completamente o medo de perdê-la, mesmo percebendo que não conseguirei falar mais nada com ela no momento. Ao menos, tenho que garantir que ela fique ao meu lado pelo resto de nossas vidas de algum jeito! Tento buscar forças dentro de mim para conseguir falar. A voz raspa minha garganta bastante seca, como se estivesse rasgando meu peito e todos os locais por que passa:

— Não... vá... embora! Por... favor... — balbucio quando ela passa ao meu lado, coberta de puro sofrimento. Ela para, vira-se e diz, com voz cansada e muito baixa:

— Provavelmente não irei embora, porque o amor que sinto por você é muito maior do que qualquer desprezo que você possa sentir por mim. Ficarei esperando que esteja pronto para falar, com a esperança de que me perdoe por tudo o que fiz.

E é assim que ela me deixa, perdido em lágrimas e tomado por sentimentos confusos. Irônico: passei anos procurando minha verdadeira mãe e, agora que a encontrei, não sei o que fazer. Este deveria ser um momento de comemoração e não de tanta dor!

Ainda ajoelhado, sinto uma delicada mão envolver os meus braços e puxar meu corpo em direção ao seu colo. Deito minha cabeça em suas pernas e, assim aconchegado, desabo longamente em um choro sentido, sempre recebendo o afago dela em meu cabelo, sem uma só palavra. Após o que me parece um longo tempo, quando começo a diminuir a intensidade do meu pranto, ela sussurra, carinhosa e delicadamente:

— Nestes dias que passei ao lado de vocês, percebi o quanto são parecidos em muitos aspectos. Ou seja, a Maria Dolores conseguiu transmitir os valores em que acreditava, contribuindo, como só uma mãe é capaz, para a formação de seu caráter. Vocês fazem o bem sem esperar qualquer agradecimento. Sei que está sendo muito duro saber de certas coisas, porque confesso que acabei ouvindo um pouco da conversa. Estava muito preocupada e vim ver se você precisava de apoio. Realmente a história é bem desagradável, mas convenhamos, ter tido uma mãe quase de sua idade, crescendo e desenvolvendo-se junto com você, foi uma oportunidade muito gratificante e única! Você me ensinou a encarar meus medos e conviver com eles. Portanto, você também pode acreditar, sim, que foi concebido em uma noite de amor, deixando preconceitos e julgamentos de lado, porque, nesse caso, só vão causar mais sofrimentos para você e àquela que sempre esteve ao seu lado incondicionalmente. Eu não vou dizer para que você perdoe o que quer que seja, porque não sei se há culpados nessa história, mas compreensão para com as fraquezas e debilidades dos envolvidos, que igualmente sofreram as consequências das escolhas que fizeram.

Por isso é que todos esses acontecimentos tristes devem ser deixados no lugar a que pertencem, isto é, no passado, para que no presente vocês possam iniciar um verdadeiro relacionamento de mãe e filho, legítimo e sem enganos. A pobre Maria Dolores, na verdade, foi condenada a viver uma vida de mentiras pelo simples fato de ser completamente ingênua e inocente. Reflita se julgá-la culpada pelo que houve não é igualmente continuar condenando-a a viver assim, quando foi uma guerreira incansável. Por hora, o melhor será deixar as coisas esfriarem um pouco para que ambos possam digerir tudo o que houve e desfazerem-se das emoções negativas que sentiram hoje. Vamos entrar porque quem preparou um belo de um banho para você fui eu. Vou aproveitar essa oportunidade de, desta vez, eu poder cuidar de você, meu menino bonito...

Patrícia Alencar Rochetty...

    Ele me observa calado, os olhos tristes e perdidos, enquanto fecho o zíper da mala para voltar à minha realidade cotidiana. Está visivelmente abalado com a nossa separação.
    Repasso na memória o dia em que sua mãe fez todas aquelas revelações. Eu me senti agradecida por ter prestado apoio depois, preparando seu banho e lavando-o como se, mais do que sua pele, removesse toda a sujeira de sua alma. Foi mais um ato simbólico que confirmou nossa sintonia e o quanto confiamos em nós como casal, cuidando e protegendo um do outro quando necessário. Naquela banheira, nossa aproximação foi muito mais intensa e significativa do que em qualquer outro momento. E sua coragem em me revelar sua vulnerabilidade me fez amá-lo ainda mais, se é que isso é possível...
    — Fica... — diz ele.
    Respiro fundo. Quero dizer sim, mas não posso ser egoísta e pensar só nos meus sentimentos, ele precisa resolver sua situação com a Maria Dolores. Ambos têm se evitado nos últimos dias, e eu servi como uma espécie de canal de comunicação entre eles. Sei que precisam percorrer um longo caminho juntos e minha presença, aqui e agora, somente postergará qualquer resolução.
    — Meu amor, sente-se aqui um pouco, por favor! — Bato a mão na cama, chamando-o. Ele obedece, entristecido. — Não fique assim. Vou apenas buscar uma forma de organizar minha vida para que seja melhor

tanto para mim quanto para você. Você tem assuntos pendentes que precisam ser resolvidos para que a nossa união seja tranquila e em paz. — Mudo o foco. — Você deu outro sentido à minha vida, me incentivou a romper paradigmas e reavaliar minhas posições e conceitos. Na verdade, Carlos, você revolucionou meu mundo, esta é a verdade.

— Este é um bom jeito de negar o que lhe pedi?

— Bobo! Não estou negando nada. Este é um bom jeito de dizer que está tudo bem entre nós, mesmo que não fiquemos juntos aqui em sua casa.

Ele fica quieto e pensativo. Sei que, em seu íntimo, ele entende e conforma-se com minha ida. Abraço-o forte, expressando um mundo de sentimentos e significados. Ele me acompanha até meu carro e trocamos um beijo cinematográfico... Nesse momento, sinto vontade de retornar para a casa. Para não cair em tentação, entro rapidamente no carro, ligo e parto. Mais um item na minha lista de coisas difíceis que já fiz na vida: separar-me dele.

Os dias seguintes são de muito trabalho e conversas. As meninas do escritório não acreditam nas mudanças que este relacionamento causou em mim. Meus conselhos para que elas seguissem em frente e arrumassem outros homens a cada decepção que tivessem caíram em desuso. Agora, recomendava que avaliassem se as qualidades dos parceiros são mais abundantes do que os defeitos, única prerrogativa para que invistam na relação, porque é disso que ela é feita, de pessoas reais, não de mocinhos perfeitos que só existem na ficção.

Logicamente quero dizer "sim" a ele, mas em uma ocasião que seja memorável, e protelar esse momento me deixa intranquila. Assim, fico ganhando tempo pensando em uma forma de surpreendê-lo. Já até convoquei meu irmão e a Babby para me ajudar. Aliás, o jogo de sedução entre o Dado e a Flávia anda quente.

Depois de mais uma noite mágica entre nós, quando estamos juntos na banheira, ele, animado, me conta uma novidade.

— Fui convidado para participar do Campeonato Paulista de Automobilismo Sênior. Serão várias provas, todas disputadas em Interlagos. Acho uma iniciativa bem legal, porque os pilotos já afastados das competições poderão continuar fazendo o que gostam.

Pulo na cama, feliz por sentir sua voz vibrar de emoção com o que acaba de contar. Sei que teve que abrir mão do sonho de competir para administrar a empresa da família, já que as duas atividades começaram a ficar inconciliáveis.

— Que ótimo, garanhão! Estou tão feliz com isso! E... você aceitou? — pergunto, empolgada, querendo incentivá-lo.

— Ainda não... Estou pensando em participar da corrida de abertura, porque realmente não tenho como tomar parte no campeonato todo, minha menina! É preciso treinar e se dedicar de uma forma que já não tenho mais condições.

— Que bom! Faça o que achar melhor, meu campeão. Quero muito realizar meu sonho erótico de fazer loucuras nos boxes com um piloto gostosão... — Deslizo a mão por seu corpo, provocando-o. — Você está me devendo uma no circuito de corridas, porque daquela vez fui embora frustrada, já que você estava na companhia daquela paquita erótica nojenta! — Seguro seu sexo com a mão firme.

Ele gargalha, sem perder a oportunidade de se dar bem:

— Se este é o prêmio que me promete, considere aceito o convite.

Ele inverte nossas posições na cama para me amar novamente.

Pela manhã, temos mais uma conversa reveladora.

— Minha menina, hoje não virei para São Paulo.

— Ah... Por quê? — pergunto fazendo bico.

— Vou jantar com a Maria Dolores.

— Com sua mãe, você quer dizer, né? — Eu o corrijo.

— Sim, com a minha mãe... — repete para mim e para ele mesmo. — A minha mãe desde sempre. Estou envergonhado por ter agido com ela de maneira totalmente diferente de como sempre fez comigo.

— Tenho certeza de que ela já o perdoou pela sua reação. Espero que você, por sua vez, compreenda os motivos dela.

— Tem mais uma coisa — fala, entortando a boca. — Ontem liguei para a Alícia e lhe fiz uma proposta de aquisição das suas cotas de ações da empresa. Aliás, sua pequena quantidade de cotas, já que ela torrou grande parte delas desde que meu pai morreu.

— E ela, como reagiu?

— Como sempre reage quando há dinheiro envolvido e de preferência entrando em sua conta: sem se interessar por saber os motivos de nada.

— Você contou que descobriu a respeito de sua mãe biológica?

— Não. Não acho que ela precisa saber. Ela já interferiu uma vez nos destinos da minha vida e na da Ma... minha mãe, não quero que interfira novamente — fala decidido, limpando a boca com o guardanapo. — Eu ainda não conversei com a Maria Dolores... — Franzo a testa e ele corrige de novo. — ... minha mãe, mas acredito que se falar alguma coisa para Alícia, ela não aceitará bem e pode fazer algo contra... a minha mãe. Estive ao lado dela por anos. — Seu olhar se perde no vazio. Toco a mão dele por cima da mesa, repassando energias positivas. — Eu sempre soube do que ela era capaz. Melhor não lhe revelar nada. Ela fez da minha mãe sua escrava até o dia em que a levei para morar comigo na fazenda.

Nossa Senhora das Namoradas que Odeiam Sogras Impostoras, perdoe-me por odiar essa megera plastificada... Que ela queime nos caldeirões do inferno quando morrer.

— Sábia decisão, meu garanhão! — Levanto da cadeira, sento-me em seu colo e, sem demora, sinto alguém acordando. — Hum, deixe para me entregar esse troféu depois, porque estamos atrasados. — Rebolo um pouquinho só para provocá-lo.

— Nem que eu tenha que atrasar todos os relógios do mundo! Vou possuí-la agora, minha menina! E em cima desta mesa, porque meu troféu deve ser posto no lugar que lhe é devido.

Carlos Tavares Júnior...

Sentado à frente da mulher que me gerou, fico olhando para ela à procura das palavras certas para dizer. Desde muito novo percebi que, ao contrário da mãe dos meus amigos, a minha não brilhava como sol para me iluminar nem usava um cetro de rainha para me direcionar. A Alícia nunca foi minha mãe. Verdade que não me tratava mal, mas também sempre foi fria e desprovida de sentimentos para comigo, fossem eles bons ou ruins. Com a Maria Dolores sempre senti totalmente o contrário: ela foi o sol a me iluminar, a lua para me direcionar no caminho certo na escuridão e a minha rainha que me conduziu até onde cheguei, apenas me dedicando atenção e carinho.

O garçom anota os pedidos e o silêncio se estabelece entre nós, um esperando que o outro diga alguma coisa.

— Carlito... — Ela toma a iniciativa. — Novamente peço que me ouça e tire as suas conclusões após eu terminar de falar. — Pela sua linguagem corporal e o estralar de dedos, noto que está tão nervosa quanto eu que, curiosamente, começo a repetir aquele pequeno gesto. — Eu fiquei calada a vida toda, mas agora quero e preciso ser ouvida!

Sinalizo um sim com a cabeça e ela desanda a falar.

— O que aconteceu no passado não vai fazer com que você sinta mais ou menos admiração por mim, nem aumentar ou diminuir sua indignação por não saber quem era sua verdadeira mãe. Não vou nunca buscar um culpado por você não ter podido me chamar de mãe nem esperar seu perdão por isso. Você tem o direito de saber que eu fui imatura e paguei por todo o dano que direta ou indiretamente causei na sua vida. Eu o amamentei o máximo que pude, que foi até você completar quatro meses, quando meu leite, secou, talvez pela minha desnutrição da infância. Foram os momentos mais íntimos que tivemos, dos quais nunca ninguém me privou. Eu ouvi quando falou pela primeira vez. Nunca pude comprar os brinquedos que você escolhia, mas sempre fui eu que providenciei para que tivesse todos eles, e era também eu quem brincava com você. Nunca pude pagar todas as viagens que você fez, mas ou fui com você ou providenciei tudo de que precisava. Não pude pagar o hospital quando você esteve internado, mas não arredei pé de lá um segundo até que recebesse alta, mesmo não me sendo permitido visitá-lo no quarto. Quando você saiu, fui eu que cuidei de você, agradecida por meu filhinho estar vivo. Ali foi como uma segunda chance que a vida me deu de cuidar de você novamente, como se fosse um bebê, porque no início você não conseguia fazer nada sozinho. Não revelei quem eu era porque escolhi assim. Naquelas circunstâncias, isto foi exigido de mim e não posso mudar o passado. Sei que deve se perguntar por que não falei depois que você se tornou adulto. Bem, por mais monstruoso que possa parecer, eu me sentia verdadeiramente recompensada por ter vivido ao seu lado o tempo todo. Para mim, isso bastava, entende? Não espere ouvir de mim um A sobre o seu pai ou a Alícia nesse sentido. Eles tinham seus motivos, e para ambos as justificativas eram fortes o suficiente para aceitarem a situação.

Ela limpa uma lágrima que escorre e começa a acrescentar mais palavras.

— Sabe, Carlito, na vida existem três verdades, a minha, a sua e o que o fato é por si só...

— Mãe... — Interrompo seu discurso, porque ela não tem que me convencer de nada! Para mim tudo já está mais do que esclarecido e o que resta de sentimento em mim é alegria e júbilo por ser filho de uma mulher tão maravilhosa e presente! — Eu não quero mais saber do passado. Se ele não causa dor em você, menos ainda em mim. Acho que sou mesmo muito sortudo por ter sido adotado pela mãe que me pôs no mundo, que lia histórias para mim todas as noites antes de dormir, participava das minhas brincadeiras mais bobas e infantis. Você foi a pessoa que sempre representou aqueles que se diziam meus pais em minhas apresentações da escola, aplaudindo de pé até aquelas mais bizarras.

Entrego a ela um lenço para secar as lágrimas que correm descontroladas pela sua face. Louco de vontade de abraçá-la pela primeira vez na vida sabendo que é minha mãe em todos os sentidos. Aquele é o momento de dizer tudo o que vai na minha alma.

— Muitas noites adormeci e acordei com você ao meu lado. Você abriu mão de ter uma vida própria para cuidar de mim. Viu-me crescer, sempre participando de todos os meus momentos, bons ou ruins. Foi você que me ajudou a fazer o primeiro aviãozinho de papel, lembra? Eu fiquei vidrado por semanas naquele papel dobrado em formato de avião, deslumbrado cada vez que ele voava mais alto, desprezando os chiques e caros brinquedos eletrônicos que tinha. Obrigado por ser você a minha mãe e por não desistir de mim! Você pode dar um abraço no seu filho, pela primeira vez como a única mãe que este filho escolheria novamente se pudesse?

Ela se levanta até mais rápido do que eu e abraçamos um ao outro, completamente esquecidos de onde estamos ou se as pessoas nos observam, apenas curtindo o gesto de carinho mais importante e expressivo de todos os que trocamos.

O cardápio do jantar a seguir é cheio de planos e negociações.

— Na qualidade de minha mãe, prefiro que você não continue cuidando da casa, porque me recuso a tratá-la como empregada.

— Filho — diz, com um sorriso lindo. — Na qualidade de sua mãe, continuarei a cuidar de você até que se case. Até porque não faço muita coisa. Você exigiu que eu contratasse a faxineira, e só me restou cuidar de suas coisas pessoais e de sua alimentação. E posso dizer que não há nada mais prazeroso para uma mãe do que poder cuidar de um filho.

— Você quer dizer que fará isso até quando eu ou você casar? Porque o Juarez conversou comigo a respeito dos planos que tem para você. Terei que entrevistá-lo novamente para o cargo de meu padrasto, afinal, sou o homem da casa e preciso saber das reais intenções dele.

Ela ri, jogando a cabeça para trás.

— Ele disse que quer se casar comigo, é? Que ousadia! Sequer nos demos beijinhos! — Ainda bem! Não aguentaria imaginar minha mãe fazendo essas coisas com um homem...

Claro que ela também não aceita se mudar para a minha casa, prefere continuar no seu cantinho dentro da fazenda, mas logo vou fazê-la mudar de ideia, quando concretizar os planos para lhe dar o mais lindo castelo que uma rainha merece.

Foi uma noite feliz e de muitas emoções, com o único lamento de não ter dormido com minha menina depois. Por sorte, apaguei tão logo cheguei em casa.

Desde que resolvi participar da corrida de abertura do campeonato de veteranos, minha vida tornou-se uma loucura. Preciso dividir meu tempo entre a administração da Germânica, os treinos e o romance com a minha quimera, que tem andado muito misteriosa. Ela faz questão de acompanhar todos os treinos, fez amizade com todos da equipe e, sempre que pode, vem para Cabreúva, para me poupar do cansaço e estresse de ir para São Paulo todos os dias.

Enfim, voltarei a sentir toda a adrenalina de estar nas pistas, mas, diferentemente do que a Patrícia alega, não estou nem um pouco concentrado. Na véspera, ela me disse que não passaria a noite comigo, para que eu me focasse apenas na corrida. Meu celular toca e atendo sem ver o visor, pensando ser ela.

— E aí, bonequinha? Borrando-se muito nas calças?

— Muito! Quer vir me limpar?

— Estou fora! Liguei para desejar boa sorte. Sei como a sua vida se transforma quando está no autódromo e tenho certeza de que amanhã não teremos tempo para conversar.

— Nem me fala! Estou uma pilha! Mas é muito bom voltar a sentir esta emoção.

— Vai dar tudo certo e, embora seja apenas a corrida de abertura, sei que vou vê-lo novamente no alto daquele pódio.

— Não estou nem um pouco preocupado com o pódio, meu prêmio já está garantido.

— Ah, é? Não me diga que comprou a vitória!

Rimos.

— Debochado! Tenho o melhor prêmio de todos me esperando nos boxes ao final da corrida.

— Hum, um fã-clube bem especial, pelo visto. Descansa aí, cara! Você vai precisar muito... Já vai gastar muita energia na pista, então, precisa ter alguma de reserva para queimar com aquela mulher quente que deixou você de quatro.

Mando-o para aquele lugar por dizer que minha mulher é quente mesmo e nos despedimos rindo. Antes de deixar o celular de lado, mando uma mensagem para minha menina sempre escorregadia.

> *Estou contando os minutos para receber o meu prêmio!*
> *Beijos desejosos.*
> CTJ

A resposta é instantânea.

> *Pode contar com isso... Estou exatamente cuidando de uma parte dele neste minuto, deitada em uma maca para tirar até o último pelinho do meu corpo...*
> *Com dores, mas, mesmo assim, com desejos de estar com você.*
> *Beijos molhados... Muito molhados mesmo...*
> PAR

Vou para o quarto tentar dormir, mas obviamente meu corpo não obedece aos desejos de minha mente! Não é a corrida que povoa meus pensamentos, mas a relutância da minha menina em sequer falar a respeito de casamento. Compreendo seu receio quanto a esse tipo de compromisso, bem mais do que ela imagina, mas gostaria que ela ao menos conversasse comigo, não para dizer sim, mas para ir se acostumando à ideia... Juntos, podemos vencer esse temor. Sei que o que temos não depende da assinatura em um papel, mas casar-me com a mais linda, fugaz, doce, intempestiva, fascinante e amada quimera escorregadia significa muito para mim. Representaria sua verdadeira confiança em mim como seu dominador e seu homem. Seria a prova final de sua entrega absoluta ao nosso amor.

Cansado de rolar na cama, não resisto e ligo para ela, que atende no terceiro toque, já me repreendendo por não estar dormindo. Antes que ela venha com sua romaria de cuidados, interrompo-a, reafirmando o quanto a amo e garantindo que não fico triste com a atitude dela de se manter indiferente aos meus pedidos de casamento. E logo começo a cantar "Living in sin", do Bon Jovi.

Mas, ao contrário da canção, eu sei, sim, exatamente onde, como e quando nos encaixamos, Patrícia Alencar Rochetty: um nos braços do outro, com muito amor e por toda a eternidade.

Capítulo 10

Carlos Tavares Júnior...

Passei uma noite turbulenta sentindo falta da minha quimera. Tive até que tomar um banho frio, para amenizar a excitação que a lembrança dela me causava. Não sei a que horas consegui adormecer.

Chego ao Autódromo de Interlagos às 8h30, acompanhado da minha mãe, vestida muito elegante com um vestido azul-celeste e salto alto pérola combinando com o chapéu claro de abas largas.

— Uau! — digo, ao rodopiá-la. — Você não acha que está muito elegante para passar o dia todo em um autódromo?

— Não, porque meu filho merece sempre o melhor, mesmo que no vestuário da sua mãe. Além disso, não é sempre que uma mãe desfila ao lado do melhor piloto de todos os tempos.

Levanto a sobrancelha, franzindo a testa.

— Sabe que estou fora de forma. Aceitei participar dessa corrida de abertura só por diversão. Não tenha expectativas de me ver no pódio, não quero decepcioná-la.

— Ora! Até o último lugar é motivo de alegria para uma mãe que sabe que o filho está fazendo o que mais gosta na vida, mesmo que por hobby.

Abraço-a carinhosamente e assim ficamos, até sermos interrompidos por uma verdadeira comitiva que se aproxima, ruidosa. À frente, está o Juarez, conduzindo uma frota de funcionários da fazenda. Tenho certeza que a D. Maria Dolores os obrigou a vestirem aqueles trajes alinhados para me prestigiarem na corrida.

O ronco dos motores e a adrenalina produzida por estar no meio dos carros alinhados para a largada começam a ferver meu sangue nas veias. Estar ali, revivendo as emoções de uma prova, mesmo que de brincadeira, eleva meus sentimentos à potência máxima. E ainda me lembro que a mulher da minha vida me aguarda em frente aos boxes. É incrível como a presença da Patrícia torna melhorar tudo o que já é bom. Gosto de minha fazenda, mas é muito mais agradável ficar lá quando ela está comigo! Adoro correr com aquele bólide, mas é muito mais prazeroso saber que ela está presenciando minha alegria! Adoro aventuras, mas elas são muito mais deliciosas porque ela desfruta de quase todas comigo! Às vezes, penso se realmente soube o que era ser feliz antes da Patrícia...

Da quinta posição do ranking de largada, vislumbro uma linda mulher vestida com um micromacacão vermelho pontilhado de um xadrez preto e branco. É minha menina sinalizando que faltam 30 segundos para o início da prova. Ela não quis passar a noite comigo para que eu pudesse me concentrar, e em apenas um segundo desfez tudo, de tão gostosa que está! Deve ter conseguido uma vaguinha lá, depois de fazer amizade e angariar a simpatia de todo o pessoal da organização, enfeitiçando a todos com seu bom humor e simplicidade.

A movimentação típica dos momentos anteriores ao início da prova se torna mais intensa. Eu, que adoro toda a sensação provocada pela disputa, já penso logo no final da prova. Vou mostrar a essa provocadora de macacão indecente a surpresa que lhe farei, além das palmadas que levará por estar atraindo os olhares de quem não deve. Meu coração bate mais forte no compasso da contagem regressiva. Acende-se a luz amarela.

— Carlão, que você tenha uma excelente corrida, companheiro! Esta é a sua corrida, campeão! — Ouço o chefe da equipe falar pelo sistema de som. Ele é um grande amigo e sempre insistiu para que eu voltasse a competir. Infelizmente, os motivos que me fizeram desistir ainda são muito fortes, portanto, esta será o que realmente é: uma participação para abrir o campeonato.

— Que vença o melhor!

Concentro-me na pista, engato a marcha e movimento meu pé no acelerador. Meu sangue corre nas veias no compasso do combustível bombeado para o motor. A luz verde acende e tudo o que me motiva agora é a garra e a determinação em dar o meu melhor.

A equipe vibra, mandando-me energias positivas. Assim que engato a terceira marcha na reta, ultrapasso os dois carros à minha frente, assumindo a terceira posição. Sinto como se tivesse sangue nos olhos. Fico a milésimos de segundos do segundo lugar, estrategicamente acelerando e reduzindo, esperando um erro do outro piloto para ultrapassá-lo.

A prova avança e eu deslizo na pista, reconhecendo e reencontrando cada chicane, cada pedaço de pista, cada faixa, cada *guard-rail*. Cara, eu me sinto vivo!

Seguro o volante com firmeza e, na Curva do S, o Montoya opta pelo interior da pista. Assim que ela aponta, eu jogo o carro para a esquerda, na esperança de ultrapassá-lo, e acelero como nunca, apenas reduzindo no momento exato e perfeito.

— É isso aí! Agora vamos brigar pela liderança, garoto! — grita o chefe da equipe.

A adrenalina é cada vez mais revigorante na busca pela primeira posição.

— Quantos segundos estou atrás do Nhomair?

— Nesta última volta você diminuiu três segundos, faltando só sete para alcançá-lo. Vai com tudo! Você está indo bem.

Mais algumas voltas e consigo diminuir meu tempo enquanto vou conversando com a equipe. Faltando 15 voltas para o final, vejo a traseira do carro do Nhomair. Não aceito menos da máquina que está em minhas mãos e exploro-a como melhor sei fazer, reduzindo pouco nas curvas menos perigosas como a da Laranjinha, a do Sol e a do Mergulho.

— Atenção, Nhomair vai para os boxes! Aproveita para assumir a liderança. Daqui a duas voltas você para, com uma boa vantagem sobre ele.

Erro o menos possível nesta volta e, na subida dos boxes, emparelho com ele e ultrapasso-o sem deixar rastros. Com o tanque vazio e o carro menos pesado, disparo e obtenho alguns segundos de vantagem. Completo a volta com seis segundos de vantagem.

— Não sei se ele está no seu dia de sorte, campeão, mas a equipe do velho Nhomair foi mais rápida do que o esperado.

— Então mexam esses traseiros gordos e me esperem para fazer um tempo menor do que o dele! — falo, divertido. A equipe faz sua parte com excelência, porém, excedendo dois segundos do que deveria.

— A briga vai ser boa... Acho que a Toyota está com problemas, porque o Feltrin, que ocupa a última posição, deu um pouquinho de trabalho para o Nhomair passar. Você vai sair dos boxes praticamente junto com ele.

E não dá outra! Na junção da saída dos boxes com a pista ficamos quase emparelhados. Sempre o acompanhei pela televisão e conheço o estilo de corrida dele. Já foi campeão brasileiro em diversas categorias, mas isto não me intimida, muito pelo contrário, me incentiva a vencer. Quero pegar aquele troféu, encher de champanhe e derrubar tudo no corpo delicioso da minha menina para depois lamber. Na Curva do Pinheiro, tento ultrapassá-lo por fora, mas ele é mais rápido e me dá uma fechada, uma atitude pouco desportiva. Mas os anos de dominação no BDSM me renderam muita paciência. Assim, na Curva do Bico de Pato, aplico justamente a atitude contrária a que ele está esperando, jogando o carro para a direita. Quando ele faz o mesmo movimento, ousadamente jogo para a esquerda e ultrapasso-o por dentro.

Todos vibram. O campeão está de volta.

Mantenho a posição até que, faltando três voltas para a bandeirada, ouço o som que, para mim, é como se fosse o hino da vitória.

— São só duas palavrinhas... — Após uma série de pequenos ruídos, reconheço a voz. — Olá, campeão! Tinha um discurso enorme para fazer até o final da prova, mas sei que não posso falar muito, tem um bando de homem aqui fazendo cara feia para mim. Então, vou falar rapidinho. Você é a melhor coisa que aconteceu na minha vida... Assim que terminar esta corrida, tenho uma surpresa a lhe fazer. Beijos muito molhados e continue assim... Você está indo muito bem!

Mais ruídos. Acho que alguém arranca o microfone das suas mãos, porque a ouço resmungando com o chefe da equipe. Sorrindo da sua ousadia, acelero cada vez mais para pegar minha pequena insolente nos braços. Na última volta vejo o público das arquibancadas levantar. Não entendo o motivo para tanta torcida, já que há mais de dois anos estou fora da pista!

— Mantenha a velocidade! O Nhomair está indo com tudo para cima de você! Acredite, campeão, este prêmio ficará marcado para sempre na sua memória!

A equipe me orienta e incentiva. Incrível, mas só de ouvir a voz suave da Patrícia já fiquei com uma enorme ereção, comprimida pelo macacão justo. Surge a reta, respiro fundo e acelero. A adrenalina aumenta junto com a emoção de ganhar a corrida. E ela se intensifica ao vê-la dar a bandeirada. Uma sensação duplamente especial! É verdade que mal consigo divisá-la por causa da velocidade, mas sei que é ela, impossível não reconhecer minha menina ali. Ergo os braços dentro do *cockpit*, festejando, e completo a volta comemorativa. Neste momento, quando desacelero o carro e me aproximo dos boxes, sinto meu coração congelar ao ver um painel luminoso com a frase: "*Garanhão*, ACEITO!!!! E *você*?"

Patrícia Alencar Rochetty...

As indiretas do Carlos pedindo-me em casamento ficaram gravadas na minha memória como lembretes permanentes. Várias vezes quase disse sim, mas não sei, algo me impedia, porque isso não se parecia comigo! Só um simples "sim"? O que ele fez para mim, o amor que ele me dedicou, sem hora nem lugar, exterminando um a um meus medos e também meus pudores, substituindo-os por sentimentos lindos e livres, entrelaçando sua alma à minha, que ele desnudou, não podia se resumir a uma palavrinha tão pequenina e singela. Quando ele me falou que competiria mais uma vez, mesmo que de brincadeira, foi que tive uma súbita e louca ideia.

Claro que precisei da ajuda do Nandão, do Dado e da Babby para pôr o meu plano em prática. Primeiro, comecei a sondar como tudo funciona nos bastidores da corrida. De posse das informações que julguei pertinentes, convidei a minha amiga e fiel cúmplice para um café.

— O que é que você está dizendo? — perguntou, enquanto me ouvia atentamente, parecendo o Nemo no aquário, de tanto que abria e fechava a boca.

— Vamos, lá, Barbarella, já expliquei por que nunca me abri com você sobre o meu passado. A verdade é que estava tudo tão trancado no meu inconsciente que nem mesmo eu sabia claramente o que estava escondido.

Ela sacou o celular da bolsa.

— Nana, não vou almoçar em casa. Vim me encontrar com a Patrícia e vamos emendar. Acho que deveria ligar para o escritório e avisar às meninas que não voltaremos mais hoje — disse, ligando a seguir para o Marco, informando que teríamos uma tarde de meninas.

Eu não queria mais manter segredo algum dela, mas, se lhe contasse sobre as preferências de dominação do Carlos, a Babby seria capaz de surtar! Ela voltou a falar superficialmente do meu passado e de novo mostrou-se furiosa por eu nunca ter lhe contado nada. Parece que nem escutou o que eu falei antes de sair dando telefonemas para os quatro cantos do mundo. Fez caras e bocas expressivas, porém, quando percebeu que estava entrando em um assunto desconfortável para mim, mudou radicalmente o rumo da conversa. Aproveitei a deixa e passei a lhe contar meu plano.

— E por que você simplesmente não disse sim quando ele mandou todas essas indiretas?

Respondi séria:

— Acho que medo, Barbarella... de não dar certo. O Carlos parece ser tanta areia para este caminhãozinho que sou eu...

— Você, caminhãozinho? — Ela torceu os lábios. — Amiga, você está mais para um Scania desgovernado! Patty, nunca teremos garantia do que será o amanhã, mas temos como fazer o hoje especial, e estou muito orgulhosa por você. Agora levanta esse traseiro de tanajura da cadeira e vamos cuidar dos preparativos. E não ouse me poupar de nenhum detalhe, porque sou capaz de bancar a amiga intrometida e escolher até o seu buquê. — Levanta-se, jogando notas sobre a mesa. — Esta fica por minha conta, afinal, será a primeira vez que serei madrinha de um casamento surpresa.

Assim tudo foi acontecendo. Até acabei acreditando naquela frase que já li e vi em vários lugares: "Quando é para ser, o universo inteiro conspira a favor". Cada padrinho ficou encarregado de cuidar de algo. O Nandão teve a responsabilidade de convidar alguns amigos próximos do Carlos e de pessoalmente cuidar de cada detalhe com a cerimonialista, com quem ele simpatizou desde o primeiro encontro. O Dado foi incumbido de buscar nossos pais e a D. Agnello no aeroporto para conduzi-los ao autódromo. Até a minha sogra querida ajudou esta quadrilha de mafiosos do amor que nos tornamos! Pegou o passaporte dele e me entregou, porque precisaria dele para nossa viagem de lua de mel.

Queria um lugar diferente, ao qual ele ainda não tivesse ido. Escolhi Amsterdã. Além de suas belezas naturais, como observei em vídeos e fotos na internet, o que pesou mesmo na minha escolha foi que lá ainda tem um museu do sexo! Ah, não tive mais dúvidas, bati o martelo com o agente de viagens. O Nandão ficou buzinando na minha orelha que o Carlos ficaria uma fera ao saber que eu estava pagando não só a viagem, mas também todo aquele esquema. Convenci-me a deixá-lo arcar com as despesas da cerimônia, já que tinha acesso irrestrito ao dinheiro das cotas da Germânica.

Nossa Senhora das Possíveis Noivas Aflitas, por favor, livre-me da tradição de que é de mau agouro o noivo ver a noiva antes do casamento, porque estou a poucos metros dele, com o coração na boca, batendo descontroladamente. Ainda tenho sensações diferentes e maravilhosas a cada vez que o vejo! Como eu quero este homem na minha vida! Envolvida e hipnotizada por ele, nem o calor do lugar nem o som dos carros passando tiram-me do transe. A cada passo que dou na sua direção, me sobrevém uma incerteza sobre eu ter agido corretamente. Bem, daqui em diante é que vamos conferir. Seu olhar guloso mede-me de cima a baixo e já sinto o calor do seu corpo cada vez mais próximo.

— Oi, minha menina! Você está linda! — diz, com voz suave e rouca.

— Oi! Você também não está nada mal. Sonhei com você a noite toda nesse macacão, campeão! — Nossos lábios encostam um no outro.

— E eu não dormi nada naquela cama vazia! Senti muito a sua falta.

Reprimo um sorriso de satisfação ao saber o que ele ainda não sabe, isto é, que esta será sua última noite de cama vazia. *Se você concordar com meu plano, garanhão*, penso comigo, *eu a preencherei para sempre*.

— A minha também estava muito vazia...

A tensão sexual entre nós é sempre tão grande que basta seus braços musculosos envolverem a minha cintura para que eu vire uma gelatina. Nossa conexão é instantânea e trocamos um beijo cheio de promessas.

— Preciso ir... — fala, ouvindo seu nome chamado por alguns marmanjões.

— Eu sei. Vai lá, campeão, arrebente! Estarei aqui na torcida, sentada no camarote, vendo a sua vitória.

— Tentarei. Mas, sabendo que já tenho um prêmio garantido para depois da corrida, não estou preocupado com a vitória...

— Hum... Espero ser o melhor prêmio que você já ganhou.

— Comporte-se, pequena! Vá ao toalete e passe o triplo de maquiagem que está acostumada a usar para cobrir esta sua pinta. Se algum abusado ousar olhar para ela, ele também ficará com uma pinta na cara pelo resto da vida.

Beijo meus dedos cruzados.

— Vou tentar conseguir uma burca para usar enquanto você estiver na corrida.

Ele se vira para o lado dos boxes e eu, para a tenda improvisada que preparamos, com a autorização da administração do autódromo. Olho para trás; ele faz o mesmo e volta correndo em minha direção. Trocamos um daqueles beijos de desentupir pia! Que delícia! E retomamos nossos trajetos.

— Num ela sem tempo... — fala a pequena princesa Belinha, que será minha dama de honra, quando entro na sala improvisada para trocar de roupa, provavelmente imitando o que ouviu da boca de algum adulto.

— Eu posso saber o que não era sem tempo? — Ponho as mãos na cintura, agacho-me e lhe dou um beijo de esquimó. Ela ficou linda com o vestido quadriculado de preto e branco, nas cores da bandeira da corrida.

— Você é a noiva? — Ouço alguém perguntar com a voz mais ansiosa do que a minha. — Minha querida, estamos todos escondidos e arrumados para não levantar suspeitas e a noiva fujona some!

— Fui desejar boa sorte para o meu amor! — Abraço minha amiga, já ficando emocionada. Parece que só agora a ficha está caindo. Sempre fui impulsiva, e tudo aconteceu tão rápido que as emoções e o nervosismo costumeiros das vésperas de casamento chegaram em doses homeopáticas. Contudo, no momento, estou como um barril de pólvora prestes a explodir.

— Vamos trocar a roupa? — pergunta a Maria Dolores segurando o cabide no qual está um macaquinho vermelho com frisos xadrez brancos e pretos nas beiradas.

— O que é isto? — pergunto divertida. — A mãe do noivo está me intimidando como nas quadrilhas de festa junina, quando o pai da noiva obriga o noivo a dizer sim?

— Mais ou menos.

— Não é bom ver o noivo antes do casamento — diz minha mãe. — Parece crendice caipira, mas tu não achas que deverias evitar de correr este risco, fia?

Abraço-a e conforto-a nos meus braços.

— Ele ainda não sabe que é o noivo, mãe...

— Não? Pois ele que se atreva a não casar depois que o seu pai foi obrigado a entrar naquele avião. Como um bom gaúcho, teu pai é capaz de fazer churrasquinho dele...

Mais risadas e falatório. O clima descontraído ajuda a não pensar besteira enquanto me visto para a primeira surpresa que farei a ele.

A cerimonialista que o Nandão contratou providenciou minha participação na sinalização da corrida. Sou a última da fila e isto não ajuda em nada a atenuar minha ansiedade. Quando a penúltima menina sai, o meu coração vai com ela.

Jamais conseguirei fazer que nem ela! A moça parece que não anda, flutua ao mostrar o sinalizador com o número um, indicando ser esse o tempo que falta para início da corrida.

Para falar a verdade, nem eu acredito que estou fazendo isto! Caio em mim, saindo dos meus devaneios, quando ouço a plateia me ovacionar com vários assobios. Faço uma expressão imitando essas modelos, estufo o peito, empino o bumbum de tanajura e mostro o sinalizador indicando faltar 30 segundos para começar a prova. Se minha vida é uma festa, aproveitem e usufruam um pouco disso hoje, porque será de arromba!

Vamos lá, garanhão! Posso não ser a mulher mais bonita do mundo, mas garanto que sua vida ao meu lado não cairá na monotonia, porque a rechearei de fortes emoções. Sigo desfilando e sorrindo enquanto repito isso para mim mesma.

Os segundos finais fazem a tensão crescer. Queria ser um neurônio do cérebro do Carlos agora, só para ouvir seus pensamentos. Viro-me em direção aos carros e lá está ele, com os olhos arregalados fixos em mim. Imagino que está pensando em uma forma de me punir, ai, ai, ai. Não reclame, foi você que me levou amá-lo e a querer surpreendê-lo. Saio da pista e sou carregada pela minha equipe de mulheres para nossa tenda de troca-troca.

Devidamente vestida, parada diante de um espelho improvisado de corpo inteiro, vejo a plateia admirada atrás de mim. Minha amiga babona me olha com carinho, minha mãe está aos prantos, e minha querida sogra, sorrindo. Já minha bonequinha olha para todas as mulheres com carinha de indagação, sem nada entender porque uma chora e a outra ri...

— Se ninguém disser nada, vou cortar meus pulsos!!! — dramatizo. — Vamos lá, meninas, falem alguma coisa!

— Você está linda! — Ouço-as dizer em coro.

— Também achei... — brinco e gargalho para disfarçar a tremedeira.

Quando a Babby sugeriu que eu comprasse um tubinho branco, fiquei indecisa, pensava em outro modelo de vestido de noiva, por mais que minha ideia pudesse parecer estapafúrdia. Quando revelei a ideia a ela, apenas me disse para que eu tirasse as medidas, ela cuidaria do resto. E não é que a danada idealizou e mandou confeccionar exatamente o que eu pensava? Um vestido de noiva estilizado em uma versão feminina de um piloto! Claro que a ênfase foi na cor branca, mas qualquer um poderia perceber que aquela roupa era uma vestimenta de uma mulher piloto vaidosa. Estou me sentindo a Penélope Charmosa das plagas paulistanas. Meus sapatos foram encapados e bordados como as partes brancas do vestido e, na cabeça, nada daquelas tiaras luxuosas de princesa, apenas uma *headband* estampada com carrinhos de corrida cobertos de *strass* e pérolas.

— Hora do show, meninas!

O Dado invade o reservado feminino e conta:

— Parece que o noivo está sentindo que hoje é o dia dele, pois acaba de chegar à liderança.

Um misto de loucura, emoção e adrenalina me deixa cega e meio atordoada. Foram duas semanas de preparativos e nesta última semana não descansei nada, conferi cada detalhe, juntamente com a minha inseparável e organizada D. Certinha. Quando volto ao mundo dos vivos, percebo que corri até os boxes e arranquei o intercomunicador da orelha do chefe de equipe! Louca eu? Imagina...

Ouço apenas a respiração do meu amor junto com o som do carro. Nem dou atenção ao que falam à minha volta porque tenho certeza de que não gostaram nada da minha atitude. Dane-se: só o que quero agora é falar com meu campeão antes de saber se a ideia que tive foi ou não acertada.

Meu coração acelera a cada palavra que falo para ele, em um misto de alegria e ansiedade. Concluo o assunto rapidamente, porque, além de o chefe da equipe estar lutando comigo pela posse do intercomunicador, ainda tenho praticamente que correr uma prova de mil metros com barreiras para chegar à linha de chegada, que fica bem longe dos boxes. Depois de tantas aventuras, descubro que nunca ficarei entediada, pois sinto todas as emoções intensamente.

Ouço o locutor da prova dizer que se o noivo, que é o líder, concordar com o pedido de casamento da noiva, todos na plateia receberão um copo de chope como cortesia do maior patrocinador que, por coincidência, é... o noivo! É isso que faz os espectadores irem à loucura e, na última volta, a maioria deles se levanta e começa a gritar sim quando o carro acelera diante da arquibancada.

— Infelizmente, noiva bonita, não é permitido que outra pessoa, a não ser o juiz da prova, dê a bandeirada final. Mas podemos fazer isso juntos, ok? — Ok, sem problemas! Eu nem esperava poder fazer isso!

Então, em vez de um noivo me esperando no altar, vejo o carro dele apontando na reta final, quase chegando até nós para a bandeirada. Assim como eu, meu casamento não vai ser nem um pouco convencional, mas cada emoção vivida está valendo muito a pena.

Já na área de dispersão dos pilotos, para onde fui transportada em um veículo especial, fico esperando o Carlos sair do carro. E espero. E espero... O tempo passa e nada de ele aparecer. Pronto, ele não gostou da surpresa e está demorando porque não sabe como vai reagir. Será que até para aceitar meu sim ele banca o torturador? Pergunto ao motorista.

— O senhor sabe o que está acontecendo?

— Ele está soltando os cintos de segurança e cumprindo todos os requisitos de segurança.

— Nossa, que demorado! Se um carro desse pega fogo, o piloto já sai em forma de churrasquinho!

Finalmente, após longos minutos, meu garanhão pula do carro e tira o capacete. Ele caminha na minha direção e faz uma mesura para mim, que apenas abro a janela do carro em que estou.

— Sra. Tavares. — Meu coração, que há segundos estava em um silêncio angustiante, explode de alegria ao ouvir essas duas palavras. — Claro que sim, sim, e mil vezes sim! A senhora me tornou o homem mais realizado deste mundo.

— Garanhão, espero por você no altar. Você não pode me ver antes do casamento...

— Só no altar? — pergunta, apontando para o macacão.

— Claro que sim, meu senhor futuro marido, exatamente assim, quente e gostoso!

Mas, antes de subir ao altar, ele deve subir ao pódio para receber a premiação. Fico triste por não poder estar lá, vestida de noiva piloto, vibrando com ele. Estragaria esta parte da surpresa. Quero mostrar a ele que até no traje de casamento somos almas profundamente identificadas e interligadas.

Chegando ao local da cerimônia, vejo as cadeiras alinhadas decoradas com lindos copos-de-leite. Tudo puro e singelo.

— O que aconteceu com a bombacha? — pergunto sorrindo para meu pai, que me espera no início do corredor formado pelas cadeiras, com um meio fraque preto, igual ao que o Dado também está usando.

— Bah, tchê, este mundo está virado mesmo! Onde já se viu a noiva esperar o noivo no altar? Eu sempre pensei que conduziria minha sapequinha para seu futuro marido. Se bem que, sendo tu, minha filha, isso não fica tão estranho!

— Tu estás linda! — elogia o Dado. — Sabe, pedi ao papai que me desse a honra de entrar com vocês. Sei que tu não tens muito do que se orgulhar de mim no passado e que não fui teu porto seguro como deveria ter sido quando mais precisaste, mas, mesmo assim, gostaria muito de conduzir ao altar a mulher mais brilhante e guerreira que conheci. Tenho muito orgulho de ser teu irmão e estou muito feliz por ti.

— Eu estou muito orgulhoso dos dois! Vamos, meu filho, um de cada lado. Para que aquele guri corredor veja com quem vai se ver se não fizer minha filha feliz.

No telão, começa a ser exibido o clipe da música que eu escolhi como trilha sonora do nosso casamento: é "*Sugar*", do Maroon 5. A letra, embora na visão masculina, expressa muito bem a gama de sentimentos que nutro pelo Carlos. Além disso, o clipe mostra vários casamentos em que noivos são surpreendidos, o que combina bastante com o nosso, em que pese ser a surpresa apenas para um dos lados.

Com meus dois lindos acompanhantes, sigo pelo corredor olhando feliz para todos e saudando o seleto grupo de convidados que, contagiados, sorriem à nossa passagem. Vejo que, no altar improvisado, o juiz de paz balança o corpo sem perceber, no ritmo da música. Quase gargalho de tanto nervoso ao ver isso!

— Bonequinha — cochicha o Dado de um lado. — Apesar de no passado eu ter sido impotente para salvar nossa mãe, no presente e no futuro não hesitarei em te salvar do que for necessário. Hoje estou mais forte do que ontem e amanhã estarei mais forte do que hoje, por isso, serei teu porto seguro. — Ele aperta meu braço.

— Você é um vencedor, meu irmão!

— E tu és minha heroína, mas da boa! — Rimos cúmplices por ele já estar até fazendo piada de seu triste passado.

Meu pai está tão emocionado que nem consegue falar, só chora o velho machão... Outra música começa a tocar e meu garanhão aponta no início do corredor. Com o coração na boca e lágrimas de emoção nos olhos, observo-o caminhar até mim.

Carlos Tavares Júnior...

Estou sonhando, só pode ser! Será que bati o carro e estou delirando?

O som da rolha da garrafa de champanhe que estou agitando me traz de volta à realidade. Espirro o líquido gaseificado nos outros dois colocados e em parte da plateia mais próxima. Nunca, em todos os meus anos como piloto profissional, festejei com tanta satisfação e felicidade.

Nem espero as congratulações dos membros da equipe, que tanto batalharam para que eu tivesse um bom desempenho na corrida. Salto do pódio e vou na direção do Nandão, que acena para se destacar naquele mar de gente. Vejo ele e o Marco vestidos de maneira bem elegante e formal.

— Capricharam na beca, hein? Tudo isto para me verem subir ao pódio?

— Não, bonequinha, para vê-lo subir ao altar! O que não fazemos por um irmão... Chegamos até a desfilar pelo autódromo com essas roupas de pinguim!

— Ei, Carlos, sua madrinha de casamento até tentou salvá-lo no quesito vestimenta — explica o Marco. — Mas a sua nada convencional noiva não permitiu. Foi irredutível quanto a você se casar exatamente com esse macacão, embora não tenha explicado o motivo. Sabe algo a esse respeito que possa compartilhar conosco?

— Não... Aquela pequena é um poço de boas surpresas! Nunca achei que me casaria assim, muito menos com este macacão! — digo, divertido. — Mas, pode acreditar, cara, hoje eu casaria até pelado se ela quisesse!

— Mas você quer mesmo se casar assim? — pergunta o Nandão. — Porque a noiva doida pediu que comprassem uma roupa de pinguim para você também, caso você não se sentisse confortável com isso. E tem outra surpresa, quem a comprou foi a Maria Dolores em pessoa! Ela saiu da toca e veio para São Paulo só para isso. — Realmente uma surpresa, porque ela passou a resolver toda sua vida lá em Cabreúva. Não quis voltar para a capital nem para ir ao médico.

Andamos e conversamos animados até que eu vejo minha mãe parada, me esperando. Não acredito que ela tomou parte disto tudo e conseguiu esconder de mim! Mas uma ideia me ocorre, devo planejar algo que a surpreenda também, como uma lua de mel...

Ela repete a história da roupa de pinguim.

— Obrigado, mãe! Mas será que acertou no tamanho? Olha que posso ficar parecendo um anão ou um saco... — Acho graça, aliás, estou rindo até da mosca na sopa.

— Carlito, podem passar mil anos que a mãe conhece a medida do filho só de olhar. Você fica lindo vestido com qualquer roupa, meu querido! Você escolhe.

— Mãe, eu agradeço muitíssimo a sua dedicação e o carinho na compra do meu traje, mas você conhece este seu garotão mais do que qualquer outra pessoa no mundo e sabe que eu vou preferir a roupa que minha menina escolheu, não é?

— Ah, Carlito, sonhei tanto com este dia! — diz e me abraça. —E estou tão feliz por ser a Patrícia a mulher da sua vida! O amor que ela sente por você é ilimitado e incomensurável!

— Ela é um grande presente que Deus enviou para mim, mãe! O melhor presente que já ganhei na vida.

Nunca fui de externar minhas emoções diante das pessoas. Mas, ao apontar no corredor que me levará ao altar e ouvir *November rain*, sou sacudido por lágrimas que praticamente saltam dos meus olhos sem que eu tenha qualquer controle sobre elas. Essa menina, com seu jeito faceiro, transformou minha vida em um céu de brigadeiro. Impertinente, ousada, criativa, surpreendente: se mil adjetivos eu tivesse, ainda seriam poucos para descrever o que essa mulher é para mim. Ela diz que a chamo por nomes esquisitos relacionados a figuras mitológicas, mas são eles a única forma de chegar perto da grandiosa personalidade da Patrícia Alencar Rochetty... quase Tavares.

Vê-la naquele vestido que parece uma versão feminina de um macacão de corrida faz o meu corpo inteiro se arrepiar! Ela consegue parecer ainda mais gostosa do que já é, embora vá merecer um castigo por mostrar muita perna para um bando de machos! Não vou conter meu impulso: dane-se a tradição de só beijar a noiva apenas ao final da cerimônia! Puxo-a para mim, com a pegada forte que ela adora, inclino sua cabeça para trás e beijo-a como se não houvesse amanhã, exprimindo no meu gesto todo o meu amor por ela. Esta mulher é minha!

Patrícia e Carlos...

— Se o seu sim é capaz de tirar o meu fôlego deste jeito, como será o felizes para sempre?
— Asfixia pura, minha quimera! — Ele pisca.
— Hum, promessa feita na frente do padre tem que ser cumprida!
Frei Benedito, que reza as missas na capela da fazenda veio abençoar nossa união. Foi um agrado à minha sogra. Para mim, já está mais do que bom!
Primeiro seguimos as formalidades do casamento civil, em que todos os presentes assinam a papelada, que nunca pode faltar nesta nossa pátria burocrática. Devidamente casados perante a lei, vemos o juiz afastar-se para dar lugar ao frei, que começa sua preleção.
— Boa noite a todos! Já ouvi muitas pessoas expressarem suas dúvidas quanto a um padre falar a respeito de casamento, sendo que ele mesmo nunca se casou! E, de fato, esta parece ser uma questão bastante válida, não é mesmo? Bem, o que faz com que uma mulher seja mãe sem nunca ter sido uma antes? Ou um pai nas mesmas condições? Pois eu respondo o mesmo que a essas pessoas: o amor, meus filhos! Não o amor em seu aspecto carnal, mas aquele que transcende o lado físico e vem da parte mais bonita e divina de todos nós! Aquele que alguns chamam de amor universal e livre de interesses e expectativas! Não preciso ter sido casado para perceber quando um marido está sendo cruel com sua esposa, nem quando uma esposa está sendo inconsequente com seu marido! Tampouco preciso julgar as ações de cada um deles, pois isso cabe apenas à consciência de cada um e ao nosso Deus! Independentemente de como um casal uniu-se em matrimônio, pela lei dos homens, de Deus ou simplesmente pela vontade de duas pessoas que se amam e querem ficar juntas, o importante é essa força motriz que une e que mantém qualquer relacionamento: o amor universal. É por isso que me sinto seguro para aconselhar casais, porque meu papel é lembrar que cada um de nós traz esse sentimento em seu interior. Assim, apenas tento mostrar ao marido ou à esposa que, para além dessas distinções, são seres humanos que amam, sentem e emocionam-se como entes individuais, passíveis de erro, mas também capazes de gestos

abnegados oriundos desse amor universal. O desentendimento inicia-se quando um passa a ver o outro com os olhos presos a conceitos estáticos e carentes de qualquer significação real do que é ser companheiro, amante e amado. Quando essas qualidades, que enriquecem um relacionamento, passam a ser vistas como sentimentos obrigatórios e impostos oriundos não do verdadeiro amor universal, mas de um pseudoamor que engessa, paralisa e não deixa o casal avançar e evoluir. A fonte em que o casal deve beber é a do amor universal, que existe, sempre existiu e sempre existirá, uma vez que Deus a fez inesgotável. Assim, é preciso sempre lembrar isso aos casais, o caminho da verdadeira fonte!

Ele faz uma pausa rápida e continua.

— Fica claro que não é uma celebração em igreja, templo ou mesquita, entre outros, que garante que um matrimônio seja abençoado, pois essas são convenções humanas! A verdadeira garantia está em se ter a certeza e a consciência de que cada um dos indivíduos é dotado de amor universal, capaz de ser feliz e completo sozinho, distribuindo e recebendo amor de seus irmãos, sejam eles quem forem ou qualquer que seja o papel em sua vida. Mas, ao resolver unir-se em matrimônio, o indivíduo não busca quem o complete, porque ele já é um ser completo, e sim alguém capaz de amá-lo como pessoa, não como uma convenção, isto é, um marido ou uma esposa. O verdadeiro casamento é quando a pessoa escolhe todos os dias estar ao lado daquele que é o seu eleito. Fica porque quer, sem qualquer obrigatoriedade ou imposição. E é aí que podemos dizer que o que Deus uniu o homem não separa, porque quando um casal bebe na fonte do amor universal e escolhe todos os dias ficar junto, esta é, sim, uma união divina, que nem o tempo ou a separação física destrói, enquanto ambos escolherem ficar um com o outro.

— Esse padre prega o verdadeiro amor. Será que as religiões que exigem o casamento para reconhecer a união entre duas pessoas concordariam com ele? — digo entredentes ao meu garanhão.

— Gosto muito dele! — respondo a ela.

— Para finalizar e mostrar que a união é divina, sim, quando o amor universal está presente, lembro a postura do papa Francisco I a respeito das mães solteiras. Em uma missa na Capela da Casa Santa Marta, no Vaticano, o Francisco defendeu o batismo de filhos de mães solteiras, alegando que somos muitas vezes controladores da fé, em vez de facilitadores, referindo-se aos padres que se recusam a batizar uma criança filha de mãe solteira. "Essa mulher teve a coragem de continuar a gravidez. E o que encontra?

Uma porta fechada?", questionou ele. "Isso não é zelo, isso é distância de Deus. Quando fazemos este caminho com esta atitude, não estamos ajudando o povo de Deus. Jesus instituiu sete sacramentos e, com este tipo de atitude, estamos criando um oitavo, o sacramento da alfândega pastoral", acrescentou. Portanto, nessa linha de pensamento, o verdadeiro casamento abençoado nada mais é do que a escolha de uma pessoa permanecer com a outra, como cônjuges, prometendo fidelidade mútua, amor e respeito, na alegria e na tristeza, na saúde e na doença, em todos os dias das suas vidas.

— Tem certeza de que esse padre não foi excomungado pela Igreja, meu amor?

— Sim, minha menina! E você ainda nem ouviu os sermões dele nas missas...

O padre moderninho continua:

— Vocês que foram convidados para compartilhar este momento com Carlos e Patrícia são pessoas importantes para eles e que, morando longe ou perto, estão ligados aos corações deles. Assim, ser convidado para uma cerimônia de casamento, seja ela religiosa ou apenas uma celebração, é ter o privilégio de assistir a uma união divina, a qual pode e deve ser acompanhada através do tempo por aqueles que a presenciaram. Os convidados devem celebrar com o casal os momentos de alegria ao longo de sua vida, mas também ajudar nos de adversidade, honrando e amparando os cônjuges nos momentos em que for preciso.

— Uau! Nunca a presença de convidados em um casamento fez tanto sentido para mim quanto agora! — fala ela, e pisca para mim.

— E não podemos esquecer de que também as pessoas amadas que não se encontram fisicamente aqui nesta cerimônia celebram agora conosco, de onde quer que estejam.

Inclusive alguns que já faleceram. Emociono-me ao pensar em minha mãe e aperto a mão do meu amor, pois sei que ele também deve estar se lembrando do seu pai.

— Muitos pregam que o casamento é o fim da vida, mas, na verdade, é o início de uma vida em conjunto, cuja caminhada rumo a um futuro desconhecido é ousada, porque envolve abrir mão do que cada um é individualmente em favor de uma vida a dois, porém, regida por escolhas de amor.

Ele continua celebrando e abençoando nossa união com sabedoria e até eu, que nunca fui muito religiosa, viro fã por causa de cada palavra proferida por ele, vertendo lágrimas pelo meu rosto, que são gentilmente enxutas, em um gesto simples e carinhoso, pelo meu garanhão.

— Agora, Carlos e Patrícia, vamos fazer os votos e trocar as alianças.

Os sons de violinos me fazem gargalhar. Minha espevitada quimera selecionou o conhecido "Hino da Vitória". Foi sua forma bem-humorada de me mostrar que fui o vencedor ao convencê-la a se casar comigo, considerando seu histórico. Logo outra melodia invade o recinto, e é mais especial para nós, porque foi a que cantei para ela quando quis demonstrar o que sentia: "All of me".

— Minha menina, será que você vai me surpreender a vida toda?

— Esta é a minha intenção — digo, muito emocionada pelo momento e por saber o que vai acontecer, isto é, meus pequenos Biel e Bella entrando com as alianças, significando, para mim, que até os seres mais puros que conheço abençoam nossa união. — Eles estão lindos...

— Você comprou alianças? — pergunto, inconformado por não ter feito rigorosamente nada naquele projeto de casamento.

— Espero que goste... — sussurra.

— Você não precisava ter comprado alianças, eu já estava programando surpreendê-la. Dia desses, fui a uma joalheria com o Nandão e encomendei as alianças que imaginava para nós dois. Só não ficaram prontas ainda. Mas tudo bem, usaremos as duas.

As crianças chegam e provocam risos nos convidados. A Belinha não quer soltar a almofada de jeito nenhum, e o Biel, todo sério, tem que convencê-la a fazer isso. Consegue sem nem um grito, sem elevar a voz. Este menino tem todas as características de um dominador... Reparo nas alianças e fito minha menina, surpreso.

— Mas... como você soube? — pergunto ao reconhecer as alianças que eu havia mandado confeccionar.

— Digamos que o Nandão me deu uma forcinha, ao se assumir responsável por essa parte.

— Carlos e Patrícia, vocês vão repetir o juramento enquanto trocam as alianças.

Diante do microfone que é posto na minha mão muito trêmula, o frei diz as palavras e eu as repito com a voz rouca de tanta emoção. Ela me encara com vontade de rir.

— Posso acrescentar mais algumas coisinhas? — pergunto a ele, que concorda. — Quando a vi pela primeira vez, no fundo da minha alma percebi que você era a mulher da minha vida. A vida deu muitas voltas e nos forneceu o tempo necessário a fim de que estivéssemos prontos para saber aproveitar a oportunidade quando nos encontrássemos novamente. Daqui por diante, não desperdiçarei nenhum dia da minha vida para fazê-la feliz, vivendo com você o amor que nunca imaginei ser capaz de sentir. Amo você, minha menina! — Para selar o momento mais importante da minha vida, deposito um beijo na sua mão e outro em sua testa.

As lágrimas transbordam abundantemente pelo meu rosto, mas de alegria e emoção pelas palavras que ouço. Respiro fundo para iniciar minha fala, mas não adianta, algo dentro de mim diz que não conseguirei deixar de aprontar alguma... O frei e o Carlos ficam esperando. É agora ou nunca.

— Eu, Patrícia Alencar Rochetty, recebo por meu esposo, Carlos Tavares Júnior, meu senhor... — falo baixinho para que só ele escute. Ele sorri, dando-me o incentivo de que eu precisava para soltar o verbo. — E prometo... — O primeiro sorriso safado se desenha nos meus lábios. — ... ser fiel com ou sem amarras... amá-lo em qualquer posição... Estouro numa gargalhada e seguro firme seu dedo em que coloco a aliança, acariciando-o discretamente, simulando uma masturbação. Ouço os presentes que também riem. — Respeitá-lo, seja lá o que você me ordene fazer... na alegria e na tristeza... na saúde e na doença, na rua, na chuva, na fazenda ou numa casinha de sapê... — Uma dupla referência, tanto à casinha em Bonete quanto ao rancho da fazenda dele, que agora sorri abertamente. — ... todos os dias da nossa vida e, quiçá, de nossa além-vida, porque acompanharei você por toda a eternidade... — concluo, percebendo que minhas risadas devem ter tornado ininteligíveis boa parte do que eu falei, o que foi até melhor, porque só nós dois poderíamos entender aquele discurso maluco e improvisado.

A maioria ali me conhece e já devia saber que eu ia aprontar alguma. Os outros agora sabem que não opero em modo padrão. Brincadeiras à parte, o momento em que dissemos sim foi lindo e emocionante.

— Eu os declaro marido e mulher. Agora, sim, pode beijar a noiva.

— Minha... Minha... Minha... — repito lentamente ao me aproximar dela. Nossos corpos se atraem com voracidade. Giro-a em meus braços de maneira a debruçá-la contra a minha perna, no melhor estilo final de tango, e nossos lábios se unem no primeiro beijo do resto de nossas vidas juntos.

. Uma salva de palmas coroa o momento, que é quebrado quando a Bella puxa o vestido da Patrícia e fala:

— *Sega de beso...* É *hola* da festinha!

Ouço muitos risos, assobios e saudações pela cena.

— Sra. Tavares, hoje você me tornou o homem mais feliz deste mundo, e este vem sendo o melhor dia dos muitos da vida que terei com você.

— Hum... Sra. Tavares soa muito bem nos seus lábios gostosos. Aliás, deles só saem coisas deliciosas...

— Se continuar a me provocar, Sra. Quimera Tavares, não teremos a festinha que a Bella tanto quer.

A festa, na verdade, é uma pequena e rápida recepção, porque, mesmo com o apoio da administração do autódromo e de grande parte do staff da Germânica, não é possível fazer algo mais prolongado devido às providências habituais dos fins de corrida. Mesmo para arrumar esta surpresa, tive que impor alguns limites. Se fosse pela Maria Dolores e pelos meus pais, lógico que haveria um festão, mas eles foram compreensivos.

Depois de muitas fotos, abraços e felicitações, é hora do primeiro brinde da noite.

Minha amiga, linda como uma sereia, palavra que o marido usa para nomeá-la, sobe no palco.

— Peço a atenção de todos, por favor! Carlos e Patrícia, nós estamos muito felizes por vocês. Fizemos um vídeo para guardarem de recordação e assistirem sempre que quiserem reviver este momento. Carlos, em nome de toda a família Ladeia, quero lhe dar as boas-vindas ao nosso convívio. Nós já o amamos por ser quem é e por fazer nossa adorada Patty tão feliz. — As crianças fazem corações com as mãos. — Amiga, estou tão feliz por vê-la assim! O casamento é uma caixinha de surpresas boas, um verdadeiro conto de fadas, sabia? — Pisca. — Construir uma família ao lado da pessoa que se ama é uma delícia. É a felicidade plena. Acho que já falei demais... Agora vamos ouvir um grande amigo do Carlos. Felicidades, lindos!

O Nandão pega o microfone.

— Estou aqui um pouco tímido, mas, pelo meu grande amigo de sempre e pela amiga que está chegando à minha vida, passo por cima disso para dizer que você é bem-vinda à nossa família criada pelos laços da amizade, Patrícia! Apesar de eu não ser muito chegado a ter relacionamentos amorosos, reconheço o quanto você faz meu irmão feliz. Após a bela explanação do frei e os votos para uma união feliz, gostaria apenas de acrescentar que além de rótulos e classificações, um relacionamento precisa mesmo do entendimento entre as partes para que cada uma possa pertencer ao mundo do outro sem conflitos, sempre com muita responsabilidade e segurança, porque esse nível de confiança tem que ser conquistado, não imposto. Mas, quanto a isso, tenho certeza de que vocês já se acertaram. — Eu e minha menina apertamos as mãos num mudo entendimento do que ele fala. — Continuem sendo sábios e amando um ao outro acima de qualquer convenção, porque o essencial é cada um saber seu lugar e, a partir daí, curtir a entrega do outro. Desejo a vocês a maior felicidade do mundo! Carlão, em nome de toda a família Germânica, apresento nossos desejos de muita felicidade! Ah, só para deixá-lo ainda mais feliz, tudo isto foi patrocinado pelos dividendos de suas cotas na cervejaria. Portanto, fique tranquilo que sua menina só pagou...

— Ei, não estrague a surpresa, seu linguarudo! — falo, toda agitada.

As luzem diminuem de intensidade e pétalas são lançadas por canhões que circundam o local em que estamos.

— A *suva* tá *vemeia*...

— Não é chuva, Belinha! São pétalas de rosas.

As crianças correm para pegar as pétalas que surgem de todos os lados, divertindo-se muito.

— Bandida! Eu mato a Babby! — digo, emocionada.

Nesse momento, fogos de artifício pipocam no ar durante o que julgo ser uns poucos minutos. Uma música suave começa a tocar e o telão exibe imagens nossas. Assistimos radiantes, com as mãos entrelaçadas.

— Não sei se seria capaz de proporcionar a você um dia tão especial como este, pequena!

— Claro que sim, e até mais. Na verdade, não tivemos tempo de organizar tudo. Precisamos excluir do roteiro o show de paraquedismo que o Nandão queria oferecer. Aliás, ele, a Babby e o Dado foram maravilhosos. Sem eles, nada disto teria sido possível.

A música aumenta e na tela aparece a imagem do meu pai.

— Bah, que coisa mais estranha falar com este negócio espiando-me, tchê! — todos os presentes riem. — Agradeço a presença de todos nesta cerimônia tão linda. Minha bonequinha, estou muito feliz por estar aqui, mesmo tendo que ir às alturas para tanto, porque só tu para convencer este gaúcho antiquado a vencer a paúra de entrar naquele monstro voador que tira nossos pés do chão, barbaridade! Mas, por ti, nem o céu é o limite e faria tudo novamente se necessário para te mostrar o quanto estou orgulhoso de ti e da boa escolha que fizeste de quem será meu novo filho! Recebo-te em minha família, guri, com muito gosto, mesmo não levando jeito para fazer um bom churrasco. Desejo toda a felicidade do mundo a vocês! Mas, piá, mantenha sempre essa luz na minha bonequinha, senão sinto que terás que conhecer o meu trabuco...

E assim meu pai gozador termina sua fala, deixando todo mundo rindo. De braços dados com ele, minha mãe começa a falar, muito emocionada:

— Patrícia, não tenhas remorso de fazer este machão aqui voar tão alto, porque ele diz tudo isto, mas nem teve tempo de sentir medo, porque mal sentou naquela poltrona macia, já caiu no sono, roncando tanto que até assustou alguns passageiros, que pensaram ser barulho vindo do motor do avião! — todos riem uma vez mais. — Desejo que vocês mantenham sempre essa cumplicidade e paz e que tenham sempre compreensão um com as escorregadas do outro. A vida a dois é um caminho a ser trilhado lado a lado, devendo todas as adversidades serem resolvidas por ambos, um sendo mais forte onde o outro é mais frágil. Que tu sejas finalmente feliz sem medo, minha guria amada! E pulso firme, meu filho, porque essa moleca não é fácil! Amo vocês! — ela fala, soluça e faz um tchauzinho, sem sequer ter ideia do quanto ele sabe usar dessa política "pulso firme".

Como estão ao nosso lado, meu marido puxa meu pai para um abraço, enquanto eu quase sufoco minha mãe de tão apertado que a agarro.

— O senhor me aguarde. Antes de ir embora, provará o melhor churrasco que já comeu.

— Bah, capaz! Só se tu levares este velho aqui numa boa churrascaria gaúcha!

Nós quatro rimos e olhamos novamente para o telão, pois o vídeo continua. Agora é a vez da D. Maria Dolores.

— Bem, dá para perceber que estou morrendo de vergonha, mas também quero deixar meus votos de felicidade aos meus filhos, pois é assim que os vejo. Carlito e Patty, todos os caminhos são permeados de desencontros, mas, como dizia Vinícius de Moraes, "a vida é a arte do encontro, embora haja tantos desencontros pela vida". Porque a história de vocês prova que isso é verdade, não é? Só vocês dois sabem por quantos desencontros passaram até finalmente se encontrarem. Mas, como vocês estão percebendo, a magia do amor opera verdadeiros milagres, sendo que, no caso de vocês, as alianças que trocaram, muito mais do que metal dourado, significam elos que entrelaçam duas almas que se buscaram incansavelmente, vencendo todos os obstáculos, por piores que tenham sido, para seguirem e permanecerem juntas e sintonizadas. Nunca escondam o que um verdadeiramente é para o outro, porque eu bem sei o quanto de sofrimento uma pessoa passa por não revelar o que de fato significa na vida de alguém. No meu caso, tive a felicidade de viver um encontro, porém, nem sempre é o que acontece quando alguém finge ser o que não é! Eu desejo a vocês toda a felicidade do mundo. Bem vinda, Patty, à nossa família.

Ela também vem abraçar nós dois. Emocionado, o Carlos enlaça-a com tanta emoção, que chega a levantá-la do chão. Quando ela volta aos próprios pés, tem lágrimas escorrendo pelas faces. Ele beija sua testa e a mantém ao seu lado enquanto continuamos a ver o vídeo.

— Bah, não acredito que me encontraram! Eu fugi desta câmera por dias, como o Jerry fugia do Tom, e não é que essa olhuda aí acabou vencendo, tchê! Será que isto significa que pareço então um rato e não um gato como sempre pensei? — novas gargalhadas com mais um membro amado de minha família, meu irmão reencontrado — Carlos, meu chefe, hoje tu passas a ter ao teu lado a maior joia da minha vida — ele passa de brincalhão para sério em um piscar de olhos. As mãos da minha menina estão frias e trêmulas e eu sinto o quanto ela está emocionada por essa luta que ele resolveu traçar contra ele mesmo, voltando a ser o irmãozinho querido dela. — Por anos vivi enclausurado em um mundo egoísta, sozinho e isolando as preciosidades que ficaram ao meu lado neste mundo de solidão, mas como nunca é tarde para acordar e perceber que o brilho das joias esteve a vida toda ali, tua luz, bonequinha, foi perseverante até vencer a escuridão em que me encontrava. Mesmo que tivesse vontade de sucumbir várias vezes, acreditava que atentar contra minha própria vida seria covardia de minha parte, achando que era o que me impedia de fazer isso. Mas, minha bonequinha de olhos brilhantes, tu fizeste com que eu visse que não era o medo de ser covarde que me impedia, mas sim, o amor que minha família nunca deixou de me dedicar e o suporte que tu sempre garantiste para mim — vejo que ele emociona-se muito, tanto no vídeo quanto aqui. — E cunhado, não sou ingênuo para não perceber que tu entraste na campanha da minha bonequinha, auxiliando-a na sua resolução de me por novamente sobre meus próprios pés. Agradeço muito por isso e pela confiança e fé que eu nem sabia que tinha em mim mesmo. Mas, Carlos, apesar disso, se não cuidares dessa preciosidade com muito carinho, vou deixar claro de que lado lutarei, o da minha bonequinha, que sempre deve ter a certeza de que eu estarei com ela para o que der e vier. Só que sei que isso nunca vai acontecer, tchê, porque vocês dois estão tão ligados um ao outro, que é possível sentir a vibrações do amor especial de vocês. Desejo-lhes felicidades e permanência.

Ela corre em direção ao irmão e se joga em seus braços. Fico feliz por ver que, caso não possa contar comigo por algum motivo, ela terá a proteção necessária. Por outro lado, embora seja um pensamento feio, sinto um aperto de ciúmes por ela amar tanto outro homem além de mim. O que sinto por ela me torna possessivo da pior maneira! Todavia, é justamente esse amor que bloqueia a parte mesquinha de meu ser, liberando apenas a que sente felicidade ao vê-la entender-se com o irmão não mais desgarrado. Ela retorna para se aninhar em meus braços, descansando novamente meu coração.

— Quantos lenços você reservou para mim esta noite? — falo, fungando e sem conseguir conter mais uma torrente de lágrimas, que inunda o macacão já bastante molhado de suor do meu homem.

— Se for para enxugar suas lágrimas de felicidade, posso mandar vir um caminhão deles, mas, se for para o que tenho planejado para esta noite, apenas dois serão suficientes...

— Opa! Acho que quem vai sair ganhando nesta premiação sou eu...

Os discursos das meninas do escritório e dos amigos do Carlos são animados e cheios de piadinhas, mas rápidos. E as últimas a darem seus depoimentos no vídeo são as pessoas que mais contribuíram para minha formação moral e educacional e, com isso, possibilitaram-me ser o que sou hoje, minha sempre querida D. Agnello e a sempre dedicada e esforçada professora Flávia. Amo todos os que falaram, principalmente minha família, mas, ao aparecer a figura da minha eterna benfeitora na tela, confesso que desabo sob intensa emoção. E se não fosse meu amor a me segurar, não conseguiria ficar firme.

— Querida Patrícia Alencar Rochetty, agora também Tavares, um nome extenso que, apesar disso, não consegue exprimir a grandiosidade de seu brilho! Nunca esquecerei aquela menina de olhos grandes e assustados que chegou à minha casa, como se o mundo fosse povoado de seres malignos e ameaçadores... Ah, Patrícia, você não tem ideia do quanto aquilo me confrangeu e tocou o meu coração outrora duro e vazio! Pude enxergar a preciosidade escondida sob o manto do medo e a intensidade de seu coração que pedia para amar e ser amado — tanto eu quanto ela, assim como meus pais e irmão, estamos em sintonia com nossas lágrimas, pois todos bem sabemos a profundidade do que ela diz e o tudo que estava envolvido naquele momento em que cheguei à casa dela. — Mas meu coração duro e empedernido já não sabia mais como fazer isso, então, aos poucos, foi sendo ensinado por você a se abrir e a se permitir receber e dar carinho. Você acredita que eu beneficiei você, mas você nunca teve ideia do quanto foi responsável por trazer luz ao meu mundo de escuridão, de proporcionar um recomeço a uma alma exaurida e sem sonhos! — ela pausa um pouco para conter as lágrimas que não param de escorrer — Patrícia, minha filha, você bem sabe tudo o que enfrentamos e os constantes embates que tivemos, mas também sempre soube que eu estaria sempre lá por você, mesmo quando a incentivei a ir para longe de mim e seguir seu caminho, que não era naquele pequenino e escondido lugar do mundo, mas em um lugar onde toda a sua genialidade pudesse vir à tona e seus traumas serem postos a olhos nus para serem tratados por alguém que realmente a amasse e a colocasse acima de qualquer interesse egoísta. Fico feliz por ter a certeza de que o seu Carlos é esse alguém, porque conseguiu fazer com que seu brilho chegasse à capacidade máxima de expressão. Tantas coisas ainda poderia dizer-lhe, porque inúmeras são suas qualidades e as coisas boas e alegres que me proporcionou, mas a emoção impede-me de prosseguir e, na verdade, posso resumir tudo em poucos palavras. Você venceu, minha filha! Conseguiu chegar muito mais longe do que sequer sonhei! Parabéns e muitas felicidades, minha bela e brilhante salvadora!

Não há nem como exprimir tudo o que a D. Agnello significa para mim, muito menos existem palavras que possam traduzir o que sinto por ela, então, faço apenas o que me é possível, que é abraçá-la muito, chorando abundantemente, e repetir-lhe:

— Obrigada, obrigada, obrigada...

Em meio a tanta emoção, a Flávia abraça a D. Agnello no vídeo e diz:

— Nunca foi tão prazeroso e satisfatório ensinar para duas criaturinhas com tanta sede de saber e cheias de curiosidade a respeito de tudo, mesmo durante o tempo em que ainda eram esquivas e arredias como bichinhos do mato. Tampouco nunca fui tão feliz quanto agora, ao ver os frutos que foram produzidos por você e pelo Eduardo, Patrícia! E agora, no presente, vejo que eu tenho aprendido com você e o Carlos que o amor transcende barreira e convenções para se realizar! O amor de vocês é tão intenso e gritante que conseguiu fazer-me ver que é possível que ele invada e tome conta de qualquer pessoa, desde que se dispa de seus conceitos arraigados e abra-se para novas perspectivas. O irônico é que são justamente você e o Eduardo as pessoas que estão conseguindo abrir meus olhos, pois eram os que menos imaginei que se entregariam a tal sentimento! Isso tem me mostrado que todo o medo pode ser vencido e que tudo é possível, até mesmo para uma tola como eu, que até então proibia-se de viver uma vida a dois com seu amor apenas porque ele é mais novo. Por isso, agradeço a vocês por abrirem os meus olhos e a honra de ser sua madrinha, Patrícia, junto com aquele que agora eu assumo ser incondicionalmente meu amado companheiro. Obrigada e muitas felicidades!

Essa, apesar de também fazer com que eu chore muito de emoção, nem tento abraçar, porque já está sendo vorazmente apertada pelos braços de seu amor, meu querido e amado irmão! A felicidade que me invade ao ver a Flávia e o Dado assumindo os sentimentos que nutrem um pelo outro é enorme, porque sei o quanto ambos também sofreram para chegar até aqui. É uma dádiva saber que ela abandonou a crença de que seus anos a mais do que o Dado e o vício dele em drogas são empecilhos para ficarem juntos. No primeiro caso, ela conseguiu vencer um preconceito que ela mesma tinha, no segundo, ele conseguiu vencer o próprio vício. Ai, pode uma pessoa ter mais alegrias do que estas que estou tendo?

A Babby e o Nandão encerram os depoimentos do vídeo dizendo que preferiram falar ao vivo o que sentem, o que igualmente ficará registrado no vídeo que será feito da cerimônia de casamento. Os dois juntos dizem na sequência:

— E agora é a hora dos noivos...

Uma série de fotos nossas juntos começam a ser exibidas e eu não entendo como conseguiram tantas, pois algumas nem soube que foram tiradas!

— Acho que precisamos tomar mais cuidado com nossos intercursos sexuais em espaços públicos... — diz ele, ao ver a última cena do vídeo: nós dois deitados juntos na varanda da casa da Praia de Bonete.

— Sem problema... Foi bom que esses *paparazzi* amadores de uma figa tenham feito esses registros, assim eles ficam marcados fisicamente.

— Ah, então minha menina gosta de ser observada? Devo dizer que aprecio esse seu gosto e, como um marido que pretende realizar todos os desejos de sua amada esposa, farei uma nota mental para futuros projetos... — provoco.

— Olha que posso surpreendê-lo, garanhão! — sussurro.

A cerimonialista nos convoca para cortar o bolo. Depois de mais algum tempinho de risadas e festa, com todos de barriga cheia, começamos a nos despedir dos convidados.

— Nosso itinerário para os próximos dias já está definido.

— Não quero ser grosseiro ou indelicado, mas nossa presença na festa com convidados acaba aqui, porque tenho uma festinha particular preparada para nós, atendendo a certos desejos pecaminosos de uma amada menina. Então, se você me provocar mais uma vez que seja aqui, no meio de todos, será a primeira vez que minha esposa exibicionista terá uma plateia quando for possuída.

Ele me puxa pelos braços.

— Para onde vamos? — pergunto, rindo e feliz por estar finalmente chegando a parte mais interessante da festa.

— Para o local onde vou reivindicar e receber meu prometido prêmio.

Entramos em um carro estrategicamente estacionado e preparado para nos conduzir para sei lá onde! Lembro de um trecho de "Teresinha", do Chico Buarque, que parece exprimir de forma precisa o modo como ele entrou na minha vida.

"O terceiro me chegou
Como quem chega do nada:
Ele não me trouxe nada,
Também nada perguntou.
Mal sei como ele se chama,
Mas entendo o que ele quer!
Se deitou na minha cama
E me chama de mulher.
Foi chegando sorrateiro
E antes que eu dissesse não,
Se instalou feito um posseiro
Dentro do meu coração."

Chegamos aos boxes. Ele para, salta, me tira do carro e me carrega no colo, caminhando até um canto pouco iluminado. Acomoda-me sobre seu carro de corrida, as pupilas dilatadas revelando seu estágio de excitação quase no nível máximo. A menos de um passo de mim, assume uma postura que deixa minhas pernas estranhamente bambas e torna minha respiração entrecortada. Posso sentir o seu perfume natural misturado com a sua colônia e ver alguns pelos de sua barba feita de manhã já despontando.

— Você é a mulher linda e surpreendente do mundo. Superou qualquer expectativa que eu pudesse ter a respeito da minha menina ideal.

Ele interpõe suas pernas musculosas nas minhas, inclinando-se sobre mim. Meus seios estão duros e doloridos, tamanha necessidade do toque dele. Mexo-me de forma leve e provocante, fazendo meus mamilos roçarem em seu peito e imediatamente sua boca cobre a minha. Sua mão vem à minha nuca, segura meu cabelo e mantém o domínio de meus movimentos. Nossas mãos dançam em nossos corpos. Meus desejos vão minando qualquer raciocínio e abro minha boca um pouco mais para ele mergulhar sua língua em uma feroz investida, simbolizando o movimento de seu pênis penetrando-me. Seu corpo pressiona o meu sobre o bico do carro, roçando sua ereção em mim, ao mesmo tempo que me encara com voracidade.

— Imagino que queira guardar a roupa que usou no seu casamento... — digo, meio perguntando, meio lamentando porque, apesar de amar vê-la nesse traje, para o que tenho em mente não será possível mantê-lo intacto.

— Quero guardar são todas as emoções e alegrias que senti no dia de hoje.

Os olhos dele demonstram sua verdadeira intenção, e não serei eu a impedi-la por causa de um pedaço de tecido decorado! Sua voz rouca e sensual, cheia de promessas, faz com que todas as minhas terminações nervosas contorçam-se de expectativa, além dos meus sentidos que festejam e meu centro que pulsa em insistente desejo.

— Tão original. — Giro seu corpo lentamente, falando devagar as palavras em seu ouvido a cada botão que abro do seu vestido. Com as mãos coladas no bico do carro, ela balança a cabeça afirmativamente. — Linda, não vou chamar esta de nossa noite de núpcias, mas, como promessa é dívida, estou aqui para reivindicar o que é meu por direito... no caso, o meu prêmio.

As pontas dos meus dedos são atraídas na direção dos botões que restam ser abertos. Tenho dificuldade com o último deles e meus instintos explodem: puxo seu macacão com força, fazendo voar pelos ares o insolente que me atrasa. Sinto a respiração dela presa na garganta. Inclino-me mais um pouco para lhe prender a orelha com meus dentes.

Sua respiração colada ao meu ouvido faz com que eu solte um suspiro e libere o ar preso em minha garganta. Meus hormônios assumem o controle, pouco se importando por ele rasgar meu vestido.

Deslizo as mangas do vestido por seus braços, cobrindo suas mãos com elas. Sinto meu estômago retorcer ao contemplá-la somente de *lingerie* branca, meias, cinta-liga e saltos. Era exatamente assim que a imaginei vestida quando fosse lhe entregar a surpresa. Afasto-me um pouco para pegar a caixa que deixei dentro do carro que nos conduziu até ali. Sinto-a remexer-se como se protestando pelo meu afastamento. Segurando a caixa em minhas mãos, inclino-me novamente sobre minha agora esposa, sussurrando emocionado em seu ouvido:

— Hoje foi um dia tão especial quanto na primeira vez em que a vi. Quando fui escolher nossas alianças, quis algo que simbolizasse a complexidade e profundidade do meu amor por você. Quis algo que pudesse representar sua entrega incondicional a mim na Noite D. Ao mesmo tempo, uma que mostrasse que você pertence a alguém, a quem dedica todo o seu amor.

Um símbolo da minha proteção. Levante-se, minha pequena! — ordena, e lentamente puxa as alças do vestido, deixando-o cair no chão. Lacrimejo emocionada. — Patrícia Alencar Rochetty Tavares, quero que compreenda que este é o momento mágico em que eu peço sua autorização para lhe dar este elo, que representa minha identidade em sua alma. Embora esta seja uma cerimônia simples, possui grande significado simbólico, porque, caso você aceite este presente, estará assumindo para o mundo sua escolha de se entregar total e irrestritamente a mim! Você aceita?

— Sim, meu senhor!

Tiro a peça da caixa e a ajusto nela, enquanto declaro:

— Minha menina, aceite este colar como símbolo de meu amor, meu respeito e minha proteção. Você se entregou a mim sem reservas e da maneira mais pura e verdadeira que poderia imaginar. Você é a mulher com quem quero compartilhar todas as minhas fantasias e viver as emoções mais especiais e intensas.

Meus olhos dizem a ele tudo o que é necessário. Meu senhor admira meu pescoço, o qual estico com orgulho e prazer por estar carregando este nosso elo maravilhoso e único. Sei que este colar, que tem as iniciais dele cravejadas de diamantes, não tem o mesmo significado de uma coleira em um relacionamento BDSM; o Carlos deixou clara a diferença entre ambos em suas palavras. Para ele, não se trata de um símbolo de que ele é o meu dono. Tem muito mais a ver com o que eu quero que ele faça, pois significa eu confiar e entregar-me a ele que, por sua vez, fará tudo o que puder para me proteger de ameaças e para realizar tudo o que desejo. Para ele, isso é importante porque mostra ao mundo que eu sou dele e que ele é meu.

— Receba este elo como símbolo de nossa união nesta e em todas as vidas que pudermos existir, porque se outras houver, tenho certeza de que procuraremos sempre um ao outro.

Inspiro seu aroma, mais uma vez me embriago e desço lentamente meus lábios até os seus, curtindo cada segundo. São tão doces e macios e quero degustá-los o máximo que puder. Ela reage tornando nosso beijo sôfrego e inebriante. Penetro minha língua em sua boca, juntando-me a dela em uma profunda e erótica dança de amor. Toco seus mamilos que enrijecem ao contato com meu macacão. Sua pelve move-se contra minha ereção, que instintivamente lateja e desperta em um desejo primitivo.

— Minha... — repito como um mantra para ela, que murmura sons de aprovação que me tornam ainda mais desejoso. A situação vai ficando fora de controle quando ela começa a falar e a tirar minha roupa. — Quero você completamente nua!

Ele mesmo se encarrega de fazer cumprir a ordem, deixando-me só com os sapatos. Volta a invadir minha boca, agarra-me pelo bumbum e puxa meu corpo para roçar no seu, que está duro feito uma rocha.

— Poxa, precisava ter mais roupa debaixo desse macacão? — digo, frustrada, quando vejo que ele não está nu por baixo. Meus dedos apressados tornam-se inúteis diante da tremedeira causada pela minha excitação incontrolável, que aumenta numa progressão geométrica.

— Isto é fácil de resolver. — Com um desejo cada vez mais difícil de dominar, removo apressadamente toda a roupa que impede nossos contatos físicos diretos. Mal termino, suas mãos hábeis agarram desejosas minha ereção pulsante, que estava louca para se libertar.

— Carlos Tavares Júnior, marido e senhor, faça-me sua, penetre meu corpo com toda a voracidade que o domina, tomando posse dele porque a ti pertence.

Direciono meu membro no vértice de suas pernas, que se entrelaçam em volta dos meus quadris em uma admissão de que me quer tanto quanto eu a quero. Ela está tão úmida e gostosa que a penetro de uma só vez, sentindo suas paredes internas me sugarem. Preencho-a por completo e meu pênis pulsa no compasso dos meus movimentos vorazes de vai e vem.

Ela berra quando nossos sentidos libidinosos incentivam o prazer mútuo que está prestes a atingir o ponto máximo, fazendo-me intensificar ainda mais meus golpes duros e cada vez mais profundos.

Ambos nos entregamos a um beijo desesperado e até mesmo violento enquanto nossos corpos se entrelaçam numa dança furiosa e carregada de erotismo. Mais forte, mais fundo, mais intenso. Ouço um apito e me vem a sensação de estar flutuando para fora do meu corpo quando finalmente suas paredes comprimem meu pênis no clímax do nosso amor. Praticamente desabo em cima dela, trocando rapidamente de posição. Agora é ela quem fica sobre meu corpo. Levamos um tempo relativamente longo para conseguir estabilizar nossas respirações e nos acalmarmos. Uma das minhas mãos acaricia seu cabelo, a outra desliza pelas suas costas. Ela se enrosca em mim, buscando aconchego.

— Vamos incendiar Amsterdã com o nosso fogo.

— Amsterdã? — pergunto, surpreso ao ver que ela escolheu um destino que realmente não conheço.

— Bem, depois de muito pesquisar e avaliar, achei Amsterdã a opção mais excitante e, ao mesmo tempo, à altura de nossa desvairada luxúria. — Ele sorri diante de minha presunção. Suas mãos quentes e gostosas veneram cada curva minha e os meus seios rapidamente voltam a desejar sua atenção.

— Você tem o corpo mais incrível e deleitável do mundo!

— E você diz as palavras mais tocantes e emocionantes que já ouvi, tornando-me a mulher mais amada deste mundo.

Digo a ele o horário do voo e, em uma espécie de acordo silencioso, começamos a nos vestir rapidamente. A partir daí, tudo acontece muito rapidamente e, sem nos darmos conta, já estamos caminhando unidos rumo à nossa felicidade, embarcando para Amsterdã.

Nesse tempo que estou com o Carlos, aprendi que a única maneira de descobrir que existe felicidade é mergulhando fundo, mesmo sabendo que a temperatura pode mudar continuamente e algumas imersões nem sempre serão agradáveis. O importante é ter a certeza de que, quando voltar à tona, o farei com alguém que sempre me ajudará a recuperar o fôlego e estará pronto para seguir dando braçadas comigo a cada nova onda da vida. Com seu jeito e paciência, ele foi se tornando o meu porto seguro, no qual aprendi a me sentir protegida e segura. E não existem limites para o prazer em nosso relacionamento, porque somos incontroláveis um em relação ao corpo do outro. Porém, a cumplicidade, o companheirismo, o respeito e o amor que compartilhamos são tão intensos e importantes quanto nosso desejo sexual. Sinto plena confiança nele. Os toques certeiros e prazerosos e a maneira como nos tratamos e nos amamos fazem com que, a cada dia que passa, a presença de um vá impregnando a alma do outro com perfeição.

Meu amigo Sr. G deixou de ser aquele algoz e ditador implacável. Hoje tem um parceiro compreensivo e paciente, e forma conosco uma Tríplice Aliança de Prazer, que segue firme rumo ao "felizes para sempre".

Ah, sei que devem estar querendo saber das loucuras de nossa lua de mel na Cidade Sem Limites, mas isso é outra história, como respondeu meu garanhão quando lhe perguntei se não iríamos também contá-la.

— Minha menina, isso é mais uma coisa que pertence à caixinha de surpresas da minha Pandora e quimera realizada, que não cansa de surpreender com o que dali retira para me ofertar.

Fim...

Epílogo

Patrícia Alencar Rochetty Tavares...

Concentrada na panela de pressão, sinto como se as partículas de vapor embaçassem minha mente e me fizessem retroceder no tempo, relembrando o feliz início da minha vida de casada.

Nossa lua de mel foi celebrada em uma das cidades mais coloridas do mundo. Éramos dois apaixonados querendo explorar o que cada um tinha de mais profundo. As cerca de 12 horas de voo deixaram meus pés absurdamente inchados. Todavia, o que parecia ser um tormento revelou-se um auspicioso prenúncio para o que nos esperava, pois meu marido gostoso teve a oportunidade de me mostrar mais um de seus fetiches... Nunca imaginei que simples massagens nos pés pudessem causar tanto prazer! Acho que nunca mais vou me importar de ficar com eles inchados.

Fiquei de boca aberta já quando chegamos ao hotel. Aquilo era uma coisa de louco!!! Confesso que tivemos pouca vontade de sair de lá. E olha que a parva aqui nem se preocupou em ver quantas estrelas tinha! Até os funcionários são lindos de ver... Apesar de que, claro, mal olhei para eles, afinal, sou uma mulher séria e comprometida... Depois de entrarmos no quarto, já fui logo me sentando na cama e fazendo menção de tirar os sapatos.

— O que pensa que está fazendo, minha menina? — Não estava pensando, estava fazendo mesmo, livrando-me do que me machucava!

— Tirando os sapatos, porque meus pés parecem dois balões! — Mal acabei de falar e já senti todo o calor emitido por aquelas mãos quentes cobrindo as minhas, impedindo meus movimentos.

— Deixe comigo!

Seus olhos irradiavam luxúria e carinho. Meu pobre coração palpitou de expectativa... Acho que, independentemente do nosso tempo de casados, nunca vou deixar de entrar em alerta máximo de excitação quando ele fala de modo autoritário. As veias dos seus braços pareciam pulsar quando ele afastou minhas mãos, e, a seguir, passou a me descalçar.

— Garanhão... — Queria explicar que só precisava relaxar só um pouquinho meus pés, mas o sorriso habitual e seu olhar penetrante me pegaram de surpresa.

— Foram muitas horas de voo... — disse, segurando meus tornozelos com cada uma de suas mãos, erguendo meus pés até sua boca. O calor do seu hálito me arrepiou toda. — Eu disse que você devia tirar os sapatos durante o voo, não é saudável... Mas você preferiu mantê-los só para me provocar, sua desafiadora! — Ele mordiscou alternadamente o peito de um dos pés, depois o outro, e meu corpo respondeu instantaneamente ao gesto. — Agora vai pagar as consequências de sua impertinência, porque vou saciar todas as fantasias que tive com eles, minha menina atrevida!

Não aguentei e dei um sorrisinho nervoso e excitado ao mesmo tempo.

— Não foi minha intenção puni-lo...

— Não? — Mal termina de falar e sua barba rala desliza de um dos meus pés até o respectivo tornozelo.

Tentei puxar os pés das suas mãos, não para provocá-lo, mas por que se tratou de uma reação instintiva dos meus reflexos, agindo sob os arrepios que seu carinho detonou.

— Calma, minha menina! Ou ficará com o traseiro inchado também.

— Acho que gosto dessa ideia... — Quem diria, hein?

Ele fechou os olhos e me deixou amedrontada, embora também completamente excitada com o que ele faria comigo pela provocação. Irreverente como sempre, esqueci que minhas palavras podem ter um grande poder. Ele não respondeu, apenas contraiu o corpo. Ajoelhou-se à minha frente e seu cheiro misturado com sua colônia picante invadiu minhas narinas, provocando sensações agudas no meu ventre. Tão másculo, tão bom, tão meu!

Apenas senti quando seus lábios molhados dançaram lascivamente pelos meus pés, enrijecendo meus mamilos sob o sutiã. Seus beijinhos, lambidas e mordiscadas não só acabaram com minha exaustão, mas também despertaram minha luxúria. Seus lábios reivindicaram a posse completa de meu corpo, sem ele dar importância aos meus gemidos de protesto; eu havia provocado sua honra e ele faria com que eu pagasse por isso. Sabia que ao massagear determinadas partes dos meus pés estimulava meus órgãos sexuais, então não me deu trégua, pressionando os dedos em vários pontos das solas, nas partes mais finas e sensíveis, juntamente com carícias e sopros quentes entre os dedos. Ele levantou a cabeça e me fitou com ar vingativo. Arrematou com um sorriso satisfeito quando se afastou e começou a se despir.

— Vai me torturar mais?

— Nossa lua de mel está apenas começando, pequena!

Sincronizando nossa coreografia, puxei ousada e sedutoramente a bainha da minha blusa.

— Pare! — ordenou.

— Por quê?

— Porque mandei e vai ser assim! Não proteste, minha menina atrevida. Minhas mãos formigam desde que você se recusou a tirar os sapatos no avião. Eu a despirei quando e como achar que merece.

Mordi meus lábios para não mandá-lo catar coquinho. Também me distraí com seus músculos. Ao mesmo tempo que ele era arrogante, mantinha seu jeito carinhosamente autoritário de falar.

— Já disse o quanto você é lindo?

— Tentando me distrair e me demover de meus intentos, menina?

— Não, apenas dizendo o que meus olhos veem.

— Fico feliz que meu corpo agrada você, mas tenha certeza de que o seu me agrada muito mais.

Viril, ele deslizou a cueca lentamente pelo quadril, libertando seu membro imperioso. Minha boca salivou de vontade de sentir seu sabor, porque meu marido é a personalização de um sonho erótico.

— Você é minha perdição... — Mordia o interior da minha bochecha, ansiosa.

— Mas serei sua salvação eterna!

Com a ponta do dedo, ele roçou a bainha da minha blusa, detonando uma onda de calafrios em mim. Minhas zonas erógenas se assanharam, ansiosas por seu toque. Provocou-me ainda mais ao explorar minhas curvas e reentrâncias com toques que me deixavam ouriçada e sedenta. Com facilidade, tirou minha blusa. Praticamente virei uma marionete em suas mãos, embora uma marionete tarada.

Sua mão alcançou meu cabelo, entrelaçando-o em seus dedos. Respirando fundo, ele sussurrou palavras deliciosas no meu ouvido.

— Seu cheiro me deixa louco. — Ouvir sua voz áspera me arrepiou. Uma de suas mãos esfregava suavemente meu púbis por cima da calça; a outra brincava na minha barriga, com os dedos enfiando-se deliciosamente no meu umbigo. Prensei a primeira manopla atrevida com as pernas.

— Tão inchadinha... posso sentir o calor.

— Este é um bom lugar por onde começar — disse eu, manhosa.

— Talvez...

Ele suspendeu seu corpo, passando a me beijar gostosamente. A mão que brincava na minha barriga desceu safada para o cós da minha calça, desabotoou-a e desceu o zíper lentamente. Ousada, chupei sua língua para motivá-lo, mas claro que ele percebeu a intenção e não se abalou, continuando a me instigar cada vez mais, deslizando o dedo para dentro do tecido. Seu beijo imprimia cada vez mais pressão e urgência nas investidas da sua língua na minha boca.

— Por favor! — implorei, sabendo o quanto ele gostava disso.

— Por favor o quê, minha menina?

— Faça amor comigo! Preciso de você dentro de mim, meu senhor!

Seu sorriso satisfeito estampou-se no seu rosto. Ele abriu o fecho do sutiã.

— Perfeitos!

Em seguida, beijou a curva do meu pescoço, enquanto deslizava minha calça e acomodava-me na elegante cama *king-size*, seus olhos penetrando os meus.

— Seu pedido é uma ordem...

Beijando-me com uma intensidade sôfrega, ele me preencheu e me amou como nunca! Nossos corpos pareciam peças de um quebra-cabeça encaixando-se perfeitamente.

— Como você é gostosa, Patrícia Alencar Rochetty Tavares! — murmurou, trêmulo e com a voz entrecortada e acelerada, tal qual seus movimentos. Quando eu me aproximava do clímax, ele desacelerou, tirou seu membro quase todo de mim e continuou a sussurrar. — Quente... Molhada... — E voltou a me penetrar lentamente. — Apertada..

— Carlos!!! — gritei, apaixonada, chegando ao prazer de uma maneira que pareceu mais intensa do que da vez anterior. Seus movimentos intensificaram-se e nos olhamos, nos beijamos e nos mantivemos presos em um abraço apertado que selou nossa união eterna.

Amsterdã foi um sonho que se tornou realidade. Fizemos amor em absolutamente todas as oportunidades que tivemos e surpreendemos um ao outro na convivência cotidiana, coisa que não havíamos experimentado antes do casamento. Uma das surpresas, por exemplo, foi quanto ao meio de transporte que usaríamos em determinadas ocasiões, porque revelou uma das diferenças entre nós: meu garanhão é aventureiro e destemido, enquanto eu sou mais comedida e prática.

Para conhecer os charmosos canais da cidade, ele optou por uma bicicleta.

— Nunquinha que vou pedalar isso! — disse, envergonhada de revelar a ele que não sabia andar direito.

— Por que não?

— Ora, porque não! Prefiro ir conhecer a cidade caminhando.

— Vamos lá, minha menina, vai ser divertido! — Percebendo meu semblante, ele completou. — Faz anos que não pedalo.

Mantive minha ignorância ciclística em segredo. Sem querer tirar aquele ar de garotinho ansioso do rosto dele, subi na bicicleta e disse:

— Vá na frente que te alcanço.

Desconfiado de que eu estava escondendo algo, mas sem querer quebrar o clima, ele simplesmente tomou a dianteira e eu subi na bicicleta, toda desengonçada. Virando o guidão para todas as direções, menos para a que eu queria, foquei no macho à minha frente e segui, bela e formosa, alegrando os olhos dos que passavam e riam ao ver o mico que eu estava pagando, como se fosse uma elefanta tentando se equilibrar numa corda bamba, sem nenhuma relação com meu peso, logicamente... Claro que ele se virou, já que eu nunca aparecia do lado dele. Teve que parar e encostar a bicicleta para não cair dela devido ao surto de gargalhadas. Eu o amo, mas juro que o teria enviado para a guilhotina por causa daquilo. O que o salvou foi que, depois de se controlar, foi carinhoso comigo, dizendo que eu poderia ter contado a verdade, que ele teria o máximo prazer em me ajudar a aperfeiçoar minha técnica... Daí em diante, tudo ficou mais fácil. Ele teve a sensibilidade de me ensinar com paciência e disposição.

Visitamos o Red Light District, cujo lugar a pessoa tem que estar preparada, porque a beleza de seus canais medievais enfeitados de cisnes é estonteante. Aliás, o que não falta em Amsterdã são atrações culturais, pontos de entretenimento, restaurantes de alto nível, tudo servido por uma rede de transporte público altamente eficiente. Nem por isso perde a atmosfera de cidade pequena, com um povo simpático e solícito. Conhecidos por sua amabilidade, os holandeses adoram conversar e contar curiosidades sobre seu estilo de vida.

Se em condições normais de temperatura e pressão nós já pegamos fogo, imaginem na lua de mel em uma cidade como Amsterdã, tão propícia à realização dos prazeres carnais! Numa de nossas primeiras noites, fomos ao Casa Rosso, um teatro que apresenta shows de sexo explícito ao vivo de hora em hora. São diversas apresentações, desde casais, strip-teases masculinos e femininos, com cenas de conteúdo altamente sexual além de outras cômicas, havendo até algumas em que os artistas incitam a participação da plateia. É um tanto embaraçoso, mas vale pela peculiaridade! Bem, até participaria de uma cena, maaaaas...

— O que é que tem, garanhão? É só um show de mentirinha! — é óbvio que nem mortinha teria feito qualquer coisa daquela, eu, hein? Mas não podia deixar de provocar meu sisudo e possessivo marido...

— Patrícia — ele disse meu nome sério e isto é sempre sinal de perigo —, nem por cima do meu cadáver você sobe naquele palco.

Fingi que fiquei aborrecida só para fazermos as pazes com beijos para lá de quentes alguns minutos depois.

São umas oito esquetes diferentes, entre elas, algumas com participação de voluntários da plateia. Foi interessante e constrangedor ao mesmo tempo, até para mim! Achei tudo bem mecânico, serviu mais para dar boas risadas do que para gerar excitação. O Nandão chegou a comentar que era uma coisa bizarra quando eu estava montando o pacote da viagem. Mas bati pé e o incluí mesmo assim.

O que me encantou mesmo foi constatar que estávamos na mesma sintonia, preocupados em conhecer e aceitar nossos limites, que foram tratados e compartilhados com respeito, discutidos com cuidado e delicadeza, de maneira a fortalecer o nosso amor, sem que um invadisse o espaço do outro.

O Carlos também foi um gentleman, não fez qualquer menção ao seus fetiches. Mesmo assim, pedi e fomos a um clube de BDSM chamado A Casa dos Cavalheiros. A sensibilidade que ele demonstrou foi outro sinal do seu amor por mim! Ele percebeu que não me senti muito à vontade lá e me tratou com muita paciência e carinho. Entre outras atrações, uma que chamou minha atenção foi um quarto totalmente caracterizado como um acolhedor e espaçoso calabouço, decorado com uma grande cama de casal em que havia apetrechos de bondage e acabamento em couro preto. Confesso que mil fantasias passaram pela minha mente, principalmente quando vi um tal trono de Mistress, que mais parecia um parque de diversões BDSM, com vibradores, dildos, vaginas artificiais, inteiramente rodeado de espelhos.

— Imagino que esteja exercitando sua imaginação...

— Fico feliz em saber que o senhor meu marido é assim tão perceptivo.

Presenciei situações lindas e muito excitantes: um Dom amarrou sua submissa com tanta maestria e sensualidade, que foi impossível não me sentir queimar por dentro; ele atendeu às demandas sexuais dela; depois, cuidou dela de maneira tocante. Vi ainda o prazer genuíno com que submissos servem aos seus Dons, de forma natural. Assim, pude entender esse mundo um pouco melhor. Mas não gostei de ver as cenas de chicotadas e violência simulada, quanto a isso não mudei uma vírgula da minha opinião.

O som do apito e uma cortina de vapor trazem-me de volta à realidade. Vejo o líquido castanho vazando pelo bico da panela de pressão. Saio correndo e gritando, no meu melhor estilo Patrícia de ser.

— A panela vai explodir!!! Corram! Sai todo mundo de casa!!!

Carlos Tavares Júnior...

A Yasmin segura sua Barbie à frente do Ken com uma expressão séria e compenetrada no rosto, dobra as pernas dele, deixa-o de joelhos aos pés dela e simula a voz da boneca.

— Ken, eu mandei você não fazer isso! Agora terá que ficar ajoelhado aos meus pés pelo tempo que eu quiser.

Que descoberta! Minha filha tem uma impressionante inclinação dominadora.

Sorrindo, observo a cena do quarto de brinquedos deles, onde estou lendo alguns relatórios. Gosto de aproveitar os momentos que tenho para curtir meus dois filhos. A Yasmin, de nove anos, é fruto da nossa inesquecível lua de mel. Não canso de babar sempre que ouço alguém dizer que até a íris dos nossos olhos são iguais. Já o Leo é meu amigo de sete anos, que adora tudo o que é voltado à biologia. Ambos têm um bom humor contagiante, certamente um traço genético muito forte que puxaram da mãe.

Desde pequeno, o Leo vem alimentando paixão por animais exóticos. Como moramos na fazenda, não me opus quando me pediu para comprar uma cobra do milho numa feira de animais. Na hora, nem pensei no transtorno que isto causaria, mas quando chegamos em casa, a Yasmin ficou apavorada, não adiantou explicar que se tratava de uma cobra doméstica, portanto, inofensiva. Para contentar ambos, o jeito foi impor uma série de condições para que o bicho ficasse, uma delas que ele nunca andasse solto pela casa.

— Papai, se não é a Molly, então a mamãe encontrou algum outro bichinho.

— Vou lá ver.

A Patrícia sai correndo da cozinha, batendo a porta com força.

— Mãe, o que aconteceu?

— Saiam da casa agora! Corram...

Ninguém entende nada e ficamos olhando para ela à espera de uma explicação. Depois de alguns segundos, ela consegue falar, ofegante.

— A panela de pressão vai explodir... Está cuspindo caldo de feijão para tudo quanto é lado! Ai, Carlos, vai fazer um estrago na cozinha!!

— Mãe, você apagou o fogo antes de sair correndo?

Ela olha para o Leo, que foi quem perguntou. Para surpresa geral, ela volta para a cozinha e fecha a porta na nossa cara. Que louca! Pelo tempo que passou, a panela já deve estar para estourar, mesmo! Mando as crianças esperarem ali e entro na cozinha para presenciar uma cena de desenho animado: minha quimera jogando água sobre a panela! Ela se volta para a porta e nos vê ali. Arregala os olhos e... quem explode é ela, numa sonora e conhecida gargalhada.

Entro na cozinha para conferir o estrago.

Desde o dia em que me apaixonei total e irrevogavelmente por ela, eu soube que nossa vida nunca seria monótona. E nem me refiro à nossa vida sexual, que sempre é loucamente alucinante e cheia de luxúria, e que mantivemos mesmo após todos esses anos. Porque é impossível não viver em uma montanha-russa de prazer e erotismo quando se tem a companhia da minha quimera e do seu inseparável amigo Sr. G.

Bônus – O Primeiro Encontro POV
Carlos Tavares Júnior

Carlos Tavares Júnior...

Irritado e cansado. E ainda tenho mais um evento para comparecer. Gosto do que faço, mas há dias em que estou a fim só de ficar em casa e descansar. Hoje terei que ir a um rodeio. Adoro cavalos e amo montar, mas a agitação desse tipo de evento às vezes me cansa. Como patrocinador do evento, porém, é a oportunidade para ver os consumidores degustando os produtos da minha empresa.

Após cumprir algumas formalidades, acomodo-me no alto do camarote quando, em uma virada de pescoço, vejo a mais bela mulher do local, feliz e saltitante pela arena... Não é qualquer mulher... É "A" mulher!

Tem por volta de 1,70m de altura, cabelo longo e veste um jeans que marca suas curvas, uma blusa rosa e botas de saltos altos, pronta para o prazer... para o meu prazer. Seu corpo é de uma tentação delicada, cintura fina e um traseiro que mexe com o mais forte dos homens! Tomado de forte tensão sensual, fico imaginando como seriam suas pernas grossas em volta da minha cintura enquanto a prêmio com várias estocadas.

A cada passo que dá, vários pescoços masculinos se viram para saudar sua passagem. Fico minutos observando-a. Vem à minha mente uma música, "Frisson", antiga e hoje pouco conhecida. É claro que instantaneamente descarto qualquer possibilidade de relacionar uma coisa a outra, uma vez que a visão dela caminhando toma toda a minha atenção. Fico alheio a tudo, inclusive à conversa do grupo de políticos e amigos ao lado a respeito de gado e terras.

Sou invadido por um surpreendente sentimento de posse. Ora, compartilhei muitas mulheres durante toda a minha vida, mas presenciar uma linda fêmea despertar a cobiça dos homens à sua volta torna-me o próprio homem das cavernas! Este instinto primitivo que me faz explodir para fora do camarote, sem nem me despedir de ninguém. Misturo-me na multidão e tento acompanhar os passos da única mulher que mexeu com meus sentidos naquela noite.

Ela está com amigos, então, preciso aguardar o momento exato para lhe dizer que será minha. Alguém me chama e acho melhor atender, afinal, estou ali a trabalho. Na entrada da arena, esbarro nela e sei que é agora. Ganância pura desperta meu desejo de saber mais a seu respeito, e eis que meu pênis ganha vida furiosamente... Eu a quero agora! Só que sua amiga parece querer convencê-la a ir para algum lugar. Ao perceber que ela está prestes a ir embora, não resisto e a seguro pelo braço, pois preciso tocar e sentir essa mulher, conhecer seu cheiro, seu gosto, sentir sua pele e fazê-la minha ainda esta noite.

Como se fosse arrastado por um redemoinho de sensações, sem interromper nosso contato visual, murmuro as palavras pausadamente em seu ouvido:

— Você veio pra mim esta noite! — Soa autoritário, bem no meu tom dominante.

Isso não passa despercebido aos seus sentidos e o brilho do seu olhar denuncia o mesmo interesse que tenho por ela. Quando finalmente se desembaraça da amiga, tenho certeza de que nosso jogo vai ser divertido e altamente prazeroso.

Ela é muito sexy e não resisto a me encostar nela para averiguar qual será a sensação que terei. Ela entra no meu jogo e esfrega-se em mim... Danadinha!!!

Ao tocá-la nos quadris, sinto seu corpo transformar-se em seda nas minhas mãos e ela treme, demonstrando sua excitação.

Ela se vira e eu não aguento! Tomo posse da sua boca, querendo tudo o que ela possa me dar. Relutantemente interrompo o beijo, percebendo a batalha que ela trava em sua cabeça. Até entendo que ela pode ter dúvidas, mas, irredutível, farei com que ela definitivamente venha comigo.

Ela me encara de maneira desafiadora, devorando cada centímetro do meu corpo, o que me faz desejá-la ainda mais. Quando baixa o olhar para protuberância na minha calça, vejo que minha decisão não tem mais volta. Decido provocá-la, tirando-a do seu devaneio.

— Gosta do que vê, menina? — acrescento mentalmente: da pinta charmosa. Contenho minha risada diante do leve rubor e da breve surpresa dela. Confesso que o efeito que estou causando nela deixa-me ainda mais empolgado a tê-la em minha cama.

— Se não tiver enchimento, acho que serve para uma noite... — Ah, a menina tem uma língua afiada. Gosto de mulheres assim, elas me deixam mais excitado.

— Bom, posso mostrar que não tem. Avise sua amiga que estamos indo embora.
— Como assim? Indo embora? Para onde e como?
— Sem perguntas, confie em mim e sua curiosidade será bem satisfeita! Aperto seu braço um pouco mais forte para traduzir minhas intenções em gestos. Seus olhos são transparentes, mostram dúvida, mas também vejo desejo.
— E aí? Vou ter que laçá-la e jogá-la em meus ombros? Ou vai avisar seus amigos que está indo embora comigo? — Minha paciência e excitação estão por um fio.
— Calma aí, peão! Primeiro, nem sei seu nome, segundo, estou de carona.
Chego mais perto, aspiro seu perfume embriagador, coloco fios de cabelo atrás da sua orelha e digo:
— Acredite em mim, esse não é um problema.
— Não é para você, que está em casa. Eu moro longe daqui.
— Então, seus problemas são: saber meu nome e arrumar uma carona para casa? — Analiso-a para ter certeza de que é desejo que vejo nos seus olhos e percebo que seu corpo responde a mim. Ela balança a cabeça afirmativamente. Pego meu celular e ligo para minha assistente, dou algumas ordens que sei que ela cumprirá e resolverá como sempre. — Quando precisa ir embora?
Ela responde, atordoada.
— Olha, você não entendeu, não sou daqui, moro em São Paulo. Estou de carona com meus amigos e acredito que, por razões óbvias, após umas três horas de festa, estarão pegando o caminho de casa.
Pego e beijo sua mão.
— Encantado! Carlos Tavares Júnior, brasileiro, solteiro, patrocinador deste evento. Acabo de conhecer uma bela mulher e não abro mão de passar momentos prazerosos ao seu lado. Quanto à sua carona de volta, você poderá decidir em que veículo poderá ir embora.
Imagino que a apresentação a pegou de surpresa, pois me observa assustada e pensativa. Com a incredulidade estampada em seu rosto, ela pergunta:
— O que faz você acreditar que vou cair nessa sua história de patrocinador do evento? Por acaso acredita que isso vai me convencer a sair pela porteira deste rodeio com você?
Se depender da sede que sinto por você, tenho certeza de que sim, penso comigo.

— Olha, apenas me apresentei e disse os motivos para estar aqui. Agora chega de enrolação e diga aos seus amigos que estamos partindo.

Ela pega o celular e fala qualquer coisa para sua amiga. Mal desliga e já a puxo pela mão, porque minha paciência está no limite. Enquanto a escolto até meu carro, vou planejando tudo que pretendo fazer. Seu perfume está acabando comigo. A viagem será breve, tenho casa nos arredores e é somente até lá que pretendo ir. Esta não é uma mulher que se leve a qualquer motel... Que diabos, por que desperta de repente em mim este instinto de proteção e preservação? Nunca permito que nenhuma das mulheres que conheço invada meu espaço, mas com ela é diferente.

Eu miro seus olhos profundos, que traduzem sua personalidade forte e língua afiada. Todas as suas respostas iniciais confirmaram minhas suspeitas. Ela é do tipo que sabe o que quer, ou seja, o meu tipo!

— Quem está preocupado agora sou eu. Tenho dentro do meu carro a mais bela mulher desconhecida e ainda nem sei o nome dela.

Ela me surpreende com um beijo em meu rosto, com seus lábios macios.

— Prazer... sou Patrícia Alencar Rochetty — diz, bem de perto. Beija o outro lado. — Sou brasileira — outro beijo —, solteira e...

Todo meu autocontrole foi para o ralo e puxo-a para o meu colo, enrolo seu cabelo da nuca em meus dedos para ter um ângulo melhor, porque eu preciso senti-la mais uma vez. Beijo-a e ela responde como se nossas vidas dependessem disso. Seu gosto é uma mistura enlouquecedora de chiclete de morango, baunilha, talvez um toque floral, almíscar e mais alguma coisa que não consigo identificar. Vejo que escolhi a menina certa hoje.

Ponho-a de volta no banco do carona, preciso chegar logo. Vou levá-la à minha fazenda, cuja casa eu mesmo projetei, bem como cada detalhe, cada degrau, cada vidraça, todo o conjunto. É o meu orgulho.

Quando chegamos, eu a ajudo a descer do carro, deliciado quando seu corpo toca o meu. Abro a porta e atravesso apressado, pois meu pênis parece que vai explodir e rasgar minha calça. Subimos as escadas e vamos direto para minha suíte, onde a agarro sem pensar em nada. Preciso dela agora.

Confesso que ver a Patrícia na minha cama aumenta ainda mais meu desejo por ela. Seu rosto e seu corpo parecem ter sido desenhados sob medida para minhas mãos. Tenho prazer em repetir seu nome, o som me agrada, e percebo que, ao mesmo tempo, deixa-a ainda mais excitada. Por um momento, sinto receio vindo da parte dela.

— Você não está com medo de mim, está?

E mais uma vez ela me surpreende.

— Olha aqui, garanhão, só me diga o que está planejando fazer comigo! Não aceito chicotes nem essas esquisitices que estão na moda. Esse negócio de bate que eu gamo não é comigo, não, fique o senhor sabendo!

Achei engraçada sua referência a chicotes e similares, mas apenas revelo o que ela precisa saber no momento. Lanço meu melhor sorriso. Se ela soubesse tudo o que posso fazer para levá-la ao céu incontáveis vezes, iria implorar de joelhos por isso, só que não vou e não quero assustá-la. Sentindo o que vai em sua alma, respondo:

— Meu plano é diminuir sua sede e lhe dar muito prazer em uma noite, minha menina. — Puxo-a para mim, enquadro seu rosto com minhas mãos, coloco seu cabelo para trás da orelha, contorno sua boca com meu polegar e digo. — Desde que a vi chegando naquele rodeio, persegui você a noite toda, somente esperando o momento certo para tomá-la em meus braços, menina! Você não imagina como me deixou louco! — Viro-a de costas para mim, puxo delicadamente seu cabelo para o lado, liberando seu pescoço e o ouvido. — Vamos fazer bem gostoso!

Deslizo minhas mãos por todo seu corpo gostoso. Ela está quente e exala sexo, a essência perfeita para tornar meus sentidos insanos. Beijo e dou pequenas mordidas em seu pescoço, mal me contendo porque meu membro implora por ela. O que era um simples encontro de línguas tornou-se sexo em nossas bocas. Eu a estou possuindo ali. Cada peça de roupa some sem percebermos. Corto o beijo e olho-a mais uma vez.

Sou um homem que aprecia dominar e exaltar todos os sentidos femininos, jamais vou permitir que uma mulher deixe meus braços sem estar completamente satisfeita. Sou exigente e adoro extrair cada gota de prazer, cada gemido de excitação e dominar um corpo e sua alma, porém, não faço promessas nem planos, apenas demonstro todo o potencial que as meninas têm dentro de si mesmas e sua capacidade de sentir por meio do prazer que lhes dou.

— Quero seu corpo todo para mim, tomar posse de ti. Esta noite serei dono de suas vontades e desejos. Isso, minha menina, entregue-se a mim!

Passo as mãos por seus seios, giro seus mamilos rosados entre os dedos, arrancando suspiros dela, que marca minha pele com suas unhas. Isso me estimula, deixa-me sedento, preciso de mais, preciso dela toda entregue a mim.

— Linda menina, exponha seu íntimo para mim. Seu corpo é lindo, assim como seus olhos penetrantes. E essa pinta sexy perto da boca é uma perdição!

Posiciono-me entre suas pernas e a nuance da cor da sua pele leva-me à loucura. Ela é tão absurdamente sexy que tomo com sofreguidão um de seus seios na boca, chupo, mordo e passo a língua, exatamente nessa ordem, enquanto minha outra mão aperta o outro mamilo até fazê-la sentir uma picada de dor, e ela geme. Vou revezando entre um e outro... Delícia! Desço por sua barriga, lambendo-a, lendo seu corpo com minha boca. A leitura revela exatamente a doçura da essência que seus poros liberam quando ela está à beira da excitação máxima. Prová-la torna-se meu maior desejo e eu o levo às últimas consequências, dobrando suas pernas de maneira a deixá-la inteiramente aberta para mim. A visão paradisíaca faz com que direcione minha boca às suas coxas, mordendo-as e estimulando essa morena gostosa.

— Minha menina, vou lamber você como um gatinho e devorá-la como um leão, até sentir o seu mel...

Estimulo seu clitóris com o polegar e dou um tapa em seu brotinho, fazendo todo sangue concentrar-se ali. Chupo e giro minha língua, dou pequenas mordidas. Enfio dois dedos nela e sinto o quanto está pingando, fazendo movimentos para dentro e para fora, possuindo-a com minha língua e dedos. Seus gemidos levam-me à loucura, e fico ainda mais sedento. Sugo-a com mais força, e percebo que sua abertura começa a apertar meus dedos.

Minha boca encontra sua pelve. Ofereço o que anseia. Seu sabor me fascina e quero devorar cada gota de todo o seu prazer. Os suspiros e gemidos dela pertencem unicamente a mim nesta noite e, mesmo que por algumas horas, ela torna-se minha menina, minha Patrícia, disposta a tudo, sem medo.

Beijo-a com volúpia. Meu objetivo está cada vez mais perto de ser atingido, que é vê-la gozando na minha boca. Quando a menina está comigo, concentro-me em seu prazer, pois somente fico satisfeito se ela ficar. Assim, não costumo ter pressa, prefiro a qualidade e, tratando-se desta mulher, quero mantê-la comigo o máximo possível para aproveitar o efeito que temos um sobre o outro.

Ela vai gozar, então sugo com mais firmeza, mordo, passo a língua e minha pequena grita com o forte orgasmo que tem.

Após um pequeno intervalo, ela demonstra querer retribuir o que lhe proporcionei.

— Agora é a minha vez de saboreá-lo um pouquinho.

Mas hoje será tudo para ela e por ela. Incansável, não me farto do seu cheiro e sabor.

— Nada disso, hoje é tudo para você, por você e apenas para o seu prazer, minha menina!

Sem perder tempo, pego uma camisinha, porque estou sempre precavido. A luxúria exala de meus poros. Meio sentado, puxo-a para meu colo, para me cavalgar e, assim, vou penetrando-a lentamente, usando todo o meu autocontrole para não machucá-la, porque, sem falsa modéstia, sou muito bem-dotado. Ela começa a rebolar devagar enquanto eu estoco lentamente, deixando-a determinar o ritmo. Gosto de transar com minhas meninas olhando para mim e de ver o efeito que causo. Dou o devido apoio quando acelera a cavalgada insana, até que suas paredes internas comprimem o meu membro, prenunciando o orgasmo. Acelero meus movimentos, viro-a rápido para deixá-la de quatro, puxo seu cabelo para ter o controle sobre esta potranca e... Era uma vez a delicadeza. Se isso for pecado, quero morrer e ir para o inferno.

— É assim que gosta de ser invadida, minha menina? Temos a noite toda, prepare-se! Você é muito gostosa! Se depender de mim, você não dorme!

Faço um movimento circular em uma estocada diferente e encontro seu ponto G. Ela grita meu nome, e eu enlouqueço. Alcanço seu clitóris e o massageio para prolongar seu prazer. Caímos cansados, loucos e envolvidos pela exaustão do prazer.

— Tudo bem?

— Bem... — responde ofegante.

— Isso é bom, consegui o que queria. Vem cá!

Meu peito vira seu travesseiro. Acaricio seu corpo, seu cabelo, em um desejo de acolhê-la. Por um momento tenho a estranha impressão de que ela pertence aos meus braços. Seu cheiro e sua voz me excitam e, felizmente, tiram-me desta falta de lucidez, já me deixando pronto novamente. Ela me olha com espanto.

— Surpresa?

— Claro! Pensei que teria que animá-lo! Não que isso seja uma reclamação... — fala, divertida, o que também me agrada.

— Assistir ao seu orgasmo avassalador foi o suficiente para me deixar excitado. Seu prazer é o meu prazer, minha menina.

Ela se senta diante de mim e me beija com toda doçura. Se quer comandar a cena, então, vamos ver do que é capaz. É uma troca desconhecida para mim, mas, totalmente permissivo, aceito. As horas passam e não estamos para brincadeira. Depois de anos, uma mulher conseguiu me deixar plenamente satisfeito e desejoso de mais.

Depois dessa noite de sexo alucinante, caio num sono mais que profundo. Acordo pela manhã ainda sentindo a fragrância sedutora de sua pele, marca registrada de uma mulher sem limites que busca a liberdade de um sonho. Inspiro para captar seu cheiro de orquídea prestes a florescer. Viro-me para o lado e tomo um choque. Ela não está mais ali! Levanto-me, alucinado, e procuro-a por todo o lugar. Onde aquela linda menina foi? Saio pela fazenda, vejo o Norberto no trator e pergunto:

— Bom dia, Norberto! Por acaso você viu uma moça bonita, alta, cabelo...
— Vi, sim, seu Carlos. Inclusive dei carona para ela.
— Como assim? Ela foi embora?
— Foi, sim! Não era para ela ir?

Prefiro me calar, frustrado e irritado. Acho melhor encerrar a conversa para não descontar tudo em quem não merece.

— Está tudo bem... Obrigado, Norberto!
— Seu Carlos?
— Sim?
— Acho que o senhor se esqueceu de colocar as calças!

Maldição duas vezes! Primeiro porque me expus ao ridículo diante do Norberto, segundo porque não previ que ela poderia fugir! Da próxima vez vou amarrá-la na cama, isso sim! Enfurecido por ter sido abandonado com o desejo de tê-la novamente em meus braços, fico sem entender o que aconteceu. O que eu fiz para que ela tenha saído feito uma ladra no meio da noite? Eu não a dominei como desejava, ainda que tenha sentido vontade de deixar marcas naquele traseiro redondo e empinado. O gesto dela apenas despertou a fera que existe dentro de mim, mas isso não vai ficar assim, não mesmo! Ela nem desconfia com quem se envolveu. Usarei os meios de que disponho para descobrir quem é essa quimera, agora no pior significado da palavra, que passou por minha vida deixando seu rastro de destruição em meu ego. Para ser sincero, acho que até em meu coração!

Mas sou persistente, determinado e paciente. Não desistirei enquanto não a fizer minha submissa, para que acate minhas ordens, desmanche-se em minhas mãos e entregue todo o seu prazer a mim. Se permitir-me possuí-la sem reservas, apreciarei dominá-la completa e totalmente, porque sei exatamente como satisfazê-la e encontrar pontos que ela nunca imaginou que seriam tão sensíveis à estimulação do prazer.

Ela conheceu muito pouco do meu lado dominador, porque me perdi ao degustar seu sabor e sentir sua pele, o que aniquilou qualquer outro tipo de tendência que eu tenha. Sei que ela fugiu por medo dela mesma e das sensações avassaladoras que lhe despertei, mas, quando a reencontrar, farei com que se aceite e se ame como toda menina deve fazer.

Patrícia é a mulher mais deliciosa e fascinante que tive o prazer de conhecer. Encantadora, desafiadora e linda, mas muito rebelde... Excita-me só pensar em domá-la! A ira acompanha esses pensamentos, afinal, depois de uma noite como a que tivemos, ela sair sem se despedir pareceu-me algo indigno de sua parte. Não sei se algum dia meus esforços para encontrá-la terão sucesso, mas, se isso acontecer e eu puder revê-la, teremos um segundo encontro muito interessante, do qual ela só sairá quando eu mandar.

Confira os outros livros de Sue Hecker:

O lado bom de ser traída

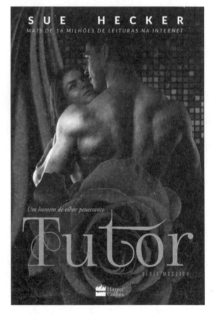

Tutor

Este livro foi impresso pela Intergraf, em 2017, para a Harlequin.
O papel do miolo é pólen soft 80g/m^2, e o papel da capa é cartão 250g/m^2.